KUWEI
酷威文化

图书 影视

何金银 著

道听途说

DAOTING TUSHUO

江苏凤凰文艺出版社
JIANGSU PHOENIX LITERATURE AND
ART PUBLISHING

图书在版编目（CIP）数据

道听途说 / 何金银著 . -- 南京：江苏凤凰文艺出
版社 , 2024. 7. -- ISBN 978-7-5594-8729-2

Ⅰ . I247.7

中国国家版本馆 CIP 数据核字第 2024HN4848 号

道听途说

何金银 著

责任编辑	项雷达	
特约编辑	孙昭月　杨晓丹　佟晓彤	
装帧设计	春帙设计 QQ:2649686699	
责任印制	杨　丹	
出版发行	江苏凤凰文艺出版社	
	南京市中央路 165 号，邮编：210009	
网　　址	http://www.jswenyi.com	
印　　刷	天津旭丰源印刷有限公司	
开　　本	880 毫米 × 1230 毫米 1/32	
印　　张	9.75	
字　　数	218 千字	
版　　次	2024 年 7 月第 1 版	
印　　次	2024 年 7 月第 1 次印刷	
书　　号	ISBN 978-7-5594-8729-2	
定　　价	45.00 元	

江苏凤凰文艺版图书凡印刷、装订错误，可向出版社调换，联系电话025-83280257

目 录

道听途说｜悬疑短篇小说集

作者：何金银　已关注

⏸ 暂停播放　　⬇ 继续下载

节目	评价（9999+）	共 15 集

道听途说｜悬疑短篇小说集

一　开车

1

大巴车在盘山公路上行驶着，晃晃悠悠。

车上的人们哈欠连天，睡眼惺忪，蔫巴得像被霜打过的茄子，一片死气沉沉。

"我说，各位，这可是咱们大象文化公司成立一周年的团建活动啊，能不能有点儿精神面貌？别一个个蔫头耷脑的啊。"眼见气氛如此低迷，第一排的带队组长李伟杰坐不住了。他噌地站起身，抓过车载麦克风，像平日里在办公室鼓舞大家努力工作一样开始调节氛围。

"来来来，咱们一起玩玩游戏，活跃气氛怎么样？"

"啊……"

底下的同事们立马哄声一片，比起赞同，更像是抗拒。

这次团建的目的地是郊区偏远的青原度假山庄。

他们早上十点出发，不堵车的情况下，满打满算也要六个小时才能到达。过于漫长的车程十分消磨意志，刚开始还说说笑笑的同事们此刻都疲了，靠在座位上打瞌睡、刷手机……百无聊赖。被带队组长这么一嚷嚷，心头烦闷，他们却又不好真的反抗。

眼见没有人出声反对，也没有人开口附和，李伟杰干脆我行我素，继续说道："嗯……玩些什么呢？成语接龙？脑筋急转弯？我看还是成语接龙好些。"

他支着下巴，若有所思。

"再来点儿惩罚项目，输的人就必须给大家讲故事听！"

游戏就这样莫名其妙地开始了。

但好笑的是，成语还没接过三个，就出了岔子。

出岔子的人是运营部门的张豪，刚被身边的同事摇醒，脑子浑浑噩噩的，张开嘴巴想了半天，别说成语了，一句完整的话都没说出来。

呆头呆脑的模样让周边几个同事忍俊不禁，给原本沉闷的氛围添了一丝活力。

李伟杰上前一把抓住他的胳膊，把人拽起来，带到前面，要他接受惩罚。

"下面就请张豪同志给我们讲故事吧！大家鼓掌欢迎！"

掌声稀稀拉拉地响起来，被迫成为焦点的张豪尴尬地看了看挡风玻璃外绵延的、看不到头的山路，挠挠脑袋，老实地承认："我不会讲故事啊……"

"这可不行，愿赌服输，给你三分钟时间组织语言！"

李伟杰哈哈大笑，坐回了自己的位置，一副赶鸭子上架、不容置疑的模样。

"要不然，唱首歌也行，你自个儿选。"

显然当众唱歌比当众讲故事更让张豪抗拒。

他默默转着手里的麦克风不说话，直到三分钟过去，才试探性地敷衍了一句："那……我随便讲什么都行是吗？吓人的也可以吗？"

没想到此话一出，原本萎靡的众人都来劲儿了。

"好好好，这种更好！"

"讲吧讲吧。"

这下张豪打不了退堂鼓，只好缓缓靠在了前排的导游专座上。

他把目光缓缓移向窗外，似乎在回忆着什么，然后清了清嗓子，幽幽地讲起来："好吧，这是我亲身经历的一件事，说来有些玄乎，那也是一次团建的经历，还是在走山路的时候发生的……"

2

大学刚毕业那会儿，我在广西的一家销售公司工作。

因为初出茅庐，我不太会处理职场关系，业绩也不怎么好，还马马虎虎弄丢过一些大客户的单子，经常被老板骂得狗血淋头。

唯一幸运的是，和我同期进入公司的几个同事都差不多，笨手笨脚常常被批评，于是我们这些"落后分子"渐渐形成了坚不可摧的小团体，关系紧密，连周末也会聚在一起。

而事情正是发生在那年的秋天。

处暑后的第二周，老板的父亲突然去世，老板着急回家处理，只留下领班代管公司的事务。因为当时处于销售淡季，趁着这个机会，我们这一帮"落后分子"便对领班软磨硬泡，将之前没来得及安排的调休都凑在了一起，准备去近郊的山上露营烧烤。

当时我们一行四人，三男一女。

除我以外，还有两个男同事，周东和吴庆，唯一的女生是吴庆的女朋友雯雯。

出发那天，因为吴庆临时有事耽误了时间。

我们开车进山时已经是傍晚时分，天色逐渐变暗，山路上除了我们空无一人，但本来就是冲着野外露营去的，大家还是很兴奋。

周东开着车，我坐在副驾驶座上，剩下的小两口在后座。

为了打发时间，平日里最会活跃气氛的吴庆兴致勃勃地给大家讲起了故事——大概是某辆车驶入隧道后再也出不来的奇闻。

配合着窗外山野间的风景，吴庆还故作神秘地提了一嘴："要知道，夜晚的山路可是很危险的啊，特别是……"

他的话音还未落下，就被开车的周东给打断了。

"快看，我们后面有辆老爷车呢。"

注意力被瞬间转移，我通过后视镜往后看去，果然，一辆老旧的黑色汽车出现在我们的车后面。那辆车是那种老电影里会出现的款式，在这个时代，开这种车的人已经是极少数了，我忍不住感叹："啊，我爸在我几岁的时候开过这种车，我记得。"

这句话脱口而出，大家也就借着话题，开始猜测那辆车上的驾驶员到底多大年龄。

本来车内的气氛还很欢快，一片祥和，就在此时，车外传来一阵刺耳的轰鸣声，隔着车窗也叫人皱眉，听得我一阵心惊。后方的那辆车就像是一团高速移动的黑影，迅速驶到对向车道，从我们的车旁边超了过去。

我莫名其妙觉得背后有些发凉，正低头轻轻用手抚平手臂上一瞬间起的鸡皮疙瘩，后排传来雯雯的声音："哎，你们注意到了吗？那辆车没有开车灯……"

我往前方看去，只见那辆车像是要与夜色融为一体——它果然没有开车灯！

这辆车在夜间的山路上行驶却不开车灯，还敢超车，这种行为太危险了。

虽然不知道那辆车上到底坐着怎样的人，但出于好心，听完雯雯的话，并确认过前车没有开灯后，周东还是对着刚超车不久还行驶在我们侧前方的那辆车闪了几下远光以示提醒。

只是那辆车的反应叫人困惑。

它减速了，但没有开灯，而是默默变换车道，行驶到了我们的正前方。

"它是没看懂我们的意思吗？"我挠头发问。

一旁的周东思虑片刻，还是决定好人做到底。

他变道加速，应该是准备一脚油门跟上那辆车，用言语提醒一下司机注意安全。可奇怪的是前方的那辆车仿佛是铁了心作怪一般，竟也跟着变道加速，继续死死挡在我们前方。

这下周东也不敢贸然前行了，老实地回到原车道，无奈地叹了一口："看样子不是没看懂，是不想搭理吧？"

本来山路上车辆行驶的速度也不敢过快，加上那辆车散发着一种不言而喻的攻击性，不想找事的我们心里都有些不安，开车的周东干脆减缓了速度，想让那辆车先走远，但偏偏那辆车开始根据我们的车速来调整自己的车速，始终保持不会驶出后车视线范围，后车也没法追上前车的速度。

那辆车的后车灯在我们车灯的照射下泛起一丝幽幽的红光，好似一双眼睛正盯着我们，把我们的每一脚刹车、油门都看得清清楚楚。

它就好像是刻意愚弄我们！

"什么情况啊？"

僵持一段路，原本脾气很好的周东终于忍不住啐了一口，眼看着是要被硬生生逼出"路怒症"了。见状，坐在他正后方的吴庆赶忙靠前，认真宽慰："算了，东哥，开夜车时别跟这些傻子置气。"

说着，他看向导航，发现地图显示转过前面的弯道以后，会有一大段直行道路，又马不停蹄地提示道："等会儿过了这个弯道，开直线路段的时候，你干脆多给点儿油，一口气加速超过去，再把它甩掉好了。"

"嗯。"

周东收敛怒气，握紧方向盘，点点头。

不多时，车开过弯道，前面赫然出现一段直行道。

早有准备的周东连忙变道，猛踩一脚油门，始料未及的是那辆车并没同一时间猛然加速，距离很快被拉近，没一会儿，我们的车头就已经靠近了对方的车尾。周东正在加速，我们的车身逐渐追上对方。就在这时，吴庆却突然大喊："快打方向盘，那边要撞过来了！"

"别！"

后排的雯雯已经惊叫起来，周东立刻减速，掉转方向。刹车片发出刺耳的响声。

"砰"！

车内仿佛经历了一次剧烈的颠簸，所有人的身体都止不住地向前倾倒，我的脑袋重重地磕在椅背上，把我撞得头晕眼花。

两辆汽车都被迫停在原地。

"什么人啊！"

车上的我们都被吓得有些恍惚，还是作为司机的周东更快反应过来发生了交通事故，好在这里是直线路段，减速及时，车上的人似乎也没有受什么伤。他降下车窗，立刻朝前面大骂了一声："脑子有毛病，找死吗？！"

在他的暴喝中，我们也统统回过神来。

后排的吴庆连忙安慰受惊吓的女友雯雯，我和周东怒气冲冲地开门下车，准备好好跟对方理论理论。

彼时，天空已经完全黑了，山路上空气清冷，光线暗淡。

即使是发生了事故，前车也没有任何人下车处理，它被撞得甩出一段距离，就静静地停在前方，不声不响，这让我们更加窝火。

"喂，你，下车啊！"

我不得不骂骂咧咧地扯着嗓子朝前走去，呵斥对方司机赶紧下车处理事故。

就在我们走到距离那辆车还有一两米的时候，那辆车的后轮迅速旋转，轮胎在地面摩擦出一片胎痕，扬起阵阵灰尘，漆黑的车身仿佛一只灵巧的蜥蜴，调正车头，扬长而去，消失在前方的道路尽头，淹没在了夜色中。

这简直是肇事逃逸。

坏就坏在事情发生的时间地点都太过尴尬，即使是报警也不知道要等到何时交警才能来处理。

好在行车记录仪可以为我们证明一切，检查过我们的车只有右侧的前车灯灯罩被撞坏，并不影响后续驾驶后，虽然心有不甘，我们还是决定先到达既定的露营地点再从长计议。

周东经历过一次事故，已经有些精神恍惚，并且愤怒到极点，眼见方向盘像是要被他握碎，我和他对换了位置。

头刚被撞了一下，我揉了揉脸颊提提神，确认大伙儿都没事之后，我们开始继续前进。

我当时以为事情就会这样结束的，可没想到……

五分钟后，我再次看到了那辆车。

车横停在那里，仿佛是在故意等我们！

"他还敢停下！"

副驾驶座上本就窝了一肚子火的周东见到这一幕，立马气血上涌。

我刚把车停下，他就气势汹汹地下车，甩门的力道让车内都震了一下。

"滚出来！"

怒骂声一声接一声在寂静的山路上回响，周东的拳头毫不客气地砸向紧闭的驾驶室玻璃窗，我和吴庆也紧随其后跟上去。

可就在我们即将靠近周东的一瞬间，他挥舞在半空中的拳头忽然停住了，骂声也戛然而止，他机械地转过来，我们身后的车投来的灯光映衬得他面色惨白。

"张……张豪……"看着近在咫尺的我，他嘴唇轻轻开合，说话甚是艰难的模样。

"怎么了？"我连忙问。

"这车上……没有人啊。"他说。

"没有人？！"

我和吴庆异口同声，不约而同地绕开周东，贴近那辆车茶色的车窗，认认真真打量——车内昏暗，的确一个人也没有。

"不不不，你先别急，也可能是司机肇事弃车逃跑了什么的。"

深吸一口气，我理智地安抚周东。他是今天情绪起伏最大的人，一时半会儿没想到这点也是情有可原的。反应过来的周东脸色略有好转，伸手在面部胡乱搓了一把，自嘲道："嘿，真是气晕了，自己吓自己。"

"不是，你们要不要看看这车……"偏巧这时，还在绕着那辆车四周认真检查车况的吴庆说话了。他指着车身，语气变得十分警惕。

"它真的还能开吗？"

听到吴庆的问题，我和周东再次将视线移到黑色的汽车上，这才惊觉事情并不简单——

那辆车的车灯已经老旧发黄，上面的灰尘堆积得难以用手擦拭干净，车身锈迹斑斑，车门附近的铁皮已经掉漆，缝隙里也布满了污垢，不少地方还夹着腐烂的树叶。这等姿态，实属是一辆报废车。我们透过玻璃上茶色贴纸细看，内部诸如中央后视镜、方向盘等部位也是蛛网纵横。

最关键的是，它的车胎是瘪的。

然而驾驶室和其同侧后门中间凹陷的撞击痕迹是真实的、新鲜的，它清楚且有力地证明着刚才在疯狂超车、别车、与我们发生撞击事故的，就是眼前这辆报废车。

天知道，从事故发生到现在，不过十来分钟。

就十来分钟，一辆车可能从正常状态变得如此破旧吗？

山间的夜晚甚是寒凉，我突然感觉下半身好似结冰一般僵硬。

寒气就像一株野蛮生长的藤蔓，沿着我的腿爬上后背，一直蹿进我的后脑勺，猛然耳鸣的生理反应让我生出一种不真实的感觉。

到底发生了什么？

"车胎都瘪成这样了，它刚才是怎么做到超车的？"与此同时，身旁的周东也颤抖着一字一句发问。

我们三个原本还咄咄逼人的大男人现在都没了嚣张气焰，面面相觑，谁也没有办法回答这个问题。

"咱们先回车上再想办法吧。"深吸一口气后，吴庆转过来，拽住了我和周东，"这事奇怪，别站在这里了，我身上冷得慌。"

他的提议无疑是正确的，从恐惧中回过神来的我们立马点头称是，并肩往回走去，可来到车旁，伸手一拉车门，巨大的阻力让我一愣。

"车门怎么锁上了？"我皱起眉头。

吴庆连忙将脸凑到后排玻璃上，呼唤后座的雯雯："雯雯，雯雯，快开开车门！"

可车内的女生充耳不闻，毫无回应。

"又搞什么幺蛾子呢？！"

拨开吴庆，周东和我也将脸贴上后排玻璃，方才发现下车前还坐在后排看手机的雯雯此刻竟然如同睡着一般，紧紧闭着眼睛靠在后排车座上。

我发觉有些不对劲，车里的女孩身体紧绷，后背与靠椅紧密贴合着，俨然一副正在用力的模样。双眼紧闭的脸上没有一丝安详之色，和睡着完全联系不到一起。

"雯雯，醒醒！"

作为男友的吴庆显然非常担心车内雯雯的身体状态，他的动作从最初的小幅度敲门，到大力捶打车窗，可里头的雯雯仍然没有一丝动静。

"到底怎么了？！她是不是晕过去了啊？！"

眼见所有的声音都像是被屏蔽一样激不起车内人的反应，我们怀疑是否是车内缺氧导致雯雯窒息，都开始紧张起来。

我和周东对视一眼，也加入了大力捶打车窗的行列。

在拳头如骤雨般落下，我们三个都用力到骨节生疼时，我突然发现面前的车玻璃上有一个清晰的掌纹——之前似乎并不存在。

很显然，那个摸不到也擦不掉的掌纹来自车内。

"啪嗒"。

耳畔传来车门弹开的声音，但这声音并非来自我们面前的车，而是不远处的那辆车。没有给我们反应的时间，从那辆车弹开门的驾驶室里，"哗啦"一下流出了一片污浊的液体。

紧张的心一瞬间提到了嗓子眼，我的喉头发紧，每一口唾沫都咽得十分费劲。

"这……刚才你们凑近看的时候，发现里面有水吗？"

面前抖若筛糠的周东伸出手，颤颤巍巍指了指那辆车的方向。

我和吴庆没有回答，而下一秒钟，更加让人捉摸不透的事情发生了——明明没有起风，那辆车大开的车门却开始小幅度地晃动起来，一下接一下，仿佛在邀请我们进入。

与此同时，一股浓郁的恶臭味袭来。

那是从那辆车里流出的液体的味道，像是水中的动物、植物或微生物繁殖和腐烂而发出的臭味，叫人反胃。

"这样下去不是办法，我想，要不咱们仨试试，先一起把车挪开，再过来想办法把雯雯叫醒，赶快离开。"

实在不甘心坐以待毙的我，最终决定壮着胆子做些什么。

"对，张豪说得有道理。"一旁的周东舔舔嘴唇，表示赞同。

他拉住还将手撑在汽车玻璃上的吴庆的肩膀，提醒道："雯雯在车里应该也不会有危险，先把那辆破车移开才对，不然咱们就算回了车里，也开不出去。"

我们对望一眼，深深吸气，硬着头皮走上前去，开始合力推车。

按理说，这样一辆空空如也的破车不会有太夸张的重量。为何我们使出吃奶的劲儿尝试推动它时，会这么艰难？夜晚的低温把眼前的车沁得如同刚从冰窖里拿出一般，冰冷刺骨。

不一会儿，我们就累得气喘吁吁，然而整个过程中那辆车纹丝未动。它似乎和地面长在一起了。

"这玩意怎么会这么重？三个男人都推不动一丁点儿？"

吴庆实在是没了力气，发泄似的狠狠踢了一脚锈蚀的车身，停下了动作。

被踢到的车体发出"咚"的一声，仿佛一个开关被摁下，一阵"古老"而又熟悉的音乐旋律传来——

"叮叮叮……叮叮叮……"这个声音环绕在空无一人的山路上，寂寥且诡异。

那是多年前老式手机统一的来电铃声。惊惶的我们顺着声音一点点寻过去，发现那是从车里传出来的！

我蹚着污水，探头望向车内寻找声音的准确位置，终于在驾驶座底下发现了一部手机。

那是一部古老的手机，巴掌大的机身上面还覆盖着水珠。它躺在离合踏板的位置，灰绿色的屏幕上，一串数字随着音乐声不断闪动着。

"110101101111011……"

站在车门前目瞪口呆的我们没有人敢上前去查看究竟，我们心照不宣地沉默着，每一声响铃都像刀子一样切割着紧绷的神经。

"嘀"，只是谁也没想到，即使是这样，电话也被接通了。

亮起的屏幕微微振动，画面转到来电计时，铃声戛然而止。

"它……它自己接通了！"

所有人都吃了一惊！吴庆怪叫着跪坐在地上，抖动的双手捂住了耳朵，双眼血红。

"不对劲，不对劲，刚才雯雯肯定出事了，这下我们也要出事了！"

"吴庆，冷静点儿，你快起来！咱们先回车里再说！"

不能放任吴庆就这样待在这里，我用尽最后一丝力气去拉拽地上腿软如烂泥的他，周东也连忙从另一边架起他的胳膊，准备与我一同将他拖走。

这时，我们背后却传来了汽车启动的声音！

我们回头望去，见雯雯不知何时已经坐在了我们那辆车的驾驶座上，她两眼无神地直视前方，双手握着方向盘，紧接着，一声刺耳的轮胎摩擦声响起，她驾驶着车辆猛地朝我们开了过来！

她要撞我们！

"快跑！"

自保的本能占了上风，恐慌的我和周东下意识放开吴庆的胳膊，连滚带爬地朝两边躲开，留下瘫坐在地，甚至没有来得及做出反应的吴庆被轰鸣而来的汽车撞飞出去。

等我回过神来时，吴庆的脑袋已经被挤压在两辆车的中间，整个人血肉模糊。

"啊！"

我们那辆车内爆发出雯雯清醒后凄厉的惨叫声。

此刻，原本紧闭的车门似乎已经恢复正常，我和周东将颤抖不已的雯雯从驾驶室内接出来，站到路边。她面色惨白，手脚发颤。

我冷静了许久，最后拨打电话报了警。

黑夜里，谁也不会料到，今晚上山的时候还是四个人，如今已经死了一个。那具尸体就在不远处，静静地躺在那里。

我突然很想放声大哭，但是恐惧让我喉头发紧，不敢发出太大的声音。

周东站在远处等警车，一旁的雯雯则是抱住双膝蹲坐在地上，瑟瑟发抖。

"不是我，不是我……"面对死去的男友，雯雯整个人已经魔怔，嘴里不断地小声嘀咕。

突然，一声刺耳的响动让我瞬间警觉起来，我立刻转头，只见黑色的车辆缓缓振动，干瘪的轮胎开始转动。它直直地朝前开去，冲破护栏，滚落到山崖下面，金属碰撞、碎裂的声音和树木被压倒、折断的声音接连响起。

与此同时，地上残留的腥臭液体正以肉眼可见的速度蒸发、消失。

我颤抖着双腿走向悬崖边，向下看去——底下漆黑一片，什么也没有。

"你的意思是说，一辆没有驾驶员的汽车和你们发生了剐蹭，紧接着横在了路中间，最后自己冲下悬崖？"

警察局里，为我做笔录的警察眉头皱紧，忍不住打断我的叙述。

"张先生，我再次提醒你，我们在现场的悬崖下并没有发现任何坠落的车辆，而你们所驾驶车辆的行车记录仪在入山过后也是处于故障关闭状态。所以，比起跟我反复描述这些无法佐证的事，我更希望你能认真用实话回答我的问题。刚才我们的同事已经送来消息，方向盘上提取到林晓雯的指纹，现在正在医院接受身体检查的她也承认她回神过来时，是坐在驾驶位上的。不管自愿与否，她都不会逃脱罪责。"对方语气里带着几分义正词严的规劝意味。

"我没有撒谎，林晓雯是开了车，可当时她看起来绝对不是清醒的样子，而且那辆车是真实出现过的，栏杆被撞毁和我们车头灯的损坏都是因为它！不信你再去问我的另一个朋友，我们是一起经历这些的。"

"你也认为林晓雯当时不清醒……希望以后你们开车，尤其在夜间和特殊路段，注意安全，一定不要疲劳驾驶，也别随意停车或下车乱走，不然很容易发生危险。另外，需要的话，你也可以去医院做个检查。"

我摇摇头，拿不出有力的证据为自己正名，只能焦躁地揉乱头发。面前的两个警察面面相觑，我知道，他们觉得我是撞到头不清醒或是吓糊涂了。

不多时，笔录完成，我和周东被释放了。只有因为流血而被带到医院检查的雯雯，在检查完毕后被带回了看守所拘留。

事故最终被定性为交通意外，听说雯雯家里赔了很多钱。

我再见到她时，她整个人消瘦得近乎干枯，嘴唇干裂，眼袋深重。

公司是不能再待了，她来辞职并拿走工位上的东西。我心头始终郁结难消，厚着脸皮请她吃了最后一顿午饭。

在公司附近的快餐店里，我向她问起那天的情况，她的眼中立刻又涌上了一层泪水。她哽咽着将那些她对警察和家人说了很多次，却没有人真正听进去的话再次复述，声音暗哑："你们下车以后不久，我感觉肚子里一阵绞痛，像有一把刀子在里头乱捣，直到把我痛晕过去。再醒来时，就发现自己坐到了驾驶室的位置，前面的你们在推车，而你们推的那辆车的车顶上好像有个影子。我本来想降下车窗提醒你们，可车的门窗都锁上了，我不会开车，正在研究怎么解锁，耳朵边就出现一个声音说'开过去，开过去撞死他们'，然后我的身体就不受控制了，像有什么东西在帮助我打方向盘，按住我的脚去踩了油门……"

3

"我不觉得雯雯在说谎。她是个很真诚的女生，和吴庆的感情也很稳定，对于吴庆死亡这件事她一直耿耿于怀。只可惜，那次吃过午饭以后，我就再也没有见过她了……"

张豪无奈地长叹了一口气，算是为故事画上了句号。

底下，同事们却没有任何受惊吓的反应，甚至有爱开玩笑的人学着他的模样叹气，嘲弄他："张豪，这个故事的设定早就不新鲜了，比起没有驾驶员的车自动开走，下次你再讲的时候，不如改成路上遇见了穿红衣服的老太太或者披头散发的女人之类的，会更惊悚一点儿！"

说完，好多人被逗笑，张豪放下麦克风，搓搓手回到座位上，无奈地耸耸肩膀，很照顾同事的情绪，回了一句："好的。"

成语接龙的游戏继续。

在热闹的气氛中，车辆终于抵达了目的地。

老板热情地接待了大家，并表示已经按照领导的吩咐安排了烤全羊晚宴，询问大概多久需要在专门的露天篝火体验处开始晚餐。

李伟杰查看了前台的团建人员签到名单，发现两位在外办事、表示结束后会一同驾车过来的领导还没有到场。在电话里跟领导确认时间后，他把晚餐时间定到了晚上六点半。

露天草坪上，冒油的烤全羊还在不断被翻转着，等待被分食。在用餐区中心的地方，一簇营造气氛的篝火被点燃，服务人员上菜时路过，往里头又加了几块木材，火星四溅。

七点了，同事们都到了现场，可领导还没有到达。

"饿死了，什么时候开饭啊？"

人群中，有不拘小节的人抱着肚子催促起来，李伟杰也有些困惑：怎么跟预计的时间差了这么久？他对闹腾的同事做了个嘘声的手势，走到一旁，再次给其中一位领导拨去了电话。

"刘总，您还需要多久能抵达山庄？"

"还得半个小时吧，刚才我跟兰总遇到了一辆发神经的老破车，一直堵在我们前头，严重耽误了时间……"

电话里有些嘈杂，领导骂骂咧咧，很生气的样子。

老破车？李伟杰有些紧张，竟然问了一句："是黑色的吗？"

"是啊，你怎么知道？你在我们车上装监控了啊？不过现在它已经开远了，也不知道它是不是跟我们去同一个地方，要是等会儿在山庄遇见那辆车，我非得去找该死的司机理论理论……"

伴随着他的话，李伟杰皮肤上的汗毛以肉眼可见的速度大面积竖起。

"刘总，你……"

"哎，你先等下。"话被打断，电话那头传来交谈声："老兰，前面是不是刚才那辆破车？它怎么横着把路给堵上了？自投罗网啊还真的，走，咱们下去看看。"

这竟然跟张豪讲的那个故事一模一样？！

恐惧如同夜间的风一样包裹住李伟杰的全身，再顾不得语气，他急匆匆对着电话大喊了一句："千万不要下车！"

二 疯子

1

董兴骑着他那辆破破烂烂、咣当作响的三轮车回到了自家院里。

这次倒货收获颇丰，货箱里的外国商品琳琅满目，钟表、皮衣、罐头食品……停了车，他一件件将货物放到院子中央。堂屋里头的媳妇见了，立马出来帮忙。

不一会儿，原本空荡荡的院子垒起小山高的货堆。气喘吁吁的董兴点了支烟，叼在嘴边，吞云吐雾着跟媳妇聊起了回来路上的见闻。

"嚯，你知道不？咱们村新来的那家人，真够有钱的。"

他神神秘秘地指了指门外的西南方向，话题直指前不久搬来，正在装修房子的邻居。

"刚才我回来的路上，正遇见他们招呼干活的工人开饭呢。好家伙，上的全是大鱼大肉，路过门口都能闻到香味。"

"那可不，"媳妇耸耸肩膀，翻捡着货箱里的货物附和道，"听说人家在城里头就是做包工头的。我那天出门遛弯，正好见着那家男主人来监工，一身的名牌，脖子上戴的金链子有手指粗，身边跟着的年轻媳妇也不简单，穿了件貂，戒指上的宝石有鸽子蛋那么大……”

语气里多少带点儿羡慕，一说到这些，媳妇的话像开了阀的水闸。

董兴怕让她再说下去，夫妻之间多少会产生点儿矛盾，他及时打断了她的话，话锋一转："这就怪了，咱们村这鸟不拉屎的地方，有点儿本事的人急着往外跑，除了老人、孩子和我们这些个搞点儿洋货的二道贩子，谁愿意留在这儿啊？新来的那户，那么有钱去哪儿不好，非来这里。"

"或许是来躲事儿的？"听了这话，媳妇倒是想起件事，"前年不是来了好些小年轻租房子，没住一阵就被警察抓走了，你还记得不？犯了什么猥亵罪来躲风声的。"

"咋可能呢？"她的猜想被董兴否决了，"那么大张旗鼓地招工人、盖房子，还能是来躲事儿的？疯了不成？等着警察找上门吗？"

把剩半截的香烟抽完，他在烟雾中眯了眯眼睛。

巧的是，媳妇立马像是被他的言论点醒一样，夸张地嚷了起来："哎，还真让你说对了，那家真有个疯子，还是个武疯子呢！"

"武疯子"是他们这边对有暴力倾向的精神病人的一种称呼。

媳妇两只眼睛滴溜溜一转，忙不迭地讲起了董兴去倒货没回家的这几天，村里发生的事情——

新来的那户人家姓刘，一家共五口，看样子是重组家庭。

夫妻俩带着一双年龄相差颇大的儿女，儿子看上去最多上小学，女儿应该有二十多岁，家里头还有个青年男人，据说是男主人的弟弟。

所谓的"武疯子"就是这个青年男人。

三天前，"武疯子"跟着男主人来装修现场监工，男主人前脚去了村头的小卖铺买烟酒，车门没关牢，他后脚就跟着下车跑进店里，抱住算账的老板娘，给老板娘吓得哇哇乱叫。在场的男人们去劝阻，还让他给扒拉了。最后，还是他哥又赔钱又道歉，把他的真实情况公之于众，才得了大伙儿的原谅。

"当时老张家媳妇还跑去现场看了热闹，回头跟我唠嗑，说是小卖铺里都乱成一锅粥了。"

媳妇咂了咂嘴，眉头皱成八字，偏是董兴忍不住笑起来。

"什么'武疯子'，那得叫花疯子。"

理所当然地，他被媳妇赏了个白眼。

"反正我这是跟你说了啊，看他家工地快完工了，以后搬进来，咱们低头不见抬头见的，你也要小心些。要是骑三轮路过，看见一个白白净净、剃平头的高个儿小伙子，千万走快些，别东张西望的。疯子最忌讳别人盯着。回头我还得给咱们儿子打好预防针。"

果然，小半个月过去，隔壁的人家入住了。

因为投入很大，颇具规模的建筑在这种放眼望去全是水泥小楼的村庄里格外吸人眼球。前后四间大瓦房，亮亮堂堂，水泥院墙上装着电子围栏，用了铁铸的大门，还在门前拴了条大黑狗。

那不像民房，像监狱。

刘姓人家搬进来那天，摆了席，放了炮，铺了红地毯，给去看热闹的乡亲散的烟都是软中华，一派红火的景象。董兴谨记媳妇的叮嘱，虽然住得最近，但没去围观，只在路过时刻意看了看——

敞开的大门正对着的地方不是常见的堂屋。

里头供奉着半人高的雕像，不知道是什么神像，远远看上去模样怪凶狠的。

回头串门时有人聊起这件事，说是男主人挺迷信的，觉得这个能压制他弟弟的疯病。可他弟弟也不住在院子里，而是在院子外又单独砌了个小平房，硬生生把他弟弟和院子隔开了。

董兴觉得奇怪，都说那人是"武疯子"了，还不关进那监狱似的院子里看好，反倒刻意隔离在外，这是为了给邻居找不痛快啊？

像董兴媳妇说的，他们低头不见抬头见。

没过几天，他在自家院子整理淘换来的外国皮货时，隔壁的男主人来拜访了。

"老哥，在家呢，说起来我们搬过来这么久还没拜访过邻居，您贵姓呀？"

那人穿了一身貂袄，头戴海龙帽，面带友好地站在院门前打招呼，完全没有有钱人的架子。见状，董兴热情地递烟过去，两个男人就在院里一边抽烟一边聊起来。

男主人叫刘强，是做工地工程的，二婚娶了个年轻媳妇，带了个儿子。

他弟弟刘林有精神问题，控制不住自己的行为，总是在半夜在家号叫，还要打人。在城里头被投诉，他们家换了好几个小区，没办法才几经辗转来了这个偏僻的村子。

"前些日子我带着弟弟来了村里一趟，就闹了乱子，弄得我怪不好意思的，给他送到医院里又治了几天。但今天晚上还是得接回来。咱们住得近，今后晚上怕是多少有些打扰，也请您多担待些。"

刘强无奈地笑笑，递来一包软中华，随后请了董兴一家明晚到自己家里吃饭。

吃人嘴软，拿人手短，推托不得的董兴只得点了头，客客气气地送走了对方。

果然，当晚隔壁就传来了男人嘶哑的号叫声。

那声音董兴从未听过，时而是低沉的哀号，哀怨里带着些许愤恨，时而又是凄厉的惨叫。

秋冬的夜里刮起大风，风卷着男人的号叫声回荡在街巷里。

董兴没办法，为了不影响儿子学习，只得从被褥的一角扯了两团棉花堵住了儿子的耳朵。

还好快到晚上十点钟时，外面安静了。

安置完儿子的媳妇上床前反复检查了门锁，才钻进被窝，紧紧贴着董兴。

"唉，心头不安稳。"她讪讪地道。

"你跟疯子计较什么？"董兴说。

"我晓得啊，可他号得也太吓人了。"

黑暗中，为了取暖，媳妇冰凉的脚底板贴上了董兴的小腿肚。

"你在屋头看电视听不见，我在院子里洗衣服倒是基本能听个八九不离十，他喊的可是'杀了你'。"

2

第二天去到隔壁吃饭，董兴浑身不自在。

临出门前他翻箱倒柜，好不容易从抽屉里找出一把生锈的折叠刀。他早已经记不清这是什么时候的物件了，掰开刀刃晃了晃，又用大拇指试了试刀尖，钝得不行。

但他还是把刀揣进兜里，就连他自己都不知道为什么要这么做。

"哇，好大的院子。"

儿子董生倒是不怕事，昨晚上的棉花塞得好，啥也没听到。今天到了人家屋里头，兴奋得像只小狗崽，东看看西看看，被妈妈一把拎住后领，拽到身边。

"快请，里边坐。"

刘强的年轻媳妇招呼大家坐到大圆桌前，家里的小儿子刘力正坐着玩游戏机，见了董生，自来熟地挥手叫他过去一起玩。两个小孩就这样凑到了一起。

"人齐了，上菜吧。"

人落了座，主位上的刘强便吩咐自个儿媳妇上菜。很快，一桌子山珍海味被摆上来，全是在外头饭店订好了送来的，品类繁多。

刘强解释，他弟弟刘林被锁在院门口的平房里的，吃饭不上桌；女儿陪着搬完家以后又回学校住宿了，也不在家；家里就他和媳妇、小儿子，都不怎么会做饭，这才在饭店里订的餐。

董兴夫妇认真一打量，刘强那漂亮媳妇果然打扮得精致，一看就是十指不沾阳春水的角色，一头酒红色卷发柔亮顺滑，身上有甜甜的香氛味，手指上鸽子蛋般大的戒指直晃眼睛，手腕处还戴着个玉镯子。

浑身透露出一股村妇气息的董兴媳妇有些自惭形秽。

其实董兴面对刘强也是如此，不过两杯白酒下了肚他就轻松了，毕竟酒壮人胆，耳朵一红就跟人唠起来，直言不讳："刘兄弟，你那弟弟晚上号得也忒瘆人了。"

"唉，不瞒你说，家里现在还准备着镇静的药，我们也愁得很……"

对方倒是随和，又是道歉，又是赔笑。

一顿酒就这样喝到了天黑，待董兴醒过神来，让媳妇挽着回家时，董生已经跟着刘力到了人家卧室里打联机游戏，恋恋不舍，说明天还要来找刘力玩，被妈妈暗暗拍了一掌。

望着他们离开的背影，刘强的媳妇关上门，收起了刚才的笑容。

"搞不懂你，那么低三下四干什么，还陪着喝那么多酒。"

"要在这儿住多久也说不准，我这样做还不是为了搞好邻里关系，以后的日子好过些。"刘强打了个酒嗝，口气浑浊，"你就想，咱们既然是来躲风头的，低调些总是好的。"

"都怪你，早不出事晚不出事，偏偏是在咱们儿子读小学的时候出事，真会选时间。我早跟你说过用那种手段办事危险，你不信，现在又非听外人的言论，来这么个偏远地界在院子里供一尊雕像……这下好了，也不知道要在这鬼地方待到什么时候。"

"放屁，能怪我？我接活不是为了让你跟儿子过好日子？再说，要不是那几户人家死活要当钉子户，我用得着把刘林的疯病激出来，搞出那么大的事吗？背人命债谁不心慌？你别跟我阴阳怪气的，你要是不爽，就回城里头等报复去，给你惯出毛病了……"

酒精放大了情绪，刘强的话越来越不好听。

女人有些委屈，闭了嘴，怏怏地去了别的屋子。

与此同时，董兴家也在闹不愉快。

不知道是不是受了刘强老婆穿金戴银的刺激，董兴媳妇回去便给董兴一顿数落，说他像没见过好酒似的，一喝就停不下来，丢份儿。

只是还没彻底退去那股酒劲儿，董兴也不生气，反倒讲起别的："那家人不简单，围墙修得那么高，还在院子里供着东西，家不像家，庙不像庙，怪怪的。估计还真像你一开始猜的那样，犯了事来躲灾，以后咱们确实该和他们保持些距离……"

话没说完，外头，号叫声又响了起来。

虽然董兴跟媳妇做好了跟刘家保持距离的打算，但董生还是总偷偷摸摸地去找刘力玩，不听劝——董生属于董家的老来子，个头瘦小，身体不是太好，以前老让村里的其他孩子欺负，孤零零的。如今交到朋友，他倔劲儿大得很。当然最主要的，还是因为游戏机。

董兴去城里卖货，住了几天，回来不见董生，问了媳妇才知道，儿子又跟刘力去玩了。董兴想把董生找回来，结果到隔壁敲了半天门却没个回应，反倒是把小平房里的刘林敲起来了。隔着一道铁窗，刘林眼神阴鸷地瞧着他。

他面色发白，留着短寸平头，眼睛正死盯着窗外的人。

刘林被关在这里出不去，一日三餐全靠家里人送饭，能接触外界的途径只有这扇小铁窗，每次有人路过，他都会嘀嘀咕咕。村里头的人虽然不讨厌刘强，但对这个"武疯子"还是避而远之。

讨了没趣，董兴又在村里晃悠起来，寻找儿子的身影，

他晃到村口，终于看见两个小孩子并肩坐着，眼巴巴地瞧着街道的方向。

"大冷天在这儿坐着看啥呢？"

董兴走过去，伸手摸了摸儿子的小脑袋，顺着儿子的目光看过去，不远处一个身形瘦长的高个子正在街道上不紧不慢地走着，后边像玩老鹰捉小鸡一样跟着一串孩子，又笑又闹。

这真是怪事，那人看着不像村里人，竟然能领着一群村里的孩子。

"那是'瘦子'，他来村里好几天了，大家都喜欢跟他玩。"董生主动解释。

"他人特好，会给小孩发糖，还帮人写作业呢。而且他会教书，老厉害了，可他就是不喜欢刘力，连带着也不带我玩了……"

说话的工夫，董兴发现那个瘦子回头望了一眼，那是个从外貌上看不出男女的人，脸又白又瘦，却有喉结，要命的是细长的狐狸眼里，白内障一样蒙着一层厚重的奶白色膜。

"赶紧回家。"董兴连忙拉着儿子就走，顺便把刘力也送了回去。

等到了家，董兴严肃地逼问董生："你跟他玩过没？吃他给的东西没？"

"玩过一次，不过他知道我跟刘力好，就不带我了，连糖也不给我发了。"董生很老实，伸出手，从衣兜里掏出两颗包装精美、印着外文的糖果递给董兴，"喏，这是他第一次带我玩给的。因为你跟妈一直不让我吃不认识的人给的东西，我就放在兜里没敢打开。"

"算你听话。"董兴松了口气，拆了糖，扔进灶火里，烧了干净。

3

这真是稀罕事，安静偏远的村庄，前后不到一个月，突然来了两个外地人。

大家刚讨论完财大气粗的刘强，又开始讨论来路不明的瘦子。当然，后者肯定没有前者受人待见。

有人猜测这个瘦子说不定是从国外过来的。有人讲大白天看到那个瘦子坐在村口撕纸吃，大口大口地吃着，像吃煎饼。还有人心头担忧："这个人不住在村里，一到晚上就没影了，会不会是来踩点的人贩子？"

闻言后，大家纷纷警觉起来。

各家各户都不许自家孩子跟在瘦子后头打转了，更别说吃他给的东西。

一时间，村道上多了好多被丢弃的花花绿绿的糖，大家以为这样，瘦子就会识趣地换地方。可没多久，董兴去外头倒货，回来就遇上瘦子在自家门前晃悠。

不对，应该说，瘦子是在关刘林的那间小平房外晃悠。

"吃糖吗？"

靠在铁窗旁边，瘦子丝毫不畏惧"武疯子"的名号，柔声细气地讲话，伸出修长的手，朝里头的人递出几颗漂亮的糖果。

怪的是刘林见了他也不哼哼，像头被驯服了的熊，嘴里咕噜咕噜的。

刘林接了糖，大概是吃下了。

董兴远远地看着，虽然两个都是他认为必须避而远之的角色，但"武疯子"看上去危害性还是要高很多，于是他出于良心，硬着头皮上去跟瘦子搭了句腔。

"他是个'武疯子'，你小心些。"

瘦子并不说话，那双奇怪的眼睛上下打量了董兴一番，走了。第二天，瘦子又出现在同一个地方，还一待就是一整天。

算了，各人有各人的命，良言难劝该死的鬼，再遇见，董兴也视若无睹了。

董兴现在要做的最重要的事就是看好董生，要董生跟刘力断干净，免得惹火上身。董生为此闷闷不乐了好久，眉头紧锁地跟董兴说:"爸,刘力说我要是铁了心跟他绝交,我就活不长了。"

"这叫什么话?"董兴听了,气得吹胡子瞪眼,"他凭什么这样说你?"

"他说他家里有秘密武器,专治不听他们话的人。"董生眨巴眨巴眼睛,有些委屈,"先前瘦子不带他玩,我都只能站在他那边,现在你非要我跟他绝交,我咋办啊?"

董兴火大,当即要去找刘家讨说法,媳妇一把拦住他,神神秘秘地把他拽到院外边,劝阻:"你别去。"

"欺负到咱儿子头上了还不去,我当缩头乌龟呢?"

"哎,不是那意思,主要是我今天回家时在外头遇见了那个瘦子,他主动跟我搭话呢,说刘家的院子里面挺奇怪的,让我千万远离……"

媳妇讲话时刻意贴近了他的耳朵。

这是什么意思?

董兴弄不懂,只晓得瘦子在刘家院外晃悠了些时日,刘林就没再半夜哀号了,甚至有一天董兴骑三轮路过他的窗户外头,刘林还提醒自己:"叔,开车小心啊。"

刘林笑眯眯的,看上去跟正常人完全没区别。

董兴困惑:给刘林治好病就是瘦子说的怪事吗?这不是好事吗?

事实上刘家人也一头雾水。

晚上,刘强媳妇在床上涂指甲油,磕磕巴巴地提起来:"那个经常在我们门口晃悠的瘦子到底是什么来头,你找人查过没有？我看他天天跟刘林混在一起，也不知道在做什么，会不会是那些出了事的人的家属找上门了？"

"傻啊，那些人的家属真找上来，第一时间早把刘林撕烂了，还能给他治病呢？再说，他一个人找上门来也没用，那小身板能进来做什么？你别杞人忧天。"

刘强不以为意，最近他又在外头搞了个工程，干得风生水起。

"可咱们儿子说，之前瘦子跟别人玩，偏不跟他玩，还说他身上脏。"

"小兔崽子给你惯的，嘴里啥话没有啊，你心里头没点儿数，还能信他？"面对媳妇的担忧，刘强始终保持平常心，"我们搬来这里，就是为了避开命债，说不定那个来历不明的瘦子就是我们的福星呢。我看那瘦子跟刘林待了那么几天，刘林也不像之前那么疯了。"

他的话是有道理的。

那个瘦子不吵不闹，每天就在铁窗前拿着一本皮革封面的本子，给刘林朗读些里面的东西，不多日过去，刘林的精神状态愈加正常，从前的阴鸷狠戾渐渐褪去，眼神逐渐清明。

家人送饭时，他居然开始主动聊天搭话，逻辑清晰。

这简直是天大的好事。刘家人尝试着把锁着的门打开，让他出来。他还很有礼貌地向每个路过的人问好，说先前脑子不清醒做了坏事，吓着了人，现在想起来实在是不好意思。

村里为此炸了锅，谈论得沸沸扬扬。

瘦子的风评也变了，从人贩子变成了行走江湖、医术高明的神医。刘强一家很是高兴，虽然没有把刘林的住处从外头挪到里头，但还是准备做东请客，在家设宴，热情邀请瘦子和一帮村民前往庆贺刘林的疯病被治好了。

"多亏了您的帮忙，我弟弟现在神志清明多了。也不知道怎么谢谢您好，我们备了顿薄酒，明天，您赏脸来吃个饭吧。"

这天，刘强罕见地打开了大门，邀请瘦子进屋喝茶，提出了请他吃饭的事情，只是瘦子有些油盐不进，任刘强推搡到了门口，仍然说什么也不进去，惹得拴在大门背后那条原本安安静静的大黑狗汪汪叫个不停，甚至要扑上前去撕咬他。

"滚。"

刘强踹了狗一脚。

他以为瘦子拒绝是因为害怕狗，于是拍着胸脯保证明天设宴时肯定把这大黑狗弄走，瘦子不接话，犹犹豫豫看了一眼堂屋，才小声推托道："您家的堂子这样敞开着，设宴怕是不合适吧，再惊扰了里面。"

"明天我把门给锁上，不碍事的。"

刘强竖着手指头再三发誓，这样的热情，瘦子招架不住，点头允了。

董兴一家人也收到了宴席的邀请，正犹豫到底去不去，家门被人敲响。

他们开门一看，外头正是那瘦子，单薄的衣衫在寒风里上下翻飞，干巴巴的声音给出郑重的提醒："明天，你们千万不要去。"

董家夫妻对视一眼，不说话。

4

第二天，外头一大早就开始放炮，欢声笑语，喜气洋洋。

到了十二点左右，声音更大，就是远远听着好像变了味，不像是喜悦的声音。

董兴忍不住好奇到底是多大的排场，闹成这副样子，打开一条门缝去看，才发现各家各户去吃席的人都在眼神惊惶地奔逃。

那架势，跟电视剧里怪物出笼似的。

"老董！快让我进去！"

人群里，跟董兴一向关系不错的老张见到门缝里他的脸，猛地冲过来，挤进院子里头，面色苍白，气喘吁吁。

"咋？咋了？"董兴不解。

"伤人了！'武疯子'伤人了！妈呀，吓死我了……"对方颤声说道。

据老张所言，今天刘强专门请了乡厨来家里做饭。

除了主桌空出来给家人和瘦子预留，其余的几桌村民随意落座，只是菜上到一半时，也没见瘦子出现。

一群人坐在这里不开饭怪尴尬的，刘强去外头寻刘林，想着先开饭，结果人走出去没一会儿，外头忽然传来一阵剧烈的骚动，再一看，竟然是刘林举着一根不知道哪里弄来的棍子，正追着刘强跑进来。

"吓死人了，那刘强脑袋上全是血，跑得歪歪扭扭，没两下就栽倒在地，疯子更可怕，嘴里还在嚷嚷什么，看他哥倒在地上后特别来劲儿，就照着他哥打……"捧着热茶的老张在董家回忆着那个场景，仍然心有余悸。

在场的人看见这个架势，都吓蒙了，直到刘强媳妇哭叫着喊刘强的名字，才有人反应过来去制止。可是发疯的刘林力气大得像牛，一下撞翻了几个挡在他面前的人，拿着棍子就要打刘强媳妇。

刘强媳妇离得远，一下子躲回屋里锁了门，刘林也不罢休，恶狠狠地砸窗户。

这时小孩子们都哭号起来，大部分人带着孩子往外跑。唯有刘力没去处，他左看右看，躲进桌子底下。而刘林打不着嫂子，冲回来一把掀了桌子，拽住刘力便往地上猛摔，摔到刘力彻底哭不出来，又回头继续砸门。

乡里的警察来得很快。听到警笛声后，董兴壮着胆子去看情况。

那被高墙围起来的院子里一片狼藉。刘林正提着棍子坐在堂屋门口，摇头晃脑，笑得眯了眼睛，被警察一把摁住也不反抗。

"不要围观。"警察驱赶董兴等一众探头探脑的围观者，语气严厉。

昏迷不醒的刘力和已经吓傻说不出话的刘强媳妇被抬出来后，刘家的大铁门也被倏地拉上，董兴哑着嘴正要回去，下方响起一个小小的声音："爸，瘦子在院里头不出来吗？我好像看到他了。"

说话的是儿子董生，不知道什么时候也跟着出来了，董兴连忙捂住他的眼睛。

"谁让你来的！不许瞎看瞎说啊！"

"没瞎说，你没看到吗？他在院子里头笑呢……"

被连拖带拽往家里带，董生还伸手去指后头，不愿再往院子里看一眼的董兴背后鸡皮疙瘩起了一大串，没敢回头细究，黑着脸，不吭声。

疯病再犯的刘林被抓捕归案，强制送进了精神病院。刘强重伤，生死未卜，刘力断了两根骨头，倒是没有性命之忧。

所谓今天的座上宾瘦子，除了董生，没有一个人说见过他。

令人唏嘘的是，骚乱中唯一没受伤的刘强媳妇精神崩溃了，在警察局里又哭又叫，由此牵扯出一大串陈年旧事。

原来这些年，刘强做工程，身上背了不少命债。

他不晓得去哪里拜了个"师父"，学了些所谓类似催眠的功夫，每当遇见搞不定的事情，便会刻意刺激他那个早年受过情伤、得了精神疾病的弟弟，让弟弟去给他平事，完了以后，再慢慢将弟弟的精神调养好。

这招屡试不爽，为他解决了不少忧患。

在搬来村里前，他更是为了一个拆迁项目，让被刺激犯了病的刘林夜里提着一把榔头，上待拆楼里砸伤六个人。虽然刘林因为"疯子"的幌子没坐牢，但这次精神莫名其妙地养不好了。

当年的"师父"早已不见踪影，刘强又问了别人，人家才给他指了路，说是到这个地方修座房子，供尊神像赎罪。

可惜罪是赎不清的，刘强最终在自己弟弟的手上栽了跟头，送了命。

村里那监狱一样的院落废弃了，门口原本留给刘林住的小平房，如今连窗户也用报纸糊上了，怪阴森的。

据说警察来刘林的屋里取证时，发现他被褥里全是一沓沓亮晶晶的糖纸。

没人知道他在发疯之前到底吃了多少瘦子给的糖，也没人知道瘦子到底来自哪里，又去了哪里。

两个月后，路过刘家大院门口，董生忽然没头没脑地问起："那瘦子到底是好的，还是坏的啊？"

董兴拍了他一掌，不置可否，淡淡地道："善有善报恶有恶报，不是不报时候未到，你记住这个道理就行。"

三 弃婴

1

槐市的冬季，早晨七点半之前，天空总是灰蒙蒙的。

今早起了雾，沥青路上湿漉漉的，风像小刀一样凛冽。

小心翼翼停下淘来的二手小电动车，孙姨冲着医院后门保安亭里喊了两声："老吴，快开门。"

"唉，"透过被糊了一层雾的玻璃窗，里头有个人笑盈盈地站了起来，摁下门禁道闸的感应按钮后，又穿着厚重的军大衣推开保安亭的门，走到外面，"以为今天下雾，你来得晚呢，没想到还是这么早。"

说话间，他们的嘴里喷出白色的热气。

"习惯了，风雨无阻嘛，来，给你带的。"

推着电动车进了道闸，孙姨顺手将挂在车把上的豆浆和茶叶蛋递给眼前的保安老吴，对方立马受宠若惊地道："哎呀，我也就是说说，怎么你还真给我带早餐了？你等等，我把钱给你。"说完，他便转身要进去取钱。

"不要不要，上次你还给我拿腊排骨呢，这点儿早餐不算啥。"连摆了几下手，孙姨不由分说地骑上电动车直往停车棚驶去。

保安亭里另一个保安听见动静，蹿出来，油嘴滑舌地调侃起来："行啊你，人到中年终于盼来了第二春。"紧接着他又哼唱起一首关于男女情爱的歌，声音含糊不清。

他嗓门大，零星蹿出来的几个字眼跟着寒风飘进了孙姨的耳朵里，烧烫了她的面颊。

孙姨原名孙红，今年四十三岁，在槐市的妇幼保健院做保洁。

她是个善良本分的人，只是命不太好，跟出轨的丈夫离婚后，便独自带着女儿到了槐市居住，因为没什么文化，到处卖力气过活，后来经人介绍来到了妇幼保健院做保洁，专负责清扫住院楼。

妇幼保健院人多，活也多，为了在病人家属到来的高峰期之前把卫生做好，孙姨养成了工作日早七点准时到医院的习惯。一来二去，经常看守医院后门的保安老吴就跟她熟络起来。

老吴全名吴林，比孙姨大四岁，也是孤家寡人。

年轻时不懂事，跟人聚众玩牌，被抓进去关过几年，老婆也走了，又没有子女，出来后就一个人单着。听同事们说，他这些年除了干保安还找了许多挣钱的门路，攒着老婆本，就等着第二春。

孙姨不是不知道老吴对她嘘寒问暖、格外关照的意思，也不是心头对他没有任何好感，只是想到自己还带着个孩子，怕孩子一时接受不了，就一直没有挑明。

中年人的爱情是含蓄的，对于他们这样的人来说更是如此。

好在老吴理解，每次借口遛弯送她下班回家时，也很有礼貌，到小区门口就自觉地离开。倒是其余的保安、保洁总爱不时地调侃他们俩。

"红姐，今天你给老吴带早饭啊？我看到了。"这不，孙姨刚提着换下来的垃圾到废弃物堆放点，专门负责清理这片区域的保洁陈姨就凑过来，笑得花枝乱颤，"我说你俩都到这个份儿上了，彼此又都有这个意思，不如就敞开天窗说亮话呗，还那么矜持干什么？"

"瞧你这嘴……"孙姨有些尴尬，将垃圾一扔，手在衣服上胡乱地搓了两把。

"你还害羞呢，说实在的，老吴没有子女，你们俩早些成了，说不定还能再要一个呢。"

"滚滚滚！"作势打了口无遮拦的同事两下，孙姨背过身去，走得飞快。

"哎，红姐，等等！"陈姨在背后扯着嗓子，追过来。

"不惹你了，我说个正事，今天能不能帮我个忙？我老公病了，在诊所里挂水呢，我要早点儿下班去给他送饭，想麻烦你下午帮我扫下这片儿，行不？"

虽然叫人调侃得面红耳赤，但面对请求，孙姨还是应下了。

只是一个人干两个人的活确实耗费时间，到了正常下班点，她还满头大汗地在打扫住院部的楼道。

久不见她出门的老吴在住院部楼下寻到了她，见她手里拎着大大小小的扫帚簸箕，赶紧掐灭嘴里的烟，小步跑了过来。

"哎呀，你走，你走，我自己干就成。"

"哪儿能啊，两人干肯定比一个人干得快啊，跟我还客气个啥？一起弄呗，弄完早些回家。"

看着眼前抢过她手头活计的男人，孙姨百感交集，眉头微皱，嘴角却有遮不住的笑。

孙姨有了他的助力，打扫卫生的速度的确快了很多。不多时，两人便有说有笑地拖着最后一袋垃圾来到废弃物堆放点，趋近于墨色的天空下，堆放点小小的黄色灯泡的光线格外寂寥。

突然起了风，风声中夹杂着一声有气无力的哭喊声，就在这片在垃圾堆里，细微得如同小猫在叫唤。孙姨顿了顿，警觉起来，那是属于女人独有的警觉："老吴，你有没有听到什么声音？"

"好像有哭声？"老吴也皱起眉头，他的胆子大，循着声音凑上去，扒开两袋垃圾，忽然惊喝一声，"呀，有个婴儿！快来看！"

2

此刻天色已晚，黄色的路灯刚刚亮起，昏黄的灯光照亮角落，两人看清了，那单薄的小被里包裹着一个小小的躯体，皮肤青紫，面容皱成一团，努力地发出声音，一只只细小的蚂蚁在小孩子的脸上乱爬，咬得孩子眼周通红，微弱的哭声上气不接下气。

"哎呀，谁这么缺德！"老吴咬着牙骂了一声，抢在孙姨前面将孩子从垃圾堆里抱了出来，粗糙的大手拂开惹人厌的蚂蚁。

"多可怜啊！"

"是啊，真造孽！"孙姨也连忙取下自己的围巾，给孩子又裹上一层，"也不知道是谁扔的，咱们跟医院说一声，报警吧？"

"我看还是先回家给孩子换身干净的厚被褥，这寒冬腊月的，就这点儿御寒的东西，大人都哆嗦，孩子咋抵得住？"老吴颠了颠襁褓，夜色模糊了他此刻的表情，"而且你也不是不知道，这么小的孩子，送医院里就得花不少钱，哎，你我两个垫不起的……"

她手指微微掐着孩子的脸蛋，冰冷的触感让她一阵心疼，有时候，比这夜更冷的，是人心。她点点头，顺了老吴的意思，迅速骑来电动车，载着他和婴儿回了家。

到家时天已经彻底黑了，老吴说太晚了回家不安全，硬是生生拒绝了孙姨想进屋帮忙的好意，孙姨被拦在门口，仍迟迟没有离去，一是担心老爷们儿不会照顾孩子，二是焦虑这捡来的孩子该怎么安置，索性又提了一嘴："那赶紧报警吧！"

老吴打断了她："既然都做出丢娃的举动，肯定是真心不要这个娃的。再说这里人又多又杂，那边还没监控，你就是找来警察，也不见得能找到父母，多半是送福利院的结局。正好我有个远房亲戚，一直没有孩子，我明后天请个假，把孩子给他们带过去，他们肯定乐意收养孩子，这不是两全其美嘛。"

"哎，可……"孙姨也不懂这些，有些犹豫，话讲得吞吞吐吐，"那么小的孩子经不起送来送去的折腾吧，要不你先跟他们确定一下？孩子就让我抱回去先养两天，我是当过妈的，照顾小孩子这种事情肯定比你熟悉，等你联系好再让他们来我这里把孩子接走怎么样？"

"你家里都有个读高中的孩子了，哪儿有那么多精力啊？没事，别担心我，到时候有不懂的，我就给你打电话。"

摆摆手，老吴还是婉拒了她的提议，又转头望向床上的孩子，孩子似乎已经睡过去了。

接下来一连三天，老吴都没来上班。

本以为他是送孩子去了，哪里晓得第四天一大早，孙姨再见到他时，他竟然背着孩子在保安亭里上班。孩子在襁褓里被包裹得严严实实，老吴的身子微微佝偻。

孙姨困惑极了："不是要把孩子送给亲戚吗？"

老吴用粗糙的手伸向背后，轻轻拍着，直言自己一把年纪了也没有孩子，孤孤单单，这小婴儿是上天送给他的礼物，他要自己养大。虽说不难理解他一个孤家寡人跟小孩子独处几天有了感情，可这态度和先前的差别还是叫孙姨目瞪口呆。

搭班的保安听到动静，咧着一嘴大黄牙，探头探脑地凑过来，要看襁褓里的婴儿。

"让我看看是个什么样的娃娃叫你起了当爸的心。"

"去去去，"老吴立马转了个身，像是生怕同事满嘴的烟臭味熏到了孩子，神情带着鄙夷之色，"小孩子怕生，我好容易哄着不闹了，你一看，又得吓哭。"

他和孩子之间仿佛有心灵感应，话音一落，婴儿的哭声便突然响起，尖锐得像是某种野兽的叫声。

"哎呀，还真说哭就哭了。"同事有些尴尬，摸摸后脑勺，退到了一边。

但哭声还没停止，凄厉得很，孙姨想上前接过孩子哄哄，就当帮个忙，却被老吴闪身躲过，他的眼神里闪过一丝不可察觉的警觉之色，罕见地摆了摆手。

"我自己来，你忙你的吧。"

他很少用这么强硬的语气跟孙姨说话，实在奇怪。

可见眼下，孩子是他的香饽饽。

经常打照面的同事们都知道老吴领养了一个没人要的孩子。穿着保安服、背着襁褓的老吴成了门岗的新风景。

老来得子的他对孩子稀罕得过分，每日寸步不离地带着，谁也不让看、不让摸。孩子被他带得特别认人，只要有旁人凑得近了，或是想去揭开襁褓看看，就会立刻用哇哇的哭声回应。

孩子一哭，老吴的脸就黑得吓人，他偶尔还会叫骂，骂孩子，也骂自己。

久而久之，同事们开始觉出不对劲了。

"怎么从来没见过老吴给孩子喂奶、换尿片？"

"是啊，而且除了有人靠近的时候会扯着嗓子哭，平时也不见那孩子有声音。"

"哦，还有，你们发现没？自从领养了那个孩子，老吴的脾气越来越大了。"

午饭时间，一群保洁围在一起聊八卦消息，其中一个用手肘戳戳孙姨。

"红姐，你跟老吴的关系不一般，你知道他这到底是怎么回事吗？"

3

其实孙姨也不知道。

像同事们说的，自从领养了那个孩子，老吴的脾气变大了，性格也与从前大相径庭。以前爽朗热情的老吴，见了她总是笑嘻嘻的，有说不完的话，现在却时常一个人发呆，不修边幅，满脸胡茬，每天小心翼翼地抱着孩子机械地工作，旁人走过都要侧过身去，活像是一个偷了孩子的心虚的人贩子。

孙姨远远地看着，心头聚起一片黑云。

她今天从食堂里多打了一份饭，提到保安亭里，把饭菜打开让香气飘散出来，试探性地跟老吴沟通："老吴，最近带孩子累吗？感觉你每天都没什么精神。"

"哪儿的话？"老吴腾出一只手埋头扒饭，左手紧紧搂着襁褓，心不在焉。

"对了，你不给孩子喂点儿奶吗？"孙姨想到了大家的传言，小心翼翼地旁敲侧击，"我看你上班也没带尿片什么的，小孩子皮肤嫩，你可得注意卫生。"

"我在家里都弄好了。"

许是察觉到她话里有话，老吴也不吃饭了，抬起头，孙姨猛地吓了一跳！

老吴双眼通红，上面又像是蒙了一层雾，正在直勾勾地盯着她。

"不用你操心。"老吴嘴里嚼着饭菜，一字一顿地道。

他这语气生分了，要知道他们先前算是互有好感，孩子也是一块儿捡的，于情于理他也不该讲话这么硬邦邦的，这算什么事？孙姨越想越不乐意，扭过头避开他的视线，走了。

行到不远处，孙姨有些许不安地回头望向保安亭，浑身战栗——那个男人还在盯着她。隔着一段距离，她似乎还能看见对方无神的眼睛。她吓得不敢多待，迅速拐过一个转角，离开了。

当天晚上九点多，家里的电话响了。

彼时，孙姨洗完了澡，在沙发上一边擦着湿头发，一边看着无聊的家庭伦理剧。因为怕吵到房间里学习的女儿，电视的声音开得极小，这让电视里拼命吵架的婆媳二人看来颇为滑稽。

突然响起的手机铃声将她吓了一跳，她看了一眼对面的房间，连忙起身接起电话。

那是老吴打来的电话，她故作嗔怒："咋的，现在有什么要我操心的了？这么晚给我打电话。"

听筒那边传来滋滋的电流声和轻微的呼吸声，许久，老吴机械地吩咐道："孩子饿了，你来一趟，喂点儿奶吃。"

孙姨的大脑一下空白了，脸上一阵泛红，她快步走到阳台关上门，原本想说的话全部卡在喉咙里，变成一句："你开什么玩笑？！"

可电话那边的老吴仿佛没听到，又复述了好几次刚才的话："孩子饿了，你来一趟，喂点儿奶吃。"

呸！老流氓！

孙姨啐了一口，挂了电话，红着脸站在阳台上，手里紧握着手机。

但对方再没打过来。

她盯着手机，冷静了一会儿，看看外头的夜色，心里渐渐升起不安。她不是那种特别不近人情的人，踌躇半晌，还是咬咬牙，跟女儿说："小秀，我有事出去一趟，你自己把作业写完就赶紧睡。"

孙姨转身扔掉毛巾，披上外套，骑上电动车赶去了老吴的住处。

进了一条幽深的巷子，七拐八拐，孙姨来到一栋老式的小楼里。

这里原是医院配套的宿舍，后来医院搬迁到市里，徒留这一处职工宿舍还在近郊。周围垃圾满地、荒草丛生，住在这里的多是因为房租便宜的外地人。

老吴住的那一层，楼道里的灯泡坏了许久也没人修。到了晚上，楼道里黑漆漆的，人特别容易摔跤。

孙姨小心翼翼地摸黑上了楼，敲着门，气喘吁吁："老吴，你在吗？你刚打电话什么意思，孩子怎么了啊？"

屋里静悄悄没有声音，从楼道上的窗户往里看去，里头也没有光亮。

"老吴？老吴？"

孙姨怕出事了，语气有些急迫，她贴着窗户防盗栏想往里看看，也就是这时，窗帘"哗"的一声被拉开，一张脸赫然出现在窗里——正是面无表情的老吴。

"做什么？"他问，语气冰冷，带着质疑。

"怎么不开灯？"

"没交电费。"

这次孩子没被带在身边，孙姨眯起眼睛、侧着头往屋里看，恍惚看到他身后的床榻上坐着个黑乎乎的小影子，又连忙问："那……孩子吃了吗？"

听见这话，眼前的男人竟然神色突变，一只手猛地探出防盗栏，伸向她的胸脯！

"没吃！就在等你来喂呢！"

他声音低沉，又似在咆哮，口中滴着口水，眼睛瞪得更大了。

"老吴你疯啦？！"

孙姨连忙后退，险些跌坐在地，没忍住大骂了一声。这下屋里的孩子似乎听见了屋外的动静，发出凄厉的惨叫声，还是那样撕心裂肺。哭声中，老吴的表情柔和下来，他收回手，缓缓回到了床边，开始用沙哑的声音唱着奇怪的歌。

在漆黑的家里，一大一小两个人，伴着哭声和干巴巴的小调，场景甚是诡异。

孙姨心里既生气，又不是滋味，最终掏出几张钞票，扔进被防盗栏包裹起来的房间，捂着胸口，走了。

隆冬的街道，呵气成霜，冷风迎面，冰冷刺骨。

回到家后，孙姨做了个奇怪的梦。梦里，她还站在老吴家的窗外，与她对峙的是那个捡来的婴儿。

婴儿长到了成年人的高度，呜呜哭着、嚷着，用稚嫩的声音在叫唤："我要吃奶……"

醒来后，孙姨心头五味杂陈。

唯一叫她有些许安慰的是，早上在保安亭里遇见老吴，他变回了那副笑盈盈的模样。

这次，他背后没有再背着襁褓，而是只身一人打开窗户，说清早路滑，叫孙姨骑车慢点儿，小心摔着——和前些日子的冷言冷语判若两人。

中午吃饭时，他还主动坐到了孙姨旁边，说晚上下班想请她来家里吃顿便饭，感谢她的雪中送炭。

看样子昨天的钱，他是收下了，孙姨莫名松了一口气，摆摆手，表示吃饭就不必了，一切只是举手之劳，又顺口问了一句："那孩子怎么样了？"

"好得很。"老吴笑弯了眼睛，"昨天晚上，都开始喊我'爸爸'了。"

4

喊爸爸？那么小的孩子能喊人爸爸？

孙姨咬着嘴唇，刚想多问两句，食堂外有人大喊起老吴的名字，将他唤走。

医院买了新仪器，有力气的保安都被叫去帮忙。

孙姨再没有跟老吴搭话的机会，直到下班，也不见他出现在保安亭里，满腔疑问无处排遣。等到夜里在家给写作业的女儿送

去牛奶时，她才又接到老吴的电话，

一开口，他还是那句机械的话，像是昨夜的场景再现："孩子饿了，你来一趟，喂点儿奶吃。"

"吴林，你有完没完啊？昨天不是给你钱让你去买奶粉了吗？到底在发什么神经？"

这让孙姨有些冒火了，挂了电话，手头一用力，本该平稳搁在桌上的牛奶溅出少许。女儿连忙惊惶地把作业本拿开，狐疑地问她："什么情况啊？"

她还没来得及回答，老吴的电话又打过来，铃声响个不停。

她接通，他还是那句话，反反复复，跟着了魔一般。

"没什么，你安心写作业吧，我出去一趟。"

自来见不得人装神弄鬼的孙姨脾气上头了，即便是两个人原本瞅对眼的关系，也容不得这样一而再的愚弄，不能处就不处，可别一冷一热地折腾人。她铁了心要当面跟老吴讲清楚。

无视了女儿挽留她的举动，穿上雪地靴，她再次气鼓鼓地赶去了老吴的住处。

这次，老吴家的灯亮着，门也开着，仿佛是知晓她会来。

她透过门缝，能看见灯光照映下走动的人影，在听到孙姨的脚步声后，人影站直了，来到门口，将门推开。

老吴右手抱着褟裸，他的身子似乎更瘦弱了，此时正咧开嘴巴扯出夸张的笑："快进来，快进来。"

孙姨吓了一跳，预感不好，说什么也不进去，就站在门外，大声让老吴以后不要这样捉弄自己，语气比平日狠了许多，像是在给自己壮胆。

这栋小楼冷冷清清的，说话声在楼道里回响。

老吴的笑就收住了，两眼瞪圆，嘴角由上至下开始弯曲，作成哭状，喉咙里发出了婴儿般撕心裂肺的号叫，呜哇呜哇，立马盖过了刚才孙姨的说话声。在孙姨还没来得及做出下一个反应时，他粗糙的大手不由分说，一把抓住了孙姨的肩膀。

"放手！老吴！你弄疼我了！"肩膀传来尖锐的痛感，孙姨拼命地挣扎。

老吴却充耳不闻，嘴巴里的婴儿哭泣声逐渐转化成了平时说话的声音。他一边死命地拖拽孙姨，一边又柔声对空气说："乖宝宝，不哭，爸爸在呢。"

几种声音从他一个人的嘴里冒出来，简直像精神分裂！孙姨后背发凉，再也顾不得什么往日的情谊，用尽全力挣开了老吴的束缚，狠狠地把他甩开。

拉扯中，老吴怀里的孩子也意外落地，襁褓散开，露出了本来的面貌——

那是一个仿真婴儿玩具。

这根本就不是那天他们一起捡到的那个孩子！

"你滚，你滚！你把我的宝宝摔着了！你让我的宝宝受伤了！"

被拆穿的老吴喉咙里出现了第三种声音——暴怒的骂声。他连滚带爬地扑向地上的玩具，孙姨也乘机拔腿就跑，一口气冲到了楼下。

背后没有响起追逐的脚步声，在奔逃到一定的安全距离后，她才忍不住回头望了一眼，远处的干瘦男人正孤零零地站在楼道里，怀中抱着襁褓，就这样一动不动，大张着嘴，那双眼睛似乎在隐隐闪光。

他在盯着她。

孙姨回家便大病了一场。

等再回去上班时，保安亭里已经不见老吴的影子。倒是时常和老吴搭班的那个保安看见她走过来，立马神神秘秘地问："吴林的事，你知不知道？"

"他怎么了？"孙姨不太想提起他，语气淡淡的。

"他疯了！"保安神情夸张，用手拢住嘴巴，凑得近了些，"你这两天生病没来，大家都在讨论这件事呢！你知道他住在医院的配套宿舍小楼里嘛，我跟那守门的大爷熟悉，听说他前段时间有天晚上突然发疯了，大半夜抱着孩子满院子跑，一会儿哭一会儿笑，瘆得慌。"

闻言，孙姨瞬间回想起那天老吴可怖的模样，皱了皱眉。

她小声道："那他现在人呢？"

"被警察带走了！"保安耸耸肩膀，"守门大爷报了警，警察来了，发现他怀里抱着个假娃娃，又上楼去搜，结果在他的床铺底下放着个死了的小婴儿！身子都乌青了！"

"啊？！"

虽然不是没有想过这种可能，但真的听到，孙姨还是觉得如遭雷击。

"不过不是他杀的，我听人说，尸检显示孩子是先天性心脏病发作没的，但现在老吴人也没被放出来。我一想到前些日子跟他搭班，他抱着的那个玩意儿——也不知道是假娃娃还是死娃娃，心头就猫抓似的难受！还好你没跟他处对象啊！"

5

"好好的一个人，怎么会疯了呢？"

"你是说那个姓吴的保安吗？得了，一看你就是新来的，居然会觉得他好。"

两个小护士在走廊里聊天，一胖一瘦，胖的那个神神秘秘的，叉着腰。瘦的那个紧张兮兮的，用流水似的轻细声音问："吴师傅咋啦？"

"警察说，查到他以前偷偷给咱们院里那些生了孩子又不想要的家属介绍买家，让人卖孩子，他当中间人赚差价！那会儿我还是个实习生，经常在我们这一层工作的护工就跟我说过，这个人表面上笑呵呵的，其实心里指不定打什么算盘，叫我们都小心些。现在看，果然……"

"啊……"瘦护士五官皱成一团。

在她旁边擦洗护士站工作台的孙姨，后槽牙也咬得咯吱作响，联想到那时老吴说要把孩子送给"远房亲戚"，胃里一阵恶心。

"他这次出事，也是活该。"胖护士又说话了，活动着肘关节，身体左摇右晃，"但一想到他是捡了个救不活的婴儿才疯的，后背还怪发凉的……"

四　告别日记录

1

2051 年 9 月 15 日，周五，阴。

这是我被困在家里的第七天，断网断电，食物也彻底吃完了，意味着我必须出门采购物品，而这趟行程大概率是有去无回的。

它一直在外面等着我，我知道。

这些年里它的伪装技术已经越发精进。它学会了扮演快递员、社区工作者、想借东西的邻居阿姨，甚至是我死去的母亲——它会进化。

每天晚上我都会听到它在门口徘徊的动静，像是一种死亡的召唤，它玩味般地用尖利的指甲一遍遍地划过防盗门，那刺耳的噪声让我几度崩溃。

我想活下去。

只有活下去，我才有机会把这个故事传播出去，让更多人知道真相，不然只会有更多的人死在它的手上，作为知情者应该力挽狂澜的，不是吗？

电影里都这样演。

所以我决定最后冒一次险。

我要尝试打个电话，让肖医生来接走我。我要赌它还没有学会扮成肖医生的模样，也没有学会开车或接电话。

请祝福我有个好运气吧，陌生人。

毕竟死里逃生，我也是有经验的，希望命运仍然眷顾着我。

但，无论逃生计划成功与否，这都会是我的最后一篇日记。

我不能带走我的笔记本，理智告诉我，不要让它拥有斩草除根的机会，留下这份记录，是我面对未知命运时必须做的事情。

所以，陌生人，答应我，如果你有幸拿到这本日记，请认真阅读，并加以小心，趁它还没有盯上你，尽快把这个可怕的消息传播出去。

为了你，也为了更多人的安危，现在开始，请务必记住我写下的每一句话：

1. 它没有名字，也不是人类，但它会伪装成任何人的模样。所以，千万小心那些举止异常的存在，即使那是你的亲人和朋友。

2. 狩猎似乎是它的本能，但它并不是一出现就要置你于死地的。为了取而代之，它会潜伏在你的周围，学习你的一举一动，周期暂不明确，短则几周，长则数年，对此，我唯一的警告是，不要太快暴露自己的全部，因为这决定了它动手时间的早晚。

3. 无论白天黑夜，它都可能出现。最好每次出门前都准备好防身的武器，小刀或喷雾都可以，虽然不足以干掉它，但至少让你有逃跑的机会。

4. 与你的亲人、朋友约定一个你们之间独有的暗号吧！这样可以保障你们随时确认彼此还活着。

5. 养成储备物资的习惯，一旦生活发生变故，就躲起来，锁好门窗，尤其要记得装上备用电源。别像我一样，因为断电断网而孤立无援。

6. 别妄想与它搏斗。它的自愈能力强大得让人惊讶，我猜，非大规模杀伤性武器是很难消灭它的。学会逃跑和躲藏才是最正确的事。

最后，亲爱的陌生人，珍惜自由活着的每一天，好好享受有阳光的世界吧。

因为我们都不知道，明天和意外谁来得更快。

2

我的名字叫张思雅，2030 年生人。

家乡在南方一个名为清滩的小乡镇，母亲是当地小学的一名教师，父亲是当地的建设工程员。因为工作性质，他们两人长期分居。

而故事，就是从我的母亲怀孕开始的。

那一年，我父亲被外派到了西部做项目。

母亲为了平安度过孕期，便在父亲离开后搬到了她唯一的姐姐，也就是我的大姨家里居住。据我的母亲口述，那是一栋紧贴着贸易市场的临街五层小楼，往来人员繁杂，出租率很高，但因为大部分住户像大姨和姨父一样在贸易市场开店，所以白天小楼里是很清静的。

我的母亲是个非常敬业的人，即使怀有身孕，也一直坚持到了预产期前半个月才请假回家。同时她也非常倔强，回家后，就算肚子已经很大，手脚也肿得厉害，但为了能够顺利生产，她还是会利用白天小楼里人少的时间，爬爬楼梯，当作产前锻炼。

大姨每天早上为母亲做完早餐，都会陪姨父去一趟店铺，直到中午才回家，我的母亲便是利用这上午的空当来锻炼。

也就是那个时候，她发现了一个奇怪的现象——住在大姨隔壁的邻居好像在模仿她。

那是个爱穿红色衣服的女人，头发很长，尤其是刘海，甚至遮住了她的眼睛。

她们第一次相遇那天，大雾弥漫。

那个站在楼梯转角的红色身影格外亮眼，长头发的女人歪着脖子，默默不语，像是在等人一般。

起初，我的母亲并不在意她的存在，只是爬了几次楼梯，意识到那个女人始终站在雾气里一声不吭，才为此生出了一丝怜悯。

"那么冷的天，穿得不多，站在那里一动不动那么久，感觉像是和家里人吵了架，没钱又没地方去呀。"我的母亲如是跟我大姨描述她的见闻。

而我大姨的评价是：小楼里的租户鱼龙混杂，让她少管闲事。

事实证明我大姨的目光的确要毒辣一些，因为没过几日，我的母亲便发现，那个红衣女人开始跟随着她的脚步爬楼梯了。

在冬季的清晨，楼道昏黄的灯光下，她们一前一后，步调一致，像是一个人拖着自己长长的影子。

如果红衣女人仅仅是受到鼓舞，想要学习我的母亲锻炼也无可厚非，怪就怪在她干干瘦瘦，却非要像个孕妇一般抱着自己扁平的肚子，走几步，又停下来喘几下，举手投足都是我母亲的翻版。

　　第一天她们隔着一整层楼梯的距离，第二天就变成了半层，再后来，女人离得越来越近，却始终不与我的母亲有任何交流。

　　我的母亲开始有些害怕，以为女人有某精神方面的疾病。为了自身安全着想，母亲不再单独出门。

　　可平静的日子没过两天，不久后的一个早上，女人敲开了大姨家的门。

　　她不说话，只是呆呆地看着我的母亲，并学着母亲的样子抚摸自己的肚皮，喉咙里发出"咕噜咕噜"的声音。

　　任凭我的母亲说什么，她都不予作答，却偏偏在母亲浑身发毛，准备关上门时，一把抓住了门把手。

　　她的力气大得可怕。

　　即使我的母亲使尽浑身力气，也无法将门再拉动分毫。

　　"那是我第一次看清她的脸，像是面瘫一样口眼歪斜，嘴巴撇下来，眼神呆滞，模样很可怕。"每次回忆起那一幕，我的母亲都心有余悸，"我的力气比不过她，关不上门，也不敢贸然撒开门把手进屋去打电话求助。你知道精神病人如果受到刺激是很可怕的，她要是冲进来，我都不晓得要怎么办。还好那天你表哥辉辉没上幼儿园。他听见门外的动静，就下了床来外头看情况。那女的一看家里还有个小孩子，就立马走了……"

可会有人害怕五岁的幼儿园小孩吗？这根本说不通。

对此，我母亲唯一的猜想是：那个女人本能地担忧"以一敌二"的处境。

自然界的猎手在捕猎时，很少会对两个目标同时下手，选择落单的猎物是猎手的习惯使然。

但无论如何，有了这次经历，我的母亲都觉得十分后怕。

她把始末告诉了大姨一家，大姨和姨父也后背发凉。第二天，他们俩谁也没有去店里，做好了在家里为稚子和临盆的产妇保驾护航的打算。为此，姨父还准备了一根又宽又长、用来挑货的扁担作为武器。

他们对着隔壁的大门敲了又敲，始作俑者却始终没有开门与他们对峙。

直到当天深夜，我的母亲夜里腹痛发作，两个人准备将她送去医院待产，正开着门收拾待产的东西时，隔壁的门才突然被打开。

"砰"的一声，格外响亮。

那个女人披头散发，探头探脑，似乎在打量大姨家里的动静。

姨父当机立断拿着扁担骂骂咧咧地上前，对她作势要打，她才像感到威胁般爬着逃走。

没错，她是爬着逃走的，四肢并用，诡异至极。

怎么会有人这样行动？

连平时一向胆大的姨父也心头一颤，眼看着女人爬到楼梯尽头消失，怕她藏在暗处心怀不轨。他最终坚持拨打了120急救电话和 110 报警，让前者接我的母亲到医院生产，自己则留下来向后者报告这一情形。

毕竟精神病人住在隔壁，动机不明，又暂不确定是否有监管人对其进行约束，在监控还没有普及的年代，这是非常危险的事情。

只是，事情的发展出乎了每一个人的预料。

在我母亲生产完的第二天，姨父顶着浓重的黑眼圈来到医院，与大姨商量搬家的事宜。

虽然他们并不想吓到刚生产完的我母亲，但他们在帘子后窸窸窣窣的交谈声还是被生产过后伤口疼痛、夜不能寐的母亲尽收耳中——

警察来到现场以后，并没有在楼道里发现任何可疑人员。

因为隔壁的房门没有关闭，为保险起见，他们探查了屋内的情况，然后，他们找到了一具尸体。

正是那个逃跑的红衣女人的尸体。

3

所以，你觉得我母亲当时看到的东西，是什么呢？

幻觉，被迫害妄想，还是年代久远，她的记忆产生了差错？

事情的经过是会被人为篡改的，一件普通的事情也会因为口口相传而变得玄乎，就比方说一个女人横死家中，就足以让人编出无数眼花缭乱的版本。

很久以后，我的父亲就是这样告诉我的。

这一切都是我的母亲压力太大而导致的记忆混乱。但我很心疼我的母亲。

生下我之后，她一个人承受了许多精神上的折磨，这其中除了来自嗷嗷待哺的幼子、只会质疑的丈夫的烦恼，更多的还是对那个奇怪女人的恐惧。

直到我们搬回家中，她也时常有被监视的感觉。

为此，她对我始终寸步不离地照顾。

这到底是好是坏，我无法判断，但这的确造就了我童年胆小怯懦的性格。比起那些三五岁就敢独自去打酱油的同龄人，我直到八岁还必须开着门上卫生间；晚上和妈妈蜷缩在同一个被窝的举动，也让我的父亲无奈至极。

"她完整地继承了你身上的疑神疑鬼。"某一次回到家中，发现二年级的我自觉地抱着枕头爬上父母的双人床，毫不避讳地想要睡在他们中间时，他讥讽了我的母亲，"你教书育人几十载，为什么没有教会你的女儿勇敢和独立？"

他们为此爆发了少有的争吵，渐渐地，争吵的话题开始逐渐偏移，夹杂着这些年来他们对彼此的种种埋怨，像一点儿火星顺着引线，点燃了炸药。

那天夜里，枕头成了武器，拖鞋被踢到吊灯上，光影摇曳，我把头埋进被子里，默默等待着狂轰滥炸后的宁静。

我的母亲输了。

她风声鹤唳，杯弓蛇影，始终陷在一个虚无的怪圈里无法自我救赎，甚至要将她的女儿也拖进其中。她可能不是一个成功的母亲。

我父亲用摔门而去证明了这个残酷的事实。

母亲收拾完战场的狼藉，第一次用强硬的手段撕开了禁锢在我身上透明的牢笼。

她认输了："思雅，你不小了。从今天晚上开始，你自己去次卧睡觉吧。"

我想摇头，她却扳正我的肩膀。

"你父亲说得对，这些年，我太疑神疑鬼。"

但，也许不是这样的。因为我曾经屡次做过一个关于红衣女人的梦。

我明明没有到过那栋临街小楼，没有见过那逼仄的楼梯和歪着脖子的女人，却能在梦中清晰地看到她。

然而母亲没有给我说不的机会，她强调："如果你不想看到我和你父亲离婚，就最好学着独立。"

次卧的外缘连接着晾晒衣物的阳台，在次卧和阳台之间的那面墙上有一扇没有窗帘的窗户，用来迎接阳光和清风，填满灰暗的房间，吹走老式木衣柜特有的潮气。

其实我早就有了不好的预感，但母亲递来一张捕梦网，要我挂在床头。

那是我第一次看见这种东西——环状物上，编织着各种精美的绳索，洁白的羽毛纷纷垂落，光洁的水晶叶片，在灯光的照耀下闪闪发光。

她说噩梦会被捕梦网吸走，然后回馈我缤纷的乐园。

事实上她错了。

即使这么多年过去，捕梦网也没有吸走来自那天晚上的恐惧，与那个生物四目相对的惊悸，已经牢牢刻进了我的脑海里。

我记得我那天穿着摇绒粒的袜子，喝过巧克力味的牛奶，被窝温暖，舌尖余甜，等灯光暗下去，就背对窗户，脸冲衣柜。准备如此万全，我却仍然难以入睡。

到了后半夜，空气中开始弥漫一股不安的气息。

"当当当……"

那像风在敲打玻璃，像雨淋进了阳台，我睁开眼睛胡思乱想。

"当当当……"

风雨的声音越来越响，持续不停，经久不息，在房间里回荡。

噪声带来的烦闷，促使我伸手去够床头的捕梦网，网下缀着的叶片像一面小小的镜子，借着月光，反射着我身后寂静的阳台。在它因为我的拨弄而转过来的瞬间，我通过它看见了那个趴在窗户上的身影。

一个黑色的像剪影一样趴在窗户上的人影。

它在敲打我的窗户。

"当当当……"

一个月光下看不清任何细节的人形影子，正屈着指节一下一下地叩在玻璃窗上。更要命的是我瞬间意识到，那扇连接阳台和卧室的门是没有关牢的，因为母亲在洗漱后晾晒过内衣裤，那里还留着一条缝隙。

它要是再细心一点儿，就会推门进来了！

"妈妈，妈妈！阳台上有人！"

本能地弹跳起来，我连滚带爬地跑到母亲的房间里求救。

母亲牵着我的手缓缓下床，一边嘴里轻声安慰着我，说那只是我的幻觉，一边小心地往次卧走去。我跟在母亲身后，把她当作一面盾牌。

来到次卧门口时，母亲脚步一顿，我一不小心撞在了她的身上。母亲牵着我的手也逐渐变得冰凉，甚至开始微微颤抖。

我心里大感不妙，微侧过头往黑暗的房间里看去。

那个东西还在！

我明显感觉到母亲的身躯激烈地颤抖了一下，但为了我，她还是壮着胆子，大声质问那团黑色的影子："你是谁？！"

听见我母亲的声音，黑色的影子笑了。

它是真的在笑。月光下，它嘴巴的位置咧开一个白色的弧度，弯弯的，突兀至极。随后的场景我至今记忆犹新——它笑着，将手收回，放在了肚子的位置，轻轻抚摸。

很久以后我才反应过来，它是在回答我母亲的问题。

它就是那个红衣女人。

"快给我滚开！"

母亲比我率先弄清楚它的动作的含义，但在我崩溃的哭声中，母性的本能占据上风，她像个战士一般抄起了挂在门口的长柄雨伞，对着窗户狠狠砸了过去。

"滚开！"

黑色的影子不笑了，白色的弧度倏地消失。它停滞在阳台上。

"咕噜咕噜咕噜……"它的喉咙里发出了奇怪的声音，像是溺水了。

我的母亲也不敢再有动作，只能将我挡在身后，与它对峙。

时间好像流逝了一整个世纪，在我的脸已经因为号哭过度而开始发痒时，黑色的影子终于放弃。它愤怒地拍了一下窗户，整个房间都在随着玻璃的嗡嗡声而颤抖。伴着恐怖的颤抖，它慢慢下降，消失在窗户的下缘。

已经浑身脱力的母亲不敢去检查它是不是真正离开了。

她只得强撑起绵软的四肢，带着我去到楼上敲开同事的家门，用颤抖的声音将所见所闻一一复述。

"别急，我们去看看！"

热心的邻居们浩浩荡荡地带着家里的烧火棍、菜刀赶了下来，有胆大的叔叔冲进我家的阳台，黑色的影子确实消失了，只在墙上留下一个奇怪的比成年男人小臂还要长的似是而非的脚印。

4

那个脚印让人头皮发麻，但没有人去深究。

大家报了警，相互开解，认为那只是一个装神弄鬼的小偷。

当然，警察并没有取得任何证据，也对我母亲反复强调被怪物盯上的行为表示不理解。他们和那些帮忙把脚印从我家阳台上擦掉的大人一样，都说我母亲的精神压力太大了。

这种情况下，我的话就更无足轻重了，我不过是一个没见过世面的小可怜。

我记得母亲在警察局里崩溃哭泣的样子，等父亲坐最早一班车赶回来时，她仍然红着眼睛，声嘶力竭地描绘那个影子的模样。

彼时，我的父亲脸上露出尴尬之色，是那种因为妻子在大庭广众下"发疯"的尴尬。

他的冷漠差一点儿就让我的母亲被判定成了真正的疯子，并丢掉工作。

等我的母亲意识到自己必须向外界妥协后，她做的第一件事是和我的父亲分开，没有犹豫，没有拖泥带水。

她变回了那个勇敢谨慎的人，然后用加装防盗栏和防盗锁链的举动来建立一道比丈夫要靠谱许多的防线。

那几年，我们相依为命，厨房里备着长长的西瓜刀和自制辣椒喷雾。

到我小学四年级，母亲对我执着的保护才开始渐渐放松。每周五下午放学后需要参加教职工会议的她，无法再与我同时回家。于是，她不得不让我待在一位同班同学的家。

时间久远，我已经不记得那个同学的名字，只记得她留着一头齐耳的短发，笑起来的时候会发出打嗝的声音。

她和我们住在同一栋楼里，家在一层，家里有当时最流行的FC 游戏机和芭比玩偶组合套装，父母也是教职工。

每周五放学能和她待在一起，在没有大人监管的情况下畅玩游戏，是我当时最快乐的事情。开完会后，母亲会拨打她家的电话告知。

于是，很长一段时间，她家的电话铃声是我最不喜欢的声音。因为那意味着十分钟过后，母亲将会来到这里接走我。

但是那一天，唯有那一天，很不一样。

我们刚结束一场酣畅淋漓的游戏，墙上挂钟显示的时间是下午四点，外面忽然传来了剧烈的敲门声。

同学很警觉地凑上猫眼打量半晌，回头冲攥着游戏手柄的我招了招手。

"张思雅，你妈来接你了。"

母亲没有提前打电话便直接出现在同学家门口，这是头一回。

我急急地放下手里的东西，收拾好书包，乖巧地开门迎接她。可母亲的脸色异常难看——嘴角下拉，眉毛皱起，见了我后也一言不发，只用冷冰冰的眼神盯着我。

我做错了什么吗？

困惑盘旋在我的脑海中，让我无暇顾及母亲提早一个小时出现的原因。我畏畏缩缩地跟着母亲出了门，她仍然不理我，闷头朝楼上走去。

早年我有过几次从楼梯上摔下来受伤的经历，母亲为此养成了爬楼梯时一定会让我走在前面的习惯。在过去的日子里，无论是多么焦急的情形，她都不会打破这一原则。

为了防止我再滚下楼梯，即使是催我、凶我，骂骂咧咧，她也不会走在我前面。

然而那天她破例了。

她走得好快，即使我在后面喊了好几次"妈妈等等我"，她也不为所动，在她身后连追带赶的我不由得产生出一种回家会挨揍的恐惧感。

我走神的一刹那，胸前衣服的扣子突然没有预兆地崩开。菱形的扣子顺着楼梯的扶手从三楼一直掉到了一楼，这时母亲终于停下，转过身来，用一种此前从未有过的、幽怨的、带着恨意的眼神看着我。

"我不是故意的，马上去捡……"为了给自己找补，我连忙一边道歉一边冲下了楼梯。

那颗扣子掉到了一楼存放杂物的地方，迎着灰尘和蛛网钻进去的我被呛得咳嗽连连，声音吸引了一楼的同学。

她打开门，困惑地问我："你还没走呢？"

我把情况如实告知，她一本正经地推理：也许是我上次课堂测验没有考好，被人告到了我的母亲那里。言罢，见我愁眉不展，她宽慰道："我要去门口小卖铺买辣条吃，要不你陪我一起？我请你？反正都是回家挨揍，不如吃饱喝足了再回去。"

说这话的间隙，同学家里的座机电话忽然响了起来。

"等等，我先去接个电话。"

同学掉头回到家中，接通电话，不一会儿便大声朝我喊话："张思雅，是你妈妈打的电话。她说，今天晚上她要稍微耽误一点儿时间，让你多等一下，饿了的话就自己去买点儿饼干垫垫肚子，作业要写，不要一直玩游戏机，她回来会检查……"

"可是我妈已经回来了，正在楼上啊。"为此十分摸不着头脑的我连忙循声而去，打断她的话。

"对，阿姨，你刚刚不是已经来接过张思雅了吗？"同学恍然大悟，眼睛瞪得浑圆，话也开始说不利索。

诡异的气氛中，我不得不上前抢过了听筒，将来龙去脉向母亲复述，与此同时，同学也半信半疑地走到楼道里，顺着扶手向上观望情况，很快，一声惊呼声撞进我的耳朵。

"张思雅！"同学的声音满溢着困惑与恐惧，微微颤抖，"你妈妈明明正站在楼上呀！"

巨大的震撼中，我追逐同学的方向而去，抬头，在三楼和四楼的拐角之间，刚才领着我上楼的母亲还在站着，冰冷的目光顺着扶手往下，沉默地扫过我和同学的脸。

"你……是谁？"我试探性地提问。

下一秒钟，她伸出右手，开始用指节一下一下地敲击楼梯铁质的扶手。

"当当当……"

思绪一瞬间被拉回到两年前那个荒诞与恐惧并存的夜晚里，"母亲"阐明自己身份的方式，现在看来完全就是一种挑衅，在我和同学呆滞的目光中，它咧开嘴角笑了笑。

"张思雅。"

它用干哑的声音叫了我的名字，随后它一个后仰，消失在楼梯的间隙。

5

"算了，看不下去了。"

把纸张泛黄的牛皮笔记本往前一推，秦晴的脸上尽是疲乏之色。

"如果说前面还有一点儿可信度的话，到这里我是真觉得假了，这肯定是编出来的，类似的桥段，我在那些写得很差的悬疑小说里看过不下十次。"

"别呀，你才刚看到，这个叫张思雅的人确定那个奇怪的生物缠上了她们呢，后面还写了好多，比如渐渐了解那个生物具有学习和思考能力，还有她们搬到新房子里，她母亲被那个生物推下十二层公寓楼的事情。你记不记得，三年前南丹路确实出现过一次高空坠亡事件……"搅动着手里的咖啡棒，她的好友孙诗雨抬起眼皮，露出认真的神情，"再看看，看完再说。"

"你不知道现在悬疑小说创作都会摘取一些现实案例来增加惊悚度吗？你是不是最近搬家被累傻了？而且看她的描述，与其说她的母亲是见到了什么奇怪生物，倒更像是孕产期抑郁没有得到有效治疗，越来越严重，最后才……"

无奈的秦晴叹了口气，只得将刚才推远的东西拉回去，耐着性子继续阅读。

对方也招招手，让咖啡店老板又上了一份草莓蛋糕。

秦晴是个悬疑小说资深爱好者没错，但今天孙诗雨递来的东西实在不能让她信服。据孙诗雨说，一周前，她搬到新住处，打扫卫生时，从床底翻出了这样一本神秘的手写日记，看过以后彻夜难眠，这才找到秦晴出谋划策。

一目十行地将日记翻到底，秦晴表明自己的观点："我感觉这个张思雅的故事，跟一个《曼德拉记录》的传说有很多异曲同工的地方，应该是受到启发过后的二创作品。"

"那是什么东西？"孙诗雨困惑地问道。

"怎么说呢，讲了一种叫'伪人'的危险生物？总之就是这种生物会模仿、杀掉人类，并伪装成此人的样子，代替这个人继续生活下去。"

"那……"孙诗雨咬住嘴唇，"是真实存在的吗？"

"拜托，孙诗雨。按你的思路，岂不是我下次搬家前，往衣柜里塞个本子，写一统六国的心得，下一个租客就会理所当然地认为我是秦始皇转世？"秦晴忍不住回敬了一个白眼。

"不不，"为了证明自己不是傻子，孙诗雨努力把话题拉回正轨，"听我说，我发现这个笔记本以后，跟房东聊过。他承认，上一个租客确实是一个叫张思雅的女生，退租前她也的确打了一个电话，让第三精神病院的医生接走了她。"

"所以？"

"我还是想调查一下。"

第三精神病院在三环外的郊区，容纳了城市里绝大部分需要入院治疗的精神病患者，门诊一号难求。准备不足的两人，费了九牛二虎之力才挂到了院内唯一肖姓医生的号。

孙诗雨的执着来得有些莫名其妙，等叫号时，秦晴不免担忧："要是医生不认识这个人，或者不搭理你，把你赶出来，怎么办……"

孙诗雨铁了心般望向天花板一言不发，直到广播里终于叫到她的名字，她才深吸一口气道："祝我好运吧，要真没这回事，我就让医生给我开些安神的药。"

接着，她站起身来，避过一个穿着格纹衬衫的男青年，推开诊疗室的门。

时间一分一秒地流淌过去，看着紧闭的白色大门，原本只是打算消磨时间的秦晴竟然也感到了一丝焦灼，手脚发汗的不适直到孙诗雨推门出现，才有所缓解。

"医生说什么？"装作漫不经意地提了一嘴，见对方兴致缺缺，秦晴连忙安慰，"算了，本来也不该抱太大希望的。"

"他给我开了一些安神助眠的药物。"孙诗雨眨眨眼睛，忽然话锋一转，"不过，他确实负责过一个叫张思雅的病人，并且他对那本日记很感兴趣，如果我愿意的话，可以去外面的茶室等他下班详谈。"

这让秦晴有些始料未及。

两人到一楼药房交钱拿到药后，孙诗雨去了医院外头的茶室，一副着了魔非要打破砂锅问到底的样子，还要秦晴拿出手机跟她一起核对日记里提到的地名和部分社会新闻。

等到太阳快要落山，一个穿着黑色夹克、戴着厚镜片的眼镜和口罩的中年男人终于出现在茶室门口。见了孙诗雨，他很自然地来到两人面前，坦然地坐下，摘掉口罩，问好后，开门见山地问："日记在你这里吗？"

这大概就是肖医生了。秦晴打量面前的男人，他的表情有些沉重。

"对。"孙诗雨立马将包里的东西献宝似的推过去,"您看看?"

对方接过后推了推眼镜,一边翻开,一边淡淡地回应道:"张思雅的确是我的病人。三年前,因为母亲意外从高空坠亡,她患上了严重的精神分裂症。在对她进行治疗时,她屡次向我提起过一种似人非人的生物要加害于她的构想,并为此表现出恐惧。我记得我和她最后一次见面那天,她告诉我她留下了一本重要的记录……"

"最后一次见面?她现在已经不在医院里了吗?"

"对,大概在一年前的某个晚上,她在没有告知任何一个人的前提下,独自离开了住院部。当夜监控摄像头拍摄到她的举动十分怪异,作为她的主治医生,我一直挂心。"

肖医生下意识地皱起眉头,视线始终落在日记上,直到一个工作电话让他回过神。无奈地接完电话后,他提出想把日记本带走。

"行,那您看完联系我吧。"孙诗雨倒是大方,点点头起了身,主动去了吧台结账。

趁她离开的间隙,肖医生目光沉沉地看向秦晴,好像要暗示什么,话锋一转:"你跟你的这位朋友是住在一起的吗?"

"没有啊,"秦晴诧异,"怎么了?"

"我提个建议,你最近好好观察一下她。她刚才跟我说过的一些话,跟张思雅说过的很像,不排除你的这位朋友受到了日记的影响,也产生了一些不太对头的想法。如果她有什么过激行为,需要尽快干预。"

"啊？她说了什么？"

"她说，看过那本日记后，她好像在街上遇见了一个跟她长得一样的人。"

6

"你最近有不舒服吗？"

她们打车回到孙诗雨的住处时，天已经黑了。即使疲惫，联想到肖医生的话，秦晴也忍不住关心起了孙诗雨的身体。

"是不是精神压力太大了？只是一本日记而已，不需要那么认真的。"

"没有啊。对了，今天要不你就在这里休息吧，明天再回去。"

将外套挂上置衣架，孙诗雨并没有流露出颓唐的神色。她热情地邀请秦晴留宿，等秦晴点头同意后，便要下楼去便利店买牙刷和毛巾。

秦晴拦她，没拦住，只得独自坐在偌大的客厅里等待。

这间比市场价便宜大半的出租屋，不知怎的，在夜色的笼罩下隐隐散发着一股腐朽的气息。秦晴心想，果然便宜没好货，但孙诗雨租都租了，她也不好泼人家冷水。

她正百无聊赖，薄荷色的窗帘被风吹起，碰倒了餐桌上的塑料花。

这使得她不得不起身去关窗。三层楼高的窗外，不远处是光线昏黄的单元楼底层。刚好，在她视线范围内，孙诗雨正路过那盏倒三角形的路灯，朝小区外面走去。

　　注视着那个背影消失在转角，秦晴为这位单纯的朋友非要调查一本精神病患者日记的行为捏了把汗。秦晴又想起肖医生对自己说的那番话，还是觉得他是在暗示什么。

　　这时，房间的门被敲响了，外头传来呼唤："秦晴，开门。"

　　奇怪，这是孙诗雨的声音。

　　"来了，哎，你不是刚……"

　　下意识地回应后，秦晴很快发现了不对劲……

五　收集

1

"对于学员陈某失踪一案，警方已确认成立专项小组展开进一步调查。截至目前，涉事驾校方面仍然没有明确表态……"

浑厚的男中音盘旋在房间的上空，似是在描述某起与驾校相关的失踪案件。迷迷糊糊睁开眼睛，揉着跳痛的太阳穴，从枕下掏出屏幕大亮的手机时，我还有种头重脚轻的虚浮感。

我怎么睡梦中也能误触到手机吵醒自己？

手机播放的还是条跟失踪相关的新闻，真不吉利。

烦闷地关掉还在喋喋不休的"本地新鲜事"网页，我伸个懒腰，刚想翻个身继续睡，不消停的手机又吵闹起来——驾校教练来电。

这下我彻底清醒了。

"喂？跟你说个事啊，明天我家里有事，下午没法带你们练车，但你这不是快考科目三了嘛，我寻思咱们把时间调一调，你看下，明天早上方便早些来练车吗？"

急性子的教练嗓门大得像喇叭，我不自觉地将手机拿远了些。

"行，就早上吧。"

"好，除了你还有另外两个学员，为了大家都能多练几圈，明天咱们就约好早上六点半到吧，早些练完早些回去，也不耽搁大家时间。"

"六点半？"

要知道现在是冬天，天亮得晚，早上六点半与夜晚几乎无异。我有些犹豫："那也太早了，跟开夜车似的。"

可教练不以为意，撂下一句"天黑点儿怎么了？你以后拿到驾照还是得开夜车不是？早适应早好，你这科目三可都挂了三次了，练车还挑三拣四呢。我还有事，就这样了"便挂了电话。

没办法，虽然心头有些不安稳，第二天我还是如约前往练车地点。

因为科目三的练车地点位于本市一处相对偏远的工业区，为了节省时间，我还叫了辆网约车。

彼时，深冬墨黑色的天幕没有一点儿要亮起来的样子，如同睡着般安静的城市，唯有路灯零星姜黄的光源。雨夹雪也不知是何时下起来的，凛冽的寒风像刀子，似要刮破人的脸皮。

司机大哥同样是副没睡醒的样子，一言不发地叼着烟，直到得知我此行的目的后，才回神跟我攀谈起来："小伙子，胆挺大啊。"

"怎么？"我困惑地问道。

"没看新闻哪？之前不就是有个驾校教练，早上五点带着学员在那片工业区练车，结果学员失踪了，现在还生死不明呢。要我说，这冬天天没亮的时候，人少的地方邪得很。"

他一边说着，一边将手上的烟头嗖地弹飞。

偏户外风大，有些不识相的烟灰被吹回到我的头顶上，落了一片白渍。我没忍住，"啧"了一声。

"嘻，不好意思，风大就是这样。"见我脸色不好，大哥连忙摇上车窗找补，"对了，新闻的事你别往心里去啊，我提一嘴是想叫你注意安全。"

他笑得有些刻意，而后一路上猛踩油门，将车开得飞快。

也因此，我成了第一个超前到达目的地的大冤种。

约定好集合的公交站台一片冷清，我埋头看看手机，屏幕显示早上六点十五分，雨夹雪还在淅淅沥沥地下，候车区小小的铝合金雨棚挡不了多少风雨，闲来无事，也为了热身，我决定在附近随便走走。

这片工业区在城市与农村的交接地带，向来人少，因而被许多驾校当作科目三训练场地，忽略掉部分道路上被大货车碾至塌陷的路面，这里的确算得上是空旷的训练宝地。

没有商店和人行道，我沿着非机动车道漫无目的地走过几个厂区。

冬天的清晨一片漆黑，闪烁着工厂的灯光，厂房只露出起起伏伏的建筑轮廓。

这个时间，夜班的工人没下班，早班的工人还没来。偌大的工业区，路上只有早到的我，在几盏光线微弱的路灯下，面前都是嘴里呼出的白气。

远处的厂房里时不时响起轰隆的巨响，好似不断起搏又衰落的心脏，预示着这个老旧的工业城市正一步步地走向没落。

忽然，空气里钻出一股怪异的铁锈味，大概是某个重工业厂的杰作，被吸进鼻腔，我总觉得喉头发苦。我揉着鼻子抬头，忽然发现远处的高楼顶上，有红色的航空障碍灯正一闪一闪的。

　　在化不开的浓重墨色中，它仿佛是某种生物的眼睛在静默地俯瞰着这座城市，这让我莫名其妙地有些心烦意乱。

　　等到那个穿运动服，一副大学生模样的男生从早班公交车上下来时，我已经回到公交站台，百无聊赖地看着投屏广告打发时间了。

　　我不觉得我今天的打扮有多奇怪，但那个男生走上站台与我对视，神情中怪异的警觉之色仍让我感到不适。他似乎是特意避开我，站到了离广告牌更远的地方，搓着手，缩成一团。

　　"你也是来练车的？"为了打破我们中间古怪的僵持氛围，我率问道。

　　"嗯。"他点点头，不欲多说。

　　"几号考试啊？挂过科没有？"我从兜里掏出香烟和打火机，打了几下点燃烟，自嘲地笑起来。

　　"看你畏首畏尾的，是像我一样让教练骂多了？"

　　"没有，我是第一次学科三。"也许是感受到我并无恶意，对方的神情也有所缓和，他开始主动询问，"很难吗？你挂了多少次？"

　　"三次，牛不牛？"我朝他比了三个指头，他也笑了。

　　"挺牛的。"

　　我们就这样有一搭没一搭地聊起来，吐槽教练，分享驾考时的见闻，以及学车时犯过的低级错误。

在我说出自己上一次科目三考试没有通过是因为被老太太的电瓶车给别的时，他终于打开了话匣子："你知道吗？半个月前有个学员就是在这里练车，失踪了。"

"我们驾校的？"我挑挑眉。

"不是，"他摇摇头，"别的驾校。但练车时间也是这个时间段，我听人说，可能是遇见了人贩子。"

我恍然大悟，敢情这个大学生下车时那副小心翼翼的模样，是把我当成了人贩子。

"你想多了，现在有几个人贩子会拐卖成年男性？"我轻蔑地笑了笑。

在垃圾桶上方捻灭了烟蒂，拍了拍手上的烟灰，正想要回头讥讽几句这个书呆子——成年男人的世界里，房贷、车贷……哪样不比人贩子可怕？——身后男生的声音又响起。

"可是新闻报道里头，天眼摄像头拍到那个学员莫名其妙地下了车，走出监控范围就再也没有回来。问教练，教练也说不知道他下车后去了哪儿。一个大活人就这样失踪了，你不觉得诡异吗？"

2

男生皱紧了眉头，声音细弱。他犹豫半天，还是从兜里掏出了一个圆圆的胶囊状钥匙扣向我展示："所以我还专门带了个报警器。"

我接过来，打量了一番，还真是主打"长续航、高音量、走夜路必备"的防狼神器。就这玩意儿还指望起多大作用？我轻笑一声扔了回去，还没等我嘲讽几句，一道车灯从远处出现并缓慢地向这边靠了过来。

"嘿，你们两个来得这么早？"

教练摇下车窗，驾驶室里立马弥漫出一股浓烈的香水味。我歪头一看，副驾驶座上坐着个妆容精致的年轻女人，正在脱掉高跟鞋。

"她住的地方和我顺路，我就干脆接了她一起过来，毕竟女孩子嘛，太早一个人出来不安全。"发现站台上的我们面露疑惑之色，教练连忙一边解释，一边拉开车门下了车，让出驾驶位。

"今天谁先开？小王，你先来？"

"我先啊？"副驾驶座上的女人已经换好了平底鞋，顺手把脱掉的高跟鞋扔到后排。不知道是不是因为怕开夜路，她整个人显得犹犹豫豫的。

"就你先吧，女士优先。"

我和男生坐在了后排，空调开得足，满车香水的味道让人有些昏昏欲醉。被女人甩在座位下的红色高跟鞋像明烈的火焰，在黑暗中尤为扎眼。

"放松，没关系，这里没车，大胆地开。"

副驾驶座上的教练专注地盯着女人的操作和前方的道路。天空的墨色已经淡化成深灰，但路灯的微光依然无济于事。女人看上去十分紧张，葱白似的手指紧紧地握住方向盘，手关节上青色的血管若隐若现。

她稳步行驶过第一个弯道，我注意到了她怪异的驾驶小动作。

　　很多学车的人因为紧张会有小动作，诸如一直推眼镜、反复挪屁股，或是下意识地咬嘴唇。但这个女人的小动作很奇怪，她一直在往后蹭脖子。

　　她像是要缓解后颈窝的瘙痒一样，频率从一分钟两三次，逐渐增加到半分钟四五次。她回应教练时，语气也越来越烦躁。

　　"嗯，嗯，我知道，我已经在给油了！"

　　"咋的，我指导你，你还来气了？"教练被她突然暴躁的情绪吓了一跳，又不好发作，只能拿起保温杯大口喝茶，阴阳怪气地道，"你从刚才开始就一直动脖子，注意力也集中不了。你是拿脖子给油啊，还是颈椎病犯啦？"

　　结果教练的话音刚刚落下，女人猛踩一脚刹车。

　　保温杯里的水洒了教练一身，教练顿时手忙脚乱，嗷嗷惨叫。我和后排的男生也被晃了个头晕眼花，一股恶心的感觉直冲脑门。

　　"你发什么神经？！"

　　到底是教练，他比我们更快缓过来，也更快"问候"了胡乱开车的女人。

　　他拧上杯盖，终于不再"区别对待"男女学员，换上了一副要训人的模样。

　　"开得好好的为什么急刹？我让你踩的吗？长没长脑子……"

　　"你们有没有听到一个声音？"女人打断了他的话。

　　她像是将教练的话屏蔽了一般，直接转过来望向坐在她后面的我："你刚才摸我的脖子了吗？"

“没有啊。”天地良心，我刚才虽然坐得不端正，但绝对没有任何越轨的行为。

旁边的男生也立马为我俩辩白："我俩都好好坐着，没人碰你。"

教练听到女人的话，也转向我，投来询问和略带不满的目光，仿佛我是个道貌岸然的猥琐流氓，不好好学车，上手摸人家女学员的后脖颈。

"那……"女人愣了。

显然我们的诚恳没有打消她的疑虑，她的眼神从愠怒逐渐转化为警觉，右手遮住后颈处，视线开始在车内不大的空间游走。

"刚才我一直感觉有人在碰我的脖子。"她压低了音量，声音微微颤抖。

车内陷入短暂的沉默。

她侧着脸看了一眼窗外。

接近天亮时分，夜色更加浅薄，正处于从深灰色向灰蓝色转变的过程。掺杂着灯光的雨雾紧紧包裹着车身，车内似乎有什么东西从异常安静的空气中慢慢爬出来，慢悠悠地将密闭空间带来的安全感撕开一个裂缝。

她似乎想到了什么，脸上的表情紧绷起来，依旧握着方向盘的手，死死地掐着方向盘上的皮革套。

"好了好了，大惊小怪什么！空调吹得皮肤干燥呗。"教练不耐烦地调低空调的风量，"你们这些女娃娃，披头散发的，暖风空调一吹，头发不就蹭到脖子了吗？行了，别疑神疑鬼了，抓紧练车吧，不然一会儿工人来上班，道路就没这么畅通了。"

只是女人说什么也不愿再练习了，她在教练的指导下把车停在了路边，教练也不再强求，伸手点了点后排的男生。

"那下一个你开吧。你第一次来，趁着人少，练练胆。"

女人迅速打开车门站在后座车门外。男生愣了几秒钟，才缓慢地下车坐上驾驶座。

随着他小心翼翼地踩下油门，车辆又开始了缓慢前行。

因为刚才的小插曲，女人坐到我的旁边时，我多少有几分尴尬之意。好在她坐好后就把脸转向另一边，双手抱胸不多言语。我也很识相地把眼神移开，专注地观察教练对男生的指导。

我抬手看了看表，现在是早上六点五十分。

"不怕，放心大胆地开，我在旁边看着呢。"

只是，急性子的教练没等男生多适应几圈，又开始揠苗助长。

"怎么你一个大小伙子，油门都不敢踩吗？别那么犹豫啊。咱们时间宝贵，你再这样磨磨蹭蹭，还让不让你后面那位练习了？他可是马上就要考第四次科目三的人了！"教练的目光从后视镜里扫过，让我有些不敢直视。

"咳。"我没忍住咳嗽一声，无奈地别过头去时，正好和身边的女人对上视线。

"嘻，你别看这么说，我挂这么多次都是有原因的。"

我尴尬地笑了笑，试图找回一点儿面子，但女人丝毫不回应，沉默地打量我，像是在审视一个犯人，严肃又警觉。

明明车里还开着空调，但我竟然因为女人的眼神而感觉到了一丝冷意。

"我想回家。"她的嘴唇轻轻开合，双手无奈地捂住脸。

与此同时，那股不知从何而来的寒意正犹如虫子的口器般，越发强烈地吸附在我的背脊上，我甚至能看到自己裸露在外的手背，起了一片密密麻麻的鸡皮疙瘩。

我穿了一件保暖衫、一件毛衣，还有今年新买的加厚羽绒服。

我不该觉得这么冷的，这种冷不是来自外物，而是来自内心深处，如同蛛丝般细密地贯穿我的四肢百骸。耳朵里传来奇怪的电流声，我想要搓搓手来缓解这种莫名的不适感，可忽然发现，我的肢体僵直了。

"我刚才听到很奇怪的声音。我害怕。"

女人还在说话，她的手指在不安地绞动着。我看见她经脉的凸起，抽动，像是在痉挛。我的感知觉从来没有像这一刻敏锐过，可这一切都是身体的迟钝换来的。

"我……"我努力地动了动嘴巴，却只能艰难地发出单音节词。

紧随其后的是一种怪异的抚摸感出现在我的后颈窝上——软的，滑的，冰凉的，比起人类手掌更像是某种生物的触须，它轻轻地，像是挑弄一般游走在我的皮肤上，像是要从后脑勺吸出我的脑浆一般，让我紧张到呼吸困难。

我终于理解女人那句"我想回家"的真正含义了。

因为我也听到了那个粗糙而缥缈的声音，遥远得仿佛来自梦中，在巨大的震撼中我仿佛又看到了那高楼上一闪一闪的红色航空障碍灯，犹如巨兽的眼睛。

"我在看着你。"那个声音说。

3

"我在看着你。"

一股强烈的压迫感像是一张无形的保鲜膜，裹住了我的肺叶，使我呼吸困难。我用尽全力，口鼻里也只能发出动物般的低吼声。

好在手机忽然跳出消息的"叮咚"声，如同闹钟般惊醒了我。所有压迫感如同潮水退去。我回过神来，发现手指已经可以自如活动时，竟然有一种劫后余生的喜悦感。

我下意识地看了眼中控屏上的时间：六点五十五分。此刻前排的教练还在继续指导着男生，仍然是酸味满满的语调，而汽车刚刚开过既定路线的第三个路口。

"你也听到了吗？"女人的声音轻如蚊蝇，面容也透露着一种大病初愈般的惨白之色，连鲜红的口红也改变不了她糟糕的气色，也许此时此刻我也是这副见了鬼的模样。

我沉默不语地对女人点点头作为回应，这时我才惊觉自己的保暖衫已经被冷汗濡湿。车窗玻璃淡淡的雾气背后，初晓的街道，路灯已经熄灭了，可马路上还是空空荡荡的。

"你知道那是什么吗？"

女人似乎下意识地朝我的方向贴近了，她颤抖的瞳孔和不规律的鼻息像一种求救信号，在催促我为她答疑解惑。

可我不是万事通，也不是百科全书。我没办法回应她，只能别过头去，靠在了座位的颈枕上。

如果我装作若无其事，像鸵鸟把头埋进沙子里一样自欺欺人，一切会好起来吗？那个声音的主人还会找回来吗？

我突然为自己的想法感觉到有些可笑，一定是今天起得太早了，以至于出现幻觉了，一定是这样的！

我双手用力地擦了擦脸，努力让自己清醒一些。

"教练，后面有辆车过来了。"

彼时，男生已行驶到最后一个转弯的位置。刚打开转向灯，他就从后视镜里看到了斜后方有一辆黑色轿车。

它像是故意的，<u>丝毫不减速地逼近</u>，让初学者慌乱不已。

"你稍微减一下速度，让它先过去。"教练看了一眼，并不放在心上。毕竟此刻工业区人少，他们难免遇到漠视交通规则的车辆。

"好。"

男生点点头，配合地减速让出距离，准备让后面的黑色轿车先走。

可那辆黑色轿车在接近教练车的同时，也减速了。很快，它转换车道，不紧不慢地跟贴在了教练车的后面，一路随着教练车的移动而移动，驶过一个弯道也没有离开，仿佛在挑衅。

"它怎么回事？"男生双手紧握方向盘，时速始终保持在20千米左右，唯恐自己的生疏技术惹到了急脾气的路人，语气紧张。

"别管他，开你的，马上到终点了，你开完先换人。"相比他的小心翼翼，见多识广的教练镇定许多，除了些许恼怒，好像没有多余的情绪，"什么司机大早上发神经，脑子让驴踢了。"

也许后车那位的脑子确实让驴踢了。

车抵达线路终点，被教练指挥着和男生交换座位时，我特意向后瞥了一眼，那辆车竟也停在了不远处。

丝丝雨雾中，略带陈旧的黑色轮廓仿佛蛰伏的野兽。

"我在看着你。"

想起这句话，我打了个寒战。

"你是老学员了，虽然考试总是运气不好，但驾驶技术我是信得过的。好好开，他们俩都算新手，今天还得靠你这个师兄来露一手。"坐上驾驶座，刚系好安全带，我就被教练戴了一顶高帽，"来模拟一次真实驾考吧。"

说着，教练打开车载语音提示，让我率先进行灯光考核。

我们在原地大概停了八分钟，路口的那辆黑车始终纹丝不动。

这很不对劲。发现这个怪现象后，我踩下油门开始正常行驶，我的心像被揪住一样紧张。

但还好，它没有再跟上来的意思。

我们上了大路，训练渐入佳境。

"项目完成得很好，稳住心态，继续保持。"教练对我的驾驶予以了少有的肯定。与此同时，车也来到了超车道，我跟随着系统提示，从后视镜观察路况，刚想进行超车项目，却诧异地发现，那辆黑车不知何时又出现在了我们后面。

没有开车灯，它跟刚才一样，晃晃悠悠地跟了上教练车。

"这辆车是有什么毛病吗？"

和我视角相同的教练来了火气，咬牙切齿地低骂几句，转头指挥我："别管他，打灯提速超过去。"

"嗯。"我点点头，打开转向灯，脚踩油门减慢速度，当半个车身要挪到旁边车道时，却见后车率先一脚油门冲了上来。

疯了，雨雪中，我几乎能听到那辆车加速时车轮摩擦地面的声音。

如果不是教练拽住方向盘猛地回打，将车甩回原车道的话，我们怕是要出交通事故。

我们的车停在了马路中央，可那辆黑车仍然不依不饶，退行几米，又折回了我们后面。

它到底要干什么？我紧紧握住方向盘，胸口剧烈起伏。

"给脸不要脸啊这是！"

急脾气教练终于忍不了了，脸色铁青，干净利落的毛寸头发根根竖起，像只做好战斗准备的刺猬。

"你，靠边停车！"

头顶的天空已然泛起鱼肚白，可晨光打在诡异的马路上也是无济于事。教练骂骂咧咧地下了车，朝跟着我们一同停在路边的那辆走去。

"有毛病是不是？！想干什么？知不知道刚才差点儿出事故？嫌自己命长吗？！给老子滚出来！"

后视镜里，我看见教练一掌拍上了那辆车的引擎盖。

"今天这事说不清楚，老子直接报警，涉嫌危险驾驶，你看警察抓不抓你！"

有时候是这样，心头有块阴云散不去，骂出来，或者听人骂出来，怎么都会舒坦一些。我从来没有如此期待教练骂人过，就在我的慌张情绪稍稍被教练的"狂轰滥炸"抚平时，后排男生的话却又将我推回了深渊。

"你们听，是不是……有人在说话？"他哆哆嗦嗦，仿佛感受到极寒。

"你听到了什么？"后排的女人像刚才靠近我一样，神神秘秘地靠近了他，"是不是'我在看着你'？"

而后，车内陡然安静下来，只有细小的雨雪肆意地打在车身上的轻微声响，几个人的心跳声此起彼伏，被听得一清二楚。

女人警觉地环顾着车窗外的世界，似乎在考量是否有潜伏的危险在慢慢接近我们。然后，在我们还完全没有准备的时候，她爆发出一声喊叫："快看！教练！教练！"

4

滴答，滴答——

雨雪开始越下越大，成了大雨，敲打在车顶，沉重得像是一种警告。

我和男生的视线透过模糊的玻璃，聚焦在后方正要"讨说法"的教练身上。

只见他刚才气势汹汹的叫骂已经停止了，整个人正以一种诡异的、仰面朝天、犹如被操纵的提线木偶的姿势抖动着，朝着那辆车不知何时已经打开的后备厢走去。

有人不看路也能走路吗？还是说，有什么东西在牵引着他？

这不对劲儿！我连忙摇下车窗隔着雨幕朝他呼喊："教练！"

可他没有回应我，似乎已经丧失了知觉，只是木然前进，却又双目圆瞪，连雨雪落进眼睛里也不躲不避。

雨幕中的这一情景尤为诡异。

恍惚间，我似乎看见了什么奇怪的东西。我用力甩了甩脸上的水，眯着眼睛望向那边，教练的胳膊上似乎缠着东西。

那是什么？

而后，剧烈的恐慌感扑面而来，将我淹没——那是一种我从未见过的，无法准确描述的……生物！

一条条类似触手状的半透明的东西缓慢地从那辆车的后备厢里探出，沿着雨雪的痕迹，开始往教练的身上爬去，然后，像捕食的章鱼般往回拖拽着他。

恐惧如同毛刺般扎进了我的皮肤，贯穿紧绷的神经，发软的四肢根本无法做出解开安全带，冲出车辆营救教练的举动，可如果不做点儿什么的话，教练马上就会被后备厢里的东西给拖进去！

"不要过去！"

干哑的喉头艰难地吐出聊胜于无的劝告，我接下来拼命地按动汽车喇叭的举动更像是一种垂死挣扎。

此刻，雨更大了，从上方黑云中落下的雨滴，好似一根根钢针，扎在人身上生疼，掉在地上劈啪作响，鸣笛声逐渐被大雨吞噬。

不远处的教练没有任何回应，他与我们之间似乎被筑起了透明的屏障。

而此刻教练的半截身子似乎已经陷入那辆车的后备厢中去了！

"用这个！"

后座的男生虽面如土色，但还算机敏。那个先前被我嘲笑过的报警器成了万念俱灰中的唯一指望，男生哆嗦着将它交到了我的手上。

"哥，你来……"

不怪他不敢开窗自己尝试，人在危机中自保不过是本能。

我来不及细想，接过报警器，心一横，铆足力气按响后，将它用力地朝不远处的教练扔过去。

谢天谢地，报警器奏效了。

刺耳的机械尖叫声在整段公路上回响，红蓝闪烁的光芒在灰蒙蒙的雨雾中显得格外刺眼。这震耳欲聋的动静仿佛刺激到了后备厢里的生物。那东西竟然松开了一瞬，如梦初醒的教练回过神来，猛地挣扎起身，一个趔趄摔在地上。望着眼前的车，教练仿佛看到了什么极为恐惧的事物，挣扎着起身，踉跄着开始往我们这边跑来。

此刻他头上全是雨水，嘴巴紧闭，死死地咬着后槽牙，双眼通红，胸脯剧烈地起伏，带动着鼻息传出粗重的喘气声。

他脸色惨白地拉开驾驶室的门，用颤抖的声音喝道："过去，换座位，我来开！"

我几乎是被他推搡着，直接爬到副驾驶座的。

平日对这辆车多加爱惜的教练，一脚油门踩到底，发动机轰鸣。他神色几近癫狂，可怖得像小说里的夜叉。

车里没有人敢对他的驾驶提出异议，眼下没有比甩掉后面那辆车更重要的事了。

教练一鼓作气开出了工业区，我死盯着后方的黑色汽车，直到它消失在雨幕中。

直到马路上人变多，我们悬着的心才稍稍放下，男生开口想说些什么，却被打断。

"别说话，别乱动。"教练铁青着脸将车靠在路边停下，"我下去一会儿，马上回来。"

劫后余生的感觉大概就是这样，即使已经确认安全，人也完全高兴不起来。我一口一口地深呼吸，只见教练在路边点了支香烟，却没抽，只是哆嗦着手拿着它，出了会儿神，直到它燃尽。

"好了，今天就送你们回家吧。"回到车上，教练面色铁青。

事情仿佛就这样过去了。我再见到教练，已经是我考取驾照的时候。

在那之前，他请了很长一段时间的假，说是病了。无奈，我只能在别的教练指导下，完成后续的训练和考试。

当时运气也不太好，科目四安全文明驾驶常识考试的成绩合格后，我在大厅坐了好一会儿后，工作人员才满头大汗地通知："机器坏了，今天打不出驾照，你等两天来吧。"

送我来的那位教练一早接了自己的学员离开了，我垂头丧气地走出大厅，本想打个车，耳畔却传来几声刺耳的鸣笛——我一看是带我的教练按的。

"听说你考过了，恭喜。"他招招手，示意我上车，"毕竟是我带了那么久的学员，我今天不来接你，说不过去。"

教练瘦了一圈，想必是没来工作的那些日子，也吃了不少苦头。

他既然来接我，我势必要请他好好吃一顿饭，算是报答他这段时间的照顾了，虽然这男人没少蹭我的烟抽。

在我的强烈要求下，我们来到了驾校附近的一家川菜馆。

我们叫了四五个菜、一箱啤酒，闲话家常，仿佛老友叙旧。

酒过三巡，他的脸上渐渐浮上一股微醺的绯红，捻了几颗怪味蚕豆扔进嘴里，他终于主动提起："说起来，那天有人别车，我自然是要发火的，更何况还是别我的教练车。在这个工业区，谁不知道路上的特定时段，驾校会带学员练车？大部分车怕学员技术不好剐蹭到他们，所以即使遇到了，也离得远远的。可那辆车倒好，还贴过来跟着学员开。我当时就觉得奇怪了，所以我才让你开，毕竟你要比他们熟悉道路，我想着如果他要是找碴，你还有反应能力。"

头顶的空调正呼呼吹着暖风，店里人多且足够温暖，可回忆起那天，教练的声音还是有些不自觉地哆嗦。

"他冲上来那会儿我是真发火了，那速度如果撞上，咱们的车很可能会翻过去。我当时是真想教训他，所以让你靠边停下，就上去问候他祖宗了，可我走过去才发现……"

说到这里，教练突然停顿，埋头给自己点了支烟。

"什么？"我抓耳挠腮，忍不住催促，"你发现了什么？"

他猛地吸了一口烟后，盯着我说道："车里没有人。"

5

"没有人？是不是咱们忙着靠边停车那会儿，那辆车里的人已经下车了？"

"可能吧，谁知道呢？"教练嘴里缓缓吐出的烟雾模糊了他的脸，"那辆车所有的座椅都套着衣服。"

"衣服？"

"嗯，而且是很认真地套着衣服。帽子、衬衫、衬衫口袋里有烟盒、钢笔，袖子搭在坐垫上，袖口处放着手机，甚至坐垫上套着的裤子都整齐地扎着腰带，裤脚的位置放着鞋。就好像是人坐在那里似的。"他说着，伸手抓了一把头发，又猛吸一口烟，清清嗓子，"而且每个座位都穿得不一样，我打着手电筒看了一圈，有黄色卫衣、条纹 POLO 衫，还有红色羽绒服……"

我撂下筷子惊呼："怎么可能？你是当时怒气上头，还隔着那么大的雨，看错了吧？"

"是啊，后来我也是这样想的。但我开车快三十年，头一遭遇见这么诡异的事情，站在那儿，全身上下都在发冷。要命的是，那些座位给装点得还有男有女，就副驾驶那个红色羽绒服套着的座位上，靠背顶上还挂着顶黄色的女士假发！"

理智告诉我，这只是某些人用来吓唬人的恶作剧，现在无人驾驶汽车并不稀奇，可能是专有人门针对教练车、针对驾考生的恶作剧，但我突然想起那天凭空出现在我耳边的声音，伸手抓抓后脑勺。难道是我因为担心考试，练车时太过紧张，又受到旁边学员的影响，产生了幻听？

"这些衣服好像……不是一起的？"我接着问道。

"啊，对！"教练似乎是被我点醒，后知后觉地感叹，"你这么一说还确实！是，我想起来了，还有一点，后排的衣服明显比前排要新！"

他的情绪开始激动，手上香烟燃烧的烟灰被都抖落在裤腿上，他沉着脸用手掸去，往地上吐了口唾沫。

"当时天气又不好，乍一看吓死人了，我当时就想跑了，可腿不争气啊！软乎了！动弹不得了！"

他的腿软乎了？可他后来明明还在往后备厢走啊。

"那，后备厢又是怎么回事？"我忍不住问了出来。

"那后备厢是自己打开的，我只听到了'咔嗒'一声，再回神，就是那个警报器叫个没完的时候了！"

教练喘了口粗气，看样子，他对自己被裹挟着前进一事毫无记忆。

当然，也有可能是，当时教练太过气愤而大脑空白，我被雨水弄花了眼而错把雨水当成了奇怪的生物。

"要不是警报器，不知道还会发生什么呢！"

这也确实印证了当时我怎么叫他，他都没有反应的事实。

"你回神的时候，看到后备厢里的东西了吗？"

"嗯……"他似乎犹豫了很久，在烟灰缸里掐灭手上的烟蒂，又痛饮一杯啤酒后，才缓缓道来，"说实话，我一开始不知道那是什么东西。"

啤酒杯壁上的泡沫，在缓慢地下滑着。

"那像是三四个人。"

"人？！"我当场惊呼起来。

"我不知道该怎么形容，那是三四个人，全身灰白，男女都有，扭曲在一起，互相抱着……"说到这里，教练看了一眼四周，压低声音说道，"我当时吓了一跳，那些人……好像还活着。

我好像看到他们会呼吸一样，皮肤里面包裹着什么东西，我没敢细看。后来回到咱们车上，稍微冷静了一想，那好像是一堆橡胶模特。"

"说回来，那天刚开始练车的时候，你们也觉得不对劲吧？"说完自己的见闻，教练将话题转移到我的身上。

"你们又看到什么，或者听到什么了吗？"

"我们啊……"我提起酒瓶，给教练倒酒，"跟你比，简直是小巫见大巫。"

就在这时，饭店墙壁上的液晶电视跳转到了本地的新闻栏目。

"下面播报一条短讯，今日中午十一时三十分，位于我市科技工业产业园北侧五千米处道路旁，发现一个月前在腾远驾校学车失踪的陈某，警方已第一时间封锁现场。目前事件正在调查中，本台将继续跟进案件……"

画面回播起陈某失踪当天的监控录像。

个头不高的他穿着黄色的卫衣，像当天我所看到的教练一样，仰面朝天，不自然地抖动着一点儿一点儿朝着不知名的方向行进，直到离开画面。

"砰"的一声突兀地传来，是教练脚下的半瓶啤酒被他的战栗带翻，液体流了满地。而他死死地盯着电视屏幕，想说什么，又说不出来，只能机械地重复："这是……这是……这是……"

"怎么了？"我被他的怪异吓到，连忙起身扶正啤酒瓶，为他顺气。

"他穿的衣服，好像……好像是……我在那辆车后排看到的那件啊！"

伴随着这句话，周围寒气乍起。

回到家后，我决定搜索一下关于陈某的新闻。

网页上的消息虚虚实实，却又都是浅谈辄止，除了反复咀嚼陈某是如何离奇失踪的，就是添油加醋的。

有人说，他多半是遇到了抢劫的。

在各种天花乱坠的猜想中，唯有一个长评让我后背发凉——

> 听说，这个陈某身体里的所有内脏都不见了，最开始都怀疑是遇到了器官贩子，可是怪就怪在，没有任何犯罪痕迹……

这条评论仅仅存在了三分钟就被删除了。

6

巨大的震撼让我甚至忘记了领驾照这件大事。

等我想起来自己驾照还没到手，已经是一周以后了。那天破天荒地出了太阳，驾考中心人满为患，排队领完证件后，我还在大厅偶遇了当时一起学车的男生。

他也是来拿驾照的，进度如此之快，让我自叹不如。

"真巧啊，哥。"这次男生主动跟我打了招呼。

闲聊两句后，他试探性地提到了关于那天的事情。

我知道他想问什么，毕竟是当事者，好奇很正常，于是竹筒倒豆子般，把教练说过的话全部转述给了他，本以为看上去胆小怕事的他会惊掉下巴，却不想我的话像是正中他的下怀。

他掏出手机，一边点开一个论坛，一边喃喃起来："哥，不瞒你说，那天我回去以后在网上搜了很多相关信息，想知道有没有人跟我们遭遇过同样的事情，然后我刷到了一个帖子，就真跟你刚才说的情况一模一样……"

亮起的手机被递到我的眼皮下，一个叫作"小野猫"的楼主发了一张汽车停在远处路边的照片，标题是"今天碰到一辆好恐怖的车啊，座位穿着衣服，有人见过吗？"。

"你看这张图。"

男生将图片放大，虽然角度很刁钻，距离也很遥远，但那辆黑色汽车还是轻而易举地让我锁定了视线。

"是我们遇到的那辆车！"我脱口而出。

"对。"男生的手指继续下滑，他让我再看下面的跟帖，果然，有匿名的网友回复了更加清晰的照片："楼主！这辆车我在我家楼下也见过！吓死个人了，前排的两个车座上都穿戴整齐，乍一看像人坐在那里一样！我也拍了一张！"

配图像素低，也仍然可以确认副驾驶的座位上正套着红色的羽绒服，顶着黄色假发，主驾驶的座位也穿戴整齐。可是……唯一让我困惑的点是，后排是空的。

"教练说，他看到的衣服是四套。"我倒吸一口气。

"这是一年前的帖子，"男生指指发帖时间，"看到的时候，我真的很想分享给你们，可我又没有你和那个姐姐的联系方式，今天遇到你，听你跟我讲了那些话以后，我真忍不住……对了，哥，那个陈某失踪的新闻，你看了没有？"

"看了。"我的胸口剧烈起伏,"他的衣服已经出现在车里了。"

即使是艳阳高照也抵挡不住浸入四肢百骸的冷意。

我的脑海里,冒出一个无比荒唐的想法:只要稍有差池,自己的衣服大概也会出现在那里。

男生一定是明白我在想什么的,他看着我,一阵沉默。

我们在分别前交换了联系方式,说有空一起吃饭。

临走时,他向我道谢,表示很佩服我那天将报警器扔出去的壮举。我苦笑着耸耸肩:"也亏得你带了报警器。要不,教练在带咱们练车途中,被吓出个好歹,咱们可怎么办?"

男生挠挠脑袋,说是瞎猫碰上死耗子。

不远处,我叫的网约车已经缓缓停下,朝男生挥手道别,迈开脚步刚要走,男生又吞吞吐吐地再度告诉我一个见闻。

"哥,其实那辆车是有车牌的。"

"嗯?"

"它是 D 字开头,Y 省来的。"

说完这句没头没尾的话,他摇摇头,转身走入了人海。

D 字开头,Y 省来的。

在车上,我反复咀嚼这句话,最终后背漫上一股寒意。

它是一路北上到达这里的吗?

不管它是不是别人的恶作剧,希望我们不要再遇见它。

六 间苗

间苗又称疏苗。

在农业专业术语中，该行为的含义是：为防止幼苗拥挤，避免发育不良的幼苗对庄稼整体造成影响，播种庄稼期间，会选择性拔掉部分生长不好的禾苗，以保障培育壮苗。

1

直到现在，我都还记得第一次跟那人见面的场景。

那是我刚上初二的时候，年关将至，我们一家人回到父亲的老家方县过年。在此之前，因为奶奶过世、距离太过遥远、春运期间实在一票难求等情况，我们已经多年没有返乡了。

但这次，小年的时候，方县的亲戚便多次打来电话，再三提醒我的父亲，今年四阿公要下山，大年三十之前务必要赶回来。

不知为何，挂断亲戚电话时父亲一直眉头紧锁。

母亲宽慰他："就去吧，距离上一次四阿公下山，怕是也有十年了，一大家子的人能聚在一起的机会少之又少，回去看看他们，也是好的。"

于是，没有提前购置车票的我们花大价钱包了一辆面包车，硬生生地赶了将近一千多公里的路，才终于在大年三十前赶到了方县老家的农村。

我们是到得最晚的一户。

我们抵达时，空置的老屋已经被住在隔壁的二爷爷提前找人帮忙收拾好了，家电家具擦洗过一遍，连床上三件套也贴心地换成了红色，仿佛在庆祝新年的到来。

可即便如此，久不住人的房间里还是难免充斥着潮湿的霉味。

父亲的眉头始终密布阴云，连走亲戚、与大家互相恭贺时，他也是强颜欢笑，或者，不只是他，所有上了年纪的长辈都是这副模样——有与久不相见的亲人重逢的喜悦，又有无法言说的惴惴不安。

除夕夜我们是在二爷爷家过的。

老院子里摆了好多张圆桌，隆重得像是设宴办席，女人们系着围裙在厨房里忙前忙后，男人们聚在堂屋抽烟打牌，而小孩子们在四处放着鞭炮，满地红色的鞭炮壳和混杂在空气中浓烈的火药味叫人精神振奋。

我很久没跟这么多人一起玩了，不管熟不熟，一起把牛粪炸得满天飞以后，大家就是好兄弟了。

我玩得尽兴，晚上轻轻松松就守过了零点，母亲催促我上床睡觉时，我的大脑还处于亢奋状态。

"快睡吧，明天一早还要去拜年。"母亲点我的头，"到时候别起不来，误了事。"

她一语成谶，第二天，我真起不来——或许是昨天玩得太过尽兴，又或者是新床太硬，让人难以入眠，晚上我入睡得艰难无比，翻来覆去，很是折磨。

第二天，我在床上赖着软磨硬泡半天后，屋里渐渐没了声息，等我再起来，已经接近中午，父母不知去向，电话打过去，我也只能听到忙音。

揉着惺忪的睡眼洗漱完毕，走出院子，我注意到隔壁二爷爷的院子里热闹非凡，凑过去一看，全是昨天一起玩耍过的堂兄妹。

他们沉默不语地围在老屋前，而老屋房门紧闭。

"干什么呢？"我随口问道，"等开饭吗？"

"嘘。"一个高我半个脑袋的大哥对我做了个噤声的手势，神秘兮兮的。

我还想多说两句，他却立马把我拉到院子外面。

"四阿公来了，大人们都在屋里陪着。"他跟我解释。

带我出来的人我记得，是我大伯的二儿子，小时候总是他带我去山野疯玩、偷摘别家的李子、惊吓村头的野狗、野钓长河里的鲤鱼，以前他总是嬉皮笑脸的，现如今却面色发冷，声音压低了好几度。

"那你们为什么不一起进去？"我踮起脚使劲往里看。

"小辈这会儿不能进去，是规矩，你爸妈没跟你讲吗？"他瞪我一眼，似乎是觉得我的大嗓门非常冒犯人，又提醒，"小点儿声，你也来院子里站着吧，别说话，等会儿时间到了，他们就会开门了。"

我真是搞不懂，拜年也不是拜菩萨，规矩一套一套的。可大家都这样，我也不敢搞特殊，只能安静地闭嘴，融入人群。

好在没过一会儿，门开了，大人们纷纷拥出，张罗着要在院子里继续摆放桌椅，安排饭菜。

我的父母也在其中，见了我，一脸恨铁不成钢的模样。

"还知道来啊？一家子就数你最没规矩，喊不醒。"他们数落几句，还是给我安排了吃饭的位置。

等大家纷纷落座，有人问："四阿公出来吗？"

"四阿公在房间里吃。"屋里二爷爷探出半个脑袋，吩咐旁边几个正帮忙上菜的女人，"麻烦你们单独分一份出来，送进屋子里。"

"这人谁啊？"

被批评过后本就心里不悦，我酸溜溜地嘀咕一句。没想到下一秒钟，父亲"啪"的一掌扇在了我的脸上。粗糙的手掌带着老茧，猛地刮过我的脸颊，一阵风过后，我的脸上泛起了红。

"闭上你的嘴，好好吃饭。"

他瞪我一眼，胸口起伏好似拉风箱，说完又小心翼翼地盯着四周，避开亲戚的目光。

那么多人看着，实在丢脸，我当即酸了鼻子，想站起来跟他争论两句为自己找补，母亲见状连忙将我拉走，好脾气地解释："你四阿公难得来一趟，家里人都很重视，这种场合规矩最重要，你千万要注意言行，别让你爸为难，知道不？"

行吧。

回去以后，我埋头坐下不再看我爸，桌上的饭菜也变得索然无味，吃了两口便撂下筷子，喝着饮料打量四周。

整个院子里的气氛比起过年，更像监狱开饭。大人们相互交流也是尽量压低音量的。三两口填饱肚子的我百无聊赖，只好竖着耳朵去听大人交谈，很快，我发现了一个奇怪的地方——

这里所有的人，不管年龄大小，似乎都管那个人叫四阿公。

世界上会有一个四阿公是每个人的四阿公吗？难道不是年龄、家庭、辈分不同，叫法各有不同？这就奇怪得很。

实在忍不住，我贴近母亲的耳朵问出这个问题。

她笑笑，同样以耳语为我解答："四阿公的辈分比你爷爷还要大得多，包括你二爷爷那一辈，在他面前都是小辈，所以大家都这样叫他。一会儿拜年，你也跟着叫就行。"

虽然我的爷爷去得早，我没见过，但我二爷爷可是切切实实的年过古稀，满脑袋找不到一根黑发那种老人，就这在四阿公面前都是小辈，那四阿公该多老啊？

我喝着纸杯里的饮料，思绪翻涌。

终于，午饭过后，院子里的长辈开始一个个带着小辈进去向四阿公拜年，一大堆人整整齐齐地排着队，秩序井然，仿佛千足蜈蚣在蛰伏。

在父母牵引下踏进房屋的我，破天荒地有些紧张。

堂屋内还是以前的样子，临时的收拾打扫也难以掩饰房子的陈旧，仔细看还能看到两侧的梁柱上那些细小的虫洞，像某种无法治愈的皮肤病。地上也是坑坑洼洼的，此时都是众人大大小小的脚印。昏暗的钨丝灯勉强照亮整个房间，鹅黄色的光打在每个人的脸上，有种怪异的肃穆感。

正厅摆放着一张年代久远的金丝楠木太师椅，上面正襟危坐的却是一个身着暗红色泰丝唐装的年轻人，皮肤白嫩，眉眼柔顺，梳着油亮的分头，看上去不过二十岁出头的模样，他注视着我们，竟有种不怒自威的气势。

"快叫四阿公。"

父亲从后面轻轻拍了我一掌。

2

这能是四阿公？

除了那一身唐装有些复古，他全身上下窥不见一丝老态，这模样看起来说是二爷爷的儿子也不过分吧？

"这是小凯，阿勇的孩子。"

侍奉在太师椅右侧的二爷爷连忙介绍。

"您上次回来的时候，他还是个小不点儿呢，正是闹腾的年纪，就没带来见您。"

"嗯。"四阿公呷了口茶，轻轻应了一声。

也就是这一瞬间，我便明白了亲戚提起他时那种认真的忌惮的原因了。

他的声音有一种极强的穿透力和压迫感，一双藏在浓重剑眉底下的丹凤眼微微转动，犀利的目光让人不由得掌心发汗。在往后的十多年里，我再也没有见过有如此气势的人，只要看过听过就会明白，在他面前做小伏低都是不自觉的，如果允许的话，我甚至不自觉地想朝他跪下去。

然后，下一秒钟，我确实朝他跪下去了。

那是父亲示意的，跪拜礼，属于小辈对长辈最尊敬的礼节。四阿公沉默不言，直到我们拜完起身，才认可似的对二爷爷点了点头："阿勇这些年不错的，养出来的孩子也精神。"他的声音听起来冷淡，像冷冽的山泉。

"是多亏了您垂爱。"

"不能这么说，福气是自己挣的。"

四阿公这才摆摆手，眼神里竟多了几分和蔼之色，示意让我上前去给他看看。

"小凯是吧？今天上午，就数你起来得最晚了。"他盯着我说道。

奇怪，难道是哪个缺德亲戚提前在他面前告过我的状？他怎么知道我来得最晚呢？我看着那双细长的丹凤眼微微弯起，心中的慌张油然而生。

"四阿公好。"

我连忙老老实实地又打了一次招呼，规规矩矩地站得端正。

"手给我瞧瞧。"

四阿公对我伸出手，我几乎是下意识配合了他的动作。

被他宽大的手攥住后，一阵轻微的灼痛传来。我不明所以也不敢反抗，只能低头凝视，四阿公的手相比起脸来说，要枯瘦一些，皮肤苍白，血管明显，手背上筋腱根根分明，却没有一丝皱纹。

"嗯……"

他低喃一声，眼珠若有所思地转动。

屋子里的气氛在他的这声低喃中越发凝重，与此同时，我的整条右臂都开始发麻、发胀。就在我快要坚持不了，想要喊出声的时候，四阿公松开了手。

"虽是调皮了些，但也算是个好孩子。"

四阿公拍拍我的肩，眉目中流淌着一股安详之色，房间里的其余人也像是松了口气。

"快谢谢四阿公。"父亲连忙在身后提醒。

"谢谢四阿公。"我依葫芦画瓢，退回父母身边，才顿觉身上的衣服内衬早已被汗水打湿。

"阿勇家有什么生活的难处吗？"四阿公抬眼又看了看我们一家，主动询问道。

他也许是想要提供什么帮助。可我拘谨的父亲只说生活哪儿有不难的，努力就好。于是，四阿公也不再多言，摆摆手，端起茶，示意我们可以离开了。

但并不是所有人都像我们这样无所求，我们出了门才发现，还有好多已经拜完四阿公的大人站在院子外面攀谈，我的父母也加入他们的行列，谈起了与四阿公在房间里交流的内容。

我歪头听了半晌，才明白，原来是可以向四阿公祈求福祉的。

虽然不明白有何意义，但站在院外，我刻意关注了后面几户给四阿公拜年的亲戚，他们出来时，都是千恩万谢，点头哈腰。

似乎四阿公是一尊有求必应的活菩萨。

人人仿佛都惧他，又求他，双手合十，虔诚万分。

本以为四阿公会在二爷爷家至少待到初七，我对吃饭时严肃气氛有一定程度的抗拒，一下午都在和母亲讨价还价，说不想再去二爷爷家吃饭。

却不想，日头西斜时，二爷爷便打来电话通知，说今天四阿公要走，留不住，晚上就不用再去他的院子里吃饭了，自家安排就行。

我暗中叫好，父亲也像松了一口气。

"小凯，你今天一天怎么话这么多？"

他开始同我秋后算账，先是数落我不起床，再是批评我中午吃饭不懂礼节，信口雌黄，絮絮叨叨说了半天。

母亲劝他不至于如此，他才道："你懂什么？在四阿公面前说错话，容易招祸的。"

招祸是什么意思？我有些迷茫，又连问几句。父亲顿了半晌，小心地上前打量了一下四周后，蹑手蹑脚地关上了大门，终于说了起来。

"你四阿公寻常是不轻易下山的，上一次他下山是你四岁的时候，我们也是回了方县，只是你太小，没带你拜见他。那年他离开以后，只过了三个月，你大伯就出事了……"

闻言，母亲先变了脸色，低声道："哎，别吓着孩子。也是意外吧，运气不好，喝了酒，醉醺醺地摔进被偷了盖的污水井里，人神志不清又不会呼救。"

"说是意外，但亲戚们都觉得，这件事跟四阿公有关。"

父亲连连摇头。

"我也不想吓你，可事实就是，你大伯挣了些小钱，在外面放贷，逼死了人。许是四阿公清楚，他的根已经歪了。你别看四阿公不多言不多语的，其实谁干了什么事，他门儿清。"

惧色渐渐浮现在父亲眼底，他朝茶几探了一下手，母亲连忙会意，帮他拿过茶杯。他抿了一口，神色缓和许多。

我趁热打铁，追问："那四阿公到底是什么来头？他住在山上吗？为什么他下山以后，家里就会有人出事？"

"你怎么那么多为什么？"父亲再度横我一眼，可思索片刻，又话锋一转，"算了，你年龄也大了，我也不同你藏着掖着。毕竟以后我不在了，你还是得按规矩回来。小凯，我接下来说的话你可听好了，你四阿公可不是一般人，这件事，你看到他的模样，想必心里也早有个大概。我只能说，我小时候第一次见他时，他就已经是这副年轻人的模样了。"

"啊？"我惊诧不已。

"严格来说，四阿公应该是你太爷爷那一辈的人，他平时很少出现，可一旦出现了，家里的所有亲戚都得尽量回来拜他的，这就是我们家族的传统，你得记住。"

父亲伸出食指，似在同我约法三章。

"因为家族里没有人清楚他的行踪，所以大家约定俗成地把他回来这件事称为下山，他下山没有规律，短则几年，长则几十年，但他下过山以后，家里多多少少会添些人头，或者……少些。我不是特别清楚这其中的原因，但我提醒你，你长大以后无论做什么工作，过什么日子，都死记一点，千万不能走邪道，做坏事。"

"好。"我点点头，眼神坚定。

父亲便继续说下去。

"四阿公能耐大是事实，作为我们家族的成员，你以后要是有了难处，遇见他下山，是可以向他求一些东西的，但……我不建议你这么做。"

"为什么？"

"人各有命，如果命里不带的东西，即使强求来了，也是抓不稳的，还容易引火上身。"

也许这就是父亲刚才无所求的根本原因，讲完这番话，他像是卸了一个沉重的包袱，长长地舒了一口气。

3

虽然二爷爷打电话说，不用再去他家吃饭，但碍于老屋条件有限，做饭不容易，到了饭点，我们一家还是去了隔壁蹭饭。

二爷爷家的正厅已经收拾干净了，太师椅收起来后，偌大的地方也没了白天那种压迫感，他的儿女家都安在县城，四阿公告别后，他们也相继离开。

我父亲的到来无疑给冷清的房子多添生气。

二爷爷喜笑颜开地开了瓶陈酿，要跟父亲来两杯。

二爷爷精气神好得不像老人，本就不胜酒力的父亲很快被他放倒，饭没吃两口，脸红得不行。母亲见状，只能将父亲先扶回家中，再劳烦二奶奶陪同着去村口的药店里买醒酒药。

而我则被暂时留在了二爷爷家里。

"你爹这酒量不行啊，连我老头子也喝不过。"

大人们出了门，二爷爷瞥我一眼，顿时笑得眉飞色舞。

我爷爷一脉一共有三个儿子，还有一个小女儿。他是我爷爷的二哥，因为我爷爷去世早，他照看了我父亲多年，早将我父亲当成了亲儿子。去年他的腿脚出了点儿毛病，二姑还在我父亲的授意下带着他来我们家住了一段时间，方便看病。

因此他格外疼我，与我向来以爷孙相称，无所不言。

"娃，四阿公的事，你爹跟你解释了没有？"

"说了。"我从果盘里抓了一把花生开剥。

"哟呵，"许是没料到我会这么镇定，二爷爷调侃道，"你是个有出息的。想当年你爹从我这里听了四阿公的事情，吓得那叫一个屁滚尿流，成天追着我问东问西，那怕的哟，生怕尿个床都会让四阿公给惦记上！"

"啊？"

我错愕，竟一时不知道是自己胆子太大，还是父亲原本只是讲了个删减版的"四阿公须知"给我，连忙竹筒倒豆子般跟二爷爷复述了父亲的话。

二爷爷挑起旱烟猛吸一口，表示父亲确实只讲了些没头没尾的话。

"你四阿公这个人啊，本事通天，我爹和我兄弟都是让他给送走的，而你爹是靠他给求来的，这他就没跟你讲了吧？"老人猛吸了一口旱烟之后对我说道。

"真的？"

"我还能骗你？"

淡淡瞄我一眼，二爷爷脱掉一只鞋子，单脚踩在板凳上，烧红的烟草不断地闪烁着，吞云吐雾地说起来。虽然他嘴里说着不骗我，但看上去更像是讲故事。

"你太爷爷，就是我和你爷爷的父亲，是你四阿公的哥哥，在那时候家里有钱，我们小时候家里，油坊、面粉厂、蜡烛厂都有，你别看我现在住在这个破房子里，那时候我们家是十里八乡最富的！但有一年，怎么说呢，应该是流年不利，蜡烛厂失火殃及油坊，一下子赔进去好多钱，大半家产折在里头。你太爷爷怒得很，即使调查之后给出的结论是半夜风吹倒了燃烧的油灯，他还是拉了好几个厂房相关的管理人员追责索赔。只怕是他的手段用得脏了些，后来，不晓得怎么回事，那几个管理人员估计是怕赔钱，想不开了……"

"太爷爷为什么这样啊？"我摇摇头表示不解。

老人说到兴起，夹起一颗蚕豆放到嘴里："你太爷爷就是那么个人，那时候能起家的，有几个心不狠的？我们兄弟几个都知道，他说是追责，实际上，就是泄愤。哪儿晓得逼死那几个人以后，他开始夜夜做噩梦，当年入冬就莫名其妙患上伤寒，没过几天就死了。"

"这跟四阿公有什么关系？"

"我这不是正要讲？"二爷爷白我一眼，"我第一次见四阿公，就是在你太爷爷的葬礼上。当时他看起来也是很年轻，如果不是你太奶奶认出他，我们都不敢认。他来了，就说人在做，天在看，你太爷爷是亏了德行，天要收，还让我们几个小辈不要太伤心，好好整合一下剩下的产业，认真过日子。"

"那……我爸又是……？"

"要说你爹，先得说你爷爷。当时你爷爷接了父辈留下来的产业，但不知道怎么回事，像是命里不带孩子似的，一把年纪也生不出个娃，问了好多中医，喝了一年多的汤药，啥动静也没有。后来，你爷爷就去求了四阿公，他要了你爷爷和奶奶一些东西，说不多时儿子就会送到家里。"

"我爸就这么来的？！"

"厉害吧，最多就过了俩月，你奶奶就有了。"看着我对这些半真半假的故事信以为真的傻样，二爷爷得意地笑了。

怪不得亲戚们千恩万谢，原来四阿公还真是有求必应。

将花生塞了满嘴，我若有所思："那我爷爷的去世跟这有关系吗？"

"有，也没有。我当时听说四阿公对你爷爷的要求是，有了儿子以后，必要尽到为人父为人夫的责任，得爱惜你奶奶，给你爹做榜样。但你爷爷这个人，上了年龄后跟你太爷爷真是一个模子刻出来的，脾气上头就不分东西，喝了酒，经常打你奶奶。"

所以我爷爷四十来岁就突发脑溢血，早早告别了人世。

"可是……"我还有一问在心头，"我不明白，四阿公为啥会那么年轻？"

"好小子，问到点上了。"

二爷爷在桌边敲了敲烟斗，烟灰慢慢飘落，碎了满地。

"该说不说，你太爷爷去世那会儿，四阿公虽然年轻，但也不至于像现在这样是张二十几岁的脸。你太奶奶说，你太爷爷去世前，四阿公就是个中年人的模样，你太爷爷去世后，他反而年轻了。我当时第一次见他嘛，没感觉。直到后来你爷爷去世了，我再见到他，发现他是真的气色越来越好，头发全黑。"

我忍不住了，想要说些什么，刚要开口，却听见一声响动。

"嘎吱"一声，院门被推开，我俩同时转过头去。

买药归来的母亲要接我回家，还没得到确切回答的我，拽住二爷爷的胳膊，要他说话，可他看了看我母亲，又看了看我。

"你是个聪明孩子，快回家吧。"

他笑了笑，答非所问，不置可否。

4

也许四阿公的存在即是一把悬在所有亲戚头上的刀。

从二爷爷那里听完故事以后，尽管没有像我父亲幼年般屁滚尿流，我也惴惴不安了许久。

我们在初五这天告别了方县的亲戚。

而返程后的第三个星期，家族里传来噩耗——

四叔和四婶因车祸去世了。

说是在盘山公路上开夜车，疲劳驾驶，两个人连同车子一起滚下山崖，天亮后，让附近居民找到的时候，夫妻俩已经没气了。

四叔是姑奶奶的儿子，比我父亲要小一些，有一双儿女。

他在我们隔壁县里做蔬果生意，有些小钱，前些日子为了让我们节省路费，还是他开车将我们一家捎回来的。

那时候他还在车上侃侃而谈："今年生意不好做，跟四阿公求了财运，该打翻身仗啦。"

"行，我离得近，我来处理吧，您年纪也大了，距离远，舟车劳顿身子骨怕是受不住，我向您发誓，一定把他的骨灰给您带回来，叫他能够落叶归根……"父亲在阳台上接姑奶奶电话，来回踱步。

因为当年老姑爷算是孤儿入赘，所以四叔按道理来说得葬在我们家族里。家里所有兄弟姐妹，父亲与四叔离得最近，父亲心又好，就这样领了将四叔、四婶骨灰带回去的差事。

我和母亲在客厅里端坐着不敢言语，直到父亲挂了电话，长叹一声："看吧，我就知道会这样。"

母亲上前去安抚他："别想那么多。"

"唉。"父亲在母亲的宽慰下平静很多，叮嘱母亲与我，这几日单独在家要多加小心后，便匆匆收拾行李离开了家。

他走后，我忍不住朝母亲发问："是四阿公的意思吗？"

许是没料到我会问得如此直白，母亲有些无措。她呆愣了很久，才像是打开了话匣子一样，把这些天，抑或是这些年的见闻和盘托出。

"我十年前第一次与你父亲见四阿公时，你父亲就说，这个人不一般，叫我在他面前切记不要乱说话。我开始除了觉得他看着怪年轻的，也没多余的想法。可那次我们回来以后，你大伯确实很快就出了事。"母亲说话时攥着拳头，似乎压抑已久，"虽然那是意外……你父亲当年也是用给你的那套说辞解释的：四阿公每下山一次，家里多多少少都会出这样的事，不管是不是巧合，他们家族的人内心深处都还是很抗拒四阿公下山的。就跟玩点名游戏似的，谁也不知道自己会不会是下一个啊。"

"不是说，德行有亏才……"

我忍不住插了话，母亲将目光移向我，笑得勉强。

"孩子，你能保证一辈子不做一件错事，没有一个坏念头吗？"

　　那话如同一道炸雷在我的脑子里一闪而过，我像是醍醐灌顶，终于明白了惴惴不安的源头。没有人能保证自己一辈子不犯错，那么所有人在四阿公面前，都不过是悬在钢丝上的幸存者。

　　他放过你一次，下一次呢？

　　按母亲的说法，四叔和四婶的为人没有什么大问题，但要做生意，哪个老板不算得精细？今年生意实在难做，大量裁员，他惹上了不少劳动仲裁，闹了一大堆是非。

　　其中有个女员工是实习期没过就怀了孕，处理纠纷的过程中，说是气得流了产。后来她一不做二不休，硬是要把掉下来的胎儿送到四叔家门口。当时为了避免儿女受影响，四叔家的哥哥姐姐还被送到我家住过一段时间，直到闹剧平息。

　　母亲讲着讲着，实在掩不住怅然："怕是即使今年你四叔有财运，也是给他家，而不是给他的。"

　　这个猜想很快得到了证实，四叔、四婶一直买意外险，事故之后，哥哥姐姐确实得到了一笔数目可观的理赔。

　　只是，他们麻木的脸上没有一丝喜悦的表情。

　　姑奶奶的其余子女都工作繁忙，先前因为四阿公的事请假回了方县，短时间内也不好再次请假。因此，父亲作为兄长，既已处理了四叔、四婶的后事，本着送佛送到西的原则，为将骨灰交给姑奶奶，便亲自带着我们又回到了方县。

　　方县是个穷地方。

事实上，父亲那一辈的兄弟姐妹，有些许能耐的，基本都已经离开这里，外出谋生。家族里，除了四阿公，没人有能耐将全部人召回。诸如四叔去世这种事情，异乡亲戚也不过远远说一句节哀顺变。

姑奶奶和老姑爷年事已高，在我父亲和几个尚留在本地的同辈的协助下，简单为儿子、儿媳妇操办了祭奠仪式。

想着来都来了，我们一家也就留下来等待四叔、四婶下葬完毕再回去。

5

我们暂住在姑奶奶家里为四叔、四婶守灵，由父亲帮忙去找工匠制碑。为了确定碑上的名字和排序，姑奶奶翻箱倒柜找出来一本族谱供父亲翻阅。

夜里，父亲在堂屋里和衣睡去。

我醒来上厕所，实在好奇，想弄明白是否能看到四阿公的信息，便借着蜡烛微弱的光芒偷偷翻看起族谱。

沾满灰尘的族谱上密密麻麻地记录着大大小小的名字，好像一棵大树的根系，盘根错节，不断地向下延伸，而最早的名字记录是在二百年前。

老祖宗的名字下面，有四个儿子，分别是徐有良、徐有德、徐有业……但不知为何，第四个名字被毛笔涂掉了。我翻来翻去，想从纸张背面尝试看清，却意外挪动了椅子，发出噪声。

一声凶狠的呵斥让我差点儿失手扔了手里的这件古董。

父亲狠狠地盯着我："回去睡觉！"

他怒目圆瞪，我吓得不轻，夹着尾巴回了房间。

三天后，我们在村落后面的山上葬下了四叔、四婶。

那郁郁葱葱的山里，有一块硕大的坟地。似乎整个家族的逝者都被安葬在了这里，墓碑密密麻麻，让人后背发凉。四叔、四婶的这座新坟，放眼望去也不过是石头入了海。

哥哥姐姐在墓前又跪了许久，似在哭诉。

彼时天寒露重，好心的父亲不忍心打扰哥哥姐姐，也不好叫一把年纪的长辈们陪着受冻，便提出我与他陪着哥哥姐姐，让其余同辈和母亲带着长辈们先行下山。

眼看他前去与将离开的人交谈，我壮着胆子，开始在墓碑中寻找老祖宗的踪迹。山里潮湿阴冷，高大的树木遮住了大部分天空，鲜有阳光照到地面上。一座座的坟墓形态各异，有碑的、无碑的、干净整洁的、杂草密布的……这些坟墓像是一个个地面上隆起的囊肿。

我一座座寻过去，最终在一棵硕大的槐树下，发现了一座偏僻的孤坟。坟前没有祭拜的痕迹，坟包上堆满了落叶和松针，半倒塌的墓碑上，依稀镌刻着关于老祖宗生平的字迹。

这座墓碑的主人确实有四个儿子。

怪的是，四个儿子的名字与族谱无异。

前三个虽让黑笔给涂了一番，倒是能看得清，还是那最后一个名字，被人为凿过，无所考量。

趁着父亲还没回来，我在这块墓碑的附近找到了刻着其余三个儿子名字的墓碑，尽管落了灰尘，却也能清晰地看见，这些墓碑立于一百多年前，而与这三座碑并列的地方，还有一座小小的，没有名字的坟包。

如果说，四阿公之所以是"四"阿公，那他头上肯定有三个哥哥，眼下，没有再比这三块墓碑更符合猜想的了。盯着这个没有名字的坟包，我骇然，心中乍然闪过四阿公的脸。

"小凯！"耳畔传来父亲的呼唤，"不要乱跑。"

回了神，抚平胳膊上直立的汗毛，我手忙脚乱地回到了父亲身边。

下山的路上，我还是没忍住，把这个发现告诉了父亲。

闻言后，父亲低下头，隔了半晌才指责我："你要能把这探究的心思放在学习上多好。"

我厚着脸皮追问："你说，四阿公行踪不定，那他每次要回来的消息，大家是怎么知道的呢？"

"你这个孩子真是……"

见我如此坚持，父亲似乎是为了打发我，顺着我的话题，说道："最开始他会给家族里辈分最大那一脉的某个长辈写信通知，后来是打电话，我记得你大爷爷和二爷爷都接过电话。"

"电话？"没想到是这么正常的方法，我反倒有些摸不着头脑了。

"那平时其他人想联系四阿公，也可以打电话找他？"

"四阿公不是想见就能见的。"父亲像是在逗我玩，又似乎是在早年间尝试过，"他打过来可以，我们拨过去，那边全部是公用电话。"

"那如果家里亲戚有事相求，他不下山的时候，怎么联系他？"

"你猜？"父亲很少说这样的俏皮话，他的眼神往身后葱葱郁郁的树林淡淡一瞥，似乎答案就藏在其中。

"是去刚才那个地方吗？"犹豫半晌，我还是吞吞吐吐地问出了这个问题。

父亲笑了，宽厚的手掌轻轻搭在了我的肩膀上，他不置可否，只是用另一只手的食指轻轻做了个噤声的手势。

"嘘。"

6

如今，我还记得那次跟四阿公见面的场景。但随着亲戚间的往来越来越少，我听到的家族消息也越来越少。那次后，我再没见过他，也再没听说过关于他的任何事。

后来的某天，我突然明白过来，在过去几百年的漫长光阴里，我们那个成员众多的庞大家族中，偶尔有几位亲戚因意外去世，倒也不是什么稀奇事。而那些关于四阿公的传奇故事，也许不过是长辈们就着族谱和那座荒坟借题发挥，用来教育孩子的话罢了。

七 雕塑人

1

"大功告成！"

随着手头最后一笔落下，一双栩栩如生的眼睛呈现在面前，陈宁如释重负，长舒了一口气。

"怎样？填上眼珠以后，是不是显得更有张力了？"

转过头去，勾起嘴角，陈宁急急地向身后正坐在升降画凳上调试着丙烯酸涂料的闺密夏季邀功。今天，她是受邀来为夏季即将参加艺术展的雕塑作品——"奥丽亚娜"出谋划策的。

两人虽同为艺术系出身，但相较于水平稳定、想象力中规中矩的夏季而言，风格迥异却鬼马精灵的陈宁在如何做到"出奇制胜"这一点上，的确有让人叹服的能力。

"还真是，"夏季咬着嘴唇，显然是有些震撼，"晃眼一看就跟活人似的。"

最初，当陈宁看过作品，了解完夏季想要把"奥丽亚娜"做出一定新意的愿望后，一口提出"不如大胆一点儿，把眼珠添上"的构思，夏季还以为陈宁在瞎胡闹，是陈宁好说歹说半天，她才勉强同意让陈宁试试的。

而现在，看着那双被填充完的眼睛，夏季由衷地感叹：陈宁是对的。

陈宁的这一举动打破传统古希腊雕塑的美学桎梏，塑造一个更符合现代意义的女性形象。此时此刻，她的"奥丽亚娜"就这样站在那里，那双由陈宁赋予的美丽的眼睛与她遥遥相望，丰满的嘴唇微张，似乎下一秒钟就要张口叫出她的名字。

"如果韩教授看到，也一定会夸这个创意不错。"

夏季将手中的调色盘放回桌面，下意识地瞄了一眼手机，嘴角浮起一丝娇羞的甜蜜。

"怎么又扯到韩光明了？"

听闻此话，陈宁恨铁不成钢地贴过去，用身体撞了撞夏季单薄的肩膀。

"你怎么回事啊？那老头子有什么好的，脾气轴，想法又多，你年纪轻轻，找个什么样的男人不行，非要找他这种怪人？"

"别这样说，"被陈宁泼了冷水，夏季收住表情，用肩膀"以牙还牙"地撞回去，"再不济，人家也是咱们艺术系最年轻的教授，还是省艺术界的门面，怎么到你嘴里就变成怪人、老头子了？"

"对，艺术家，把市中心的两套学区房卖掉，买了一个破厂房开私人博物馆，至今没什么人光顾；然后闲着没事就去乱改学生的设计作品，人家反对，他还发脾气。"见她执迷不悟，陈宁很无奈，"美女，你以后要是跟他在一起，是准备后半生就陪他守着那门可罗雀的博物馆吗？有情饮水饱？"

"唉，"夏季蹙起眉头，"娟儿，你现在怎么回事啊，讲话居然这么市侩，三句不离钱的。"

"喂！"

"娟儿"这个称呼一出口，陈宁气焰瞬间被打趴下去半截。这是她羞于启齿的秘密——十八岁之前，她的名字是"陈红娟"。

这个充满七十年代乡土气息的名字，她从小便不喜欢。

于是成年后，她干的第一件事情就是改名。但防不胜防，报到时，户口本复印件上曾用名这一行被代收资料的寝室长夏季毫不费力地收入眼底。

"呀，好有缘分，我大姑也叫红娟，夏红娟。"

她记得当时夏季是这样说的。而陈宁恨不得掘地三尺。后来两人成为无话不谈的闺密，说不过陈宁的夏季，每每被噎得无话可说，只要喊一声"娟儿"，陈宁就立马认输。

就目前而言，这个"软肋"仍然奏效。

"我再说一次，别叫这个名啊，做个人吧，夏季。"双手合十举过头顶，陈宁咬牙切齿地朝着夏季拜了一下，"真不是我市侩，是我感受过生活的毒打后，在对你进行苦口婆心的劝告好吗？不是人人都像你这么幸运，能确定留在学校工作。"

"你不是去考市艺术馆了吗？"

"面试都没进，"说到此处，陈宁更是满脸颓丧的神色，"我现在是明白了，得去社会上碰壁一圈，才能知道绘画专业是多么难找到对口工作，如今租房子、吃喝拉撒、水电燃气都要钱，我已经被逼到晚上去奶茶店里兼职了。"

"唉……看开些，慢慢来。"

到底是闺密，听闻陈宁如此窘迫，夏季难免伤怀。

"对了，现在奶茶店关门都挺晚的，你做兼职，下班回家的路上一定要注意安全啊，如果有什么需要，尽管给我打电话。"

可她能给予陈宁的，也只是一些微不足道的关切和鼓励。

"嗯，没事，我可比你危机意识强。"不想夏季被自己的情绪影响，陈宁连忙收拾心情，继续油嘴滑舌道。

"别心疼我啊，先心疼你自个儿的钱包，待会儿你请客吃火锅，我可是要敞开肚子吃的。"

将手边的东西大致收拾一番，两人亲昵地手挽手准备前往预订好的火锅店。

此刻，工作室中央，栩栩如生的"奥丽亚娜"正对着大门，像是在无声地目送两人离开。

吃过火锅后，陈宁又得匆匆去奶茶店里兼职。今天比平时更倒霉的是，不晓得从哪里来的一群少年聚集在此，又是拍视频，又是玩扑克，要打烊时赶也赶不走，最后店员硬生生比平时多耗了一个小时才成功下班，错过末班公交的陈宁只能打车回家。

因为租不起昂贵的市区房，她只能住在偏远的近郊，打一趟车约等于一天白干。凌晨时分，下了出租车，陈宁只觉得头疼欲裂。

夜风呼啸着在楼宇间穿梭，老旧腐朽的小区，每栋楼的外墙都爬满了风吹日晒后如同伤疤被剥离般深浅不一的痕迹，穿过杂乱无人打理的绿化带，陈宁摇摇晃晃地踏进光线昏黄的4号楼。万幸，电梯停在一层。

打着哈欠，忍受着电梯角落里不知道哪个缺德住户撒下的厨余垃圾散发的异味，陈宁用指甲轻轻摁下数字"24"的按钮，面无表情地等待着电梯缓慢上升——三层……五层……九层……

运行到第十层，电梯突然停下了。

伴随着刺耳的"叮"和沉重的机械开门声，一个穿着黑色宽大连帽卫衣，将帽子扣在头上，又将头埋得很低的高个子男人走了进来。他缓缓走到了陈宁的身后，安静地踩在了那摊散发恶臭味的厨余垃圾上。

2

电梯门此刻缓缓地关上，陈宁等待着。

五秒，十秒钟，二十秒钟……

对方没有按楼层。

匀速上升的电梯，不为所动的男人，让凌晨的封闭空间内充满诡异的气氛。

看过法制节目的都该知道，单身女性在面对这种状况时，必要多加小心。

陈宁侧了个身，让自己背对轿厢壁。她不想胡乱猜测任何一个人，也不愿将自己置于危险之中。攥紧手里唯一算是尖锐物品的钥匙，陈宁缓缓试探："您去几层？要帮您按吗？"

男人并没有回答她。

心倏地揪紧。陈宁企图通过余光和电梯门上反射的身影去观察对方的动向，可琳琅满目的小广告完完全全阻挡了视线。一片模糊中，她只能看到随着电梯的运行，在昏暗灯光的照射下，男人被不断拉长和扭曲的身形。

她感觉毛骨悚然。

细密的鸡皮疙瘩一点儿一点儿爬上了陈宁的手臂。

万幸的是，当电梯运行到二十层时，那个男人动了。

他缓慢地走到前边，按下"25"的按钮，踩过油腻厨余垃圾的鞋底在动作时，会发生"咯吱咯吱"的摩擦声。更古怪的是，闷热的夏季，他竟然还戴着手套。陈宁小心翼翼地瞥了一眼，不由得咬紧嘴唇。

按过楼层的男人以倒走的姿势又回到了轿厢的最深处。

电梯一点儿一点儿攀升时微弱的电流声，在此刻俨然已经变成一种精神折磨。陈宁觉得自己快疯了，怪异的感觉让她再难在这个狭小逼仄的肮脏地多待一秒钟，胸口剧烈地起伏着。等电梯到了二十四层开门的那一瞬间，她连忙加速冲了出去。

她租住的房屋，出电梯口往左拐就是，为了避免让那个电梯里的怪人偷窥到自己的确切住所，要开家门前，陈宁刻意回头多看了几眼，确定怪人并没有跟出来后，才安心地将钥匙插进锁孔。

她可真晦气。

陈宁用发汗的手心转动门把手，偏偏就是这一瞬间，电梯口又传来了开门的机械声。陈宁下意识地回头，看见陷入黑暗的走廊里又照进一道惨白的光——有一只手从电梯里伸出来了！

即将关闭的电梯门因为被阻挡，又缓慢地打开了。

一股凉意直冲脑门！

猛地拉开房门，闪身进屋，陈宁只觉得心脏快要爆炸。她迅速地转下反锁旋钮，双腿发软，冷汗早已浸透了单薄的 T 恤。

她安全了。

一屁股坐在地上，陈宁终于敢大口大口地喘气了。

"你昨晚上就该给我打电话呀！"知道这个消息后的夏季在电话里激动万分，"找保安调监控了吗？报警了没有？什么？这么大的事你居然没报警，你的心是有多大啊？不行不行，我现在帮你报。"

"冷静一点儿，你现在太情绪化。"

忽然，听筒那头传来一声温厚的男音。

意识到有别人在夏季身边，陈宁马上收住了刚才那副哭天抢地谩骂社会秩序混乱的口气。

"我租的那个老小区，没有摄像头。"她一本正经地解释，"前些日子，隔壁邻居家门口，不知怎的叫人丢了几只死老鼠。她报警以后，因为无凭无据，无从查起，事情还是不了了之了。"

"这真是……"

讲话声伴随着脚步声，大抵是夏季正换到另一个地方打电话。

"要不考虑考虑搬家呢？"

"算了，搬家又是一大笔钱，我以后应该也不会再那么晚才回家。哦，对，小区物业说，监控安装已经报批走流程了，后面会慢慢补全监控的。"

现代社会，又有什么比穷病更可怕的呢？陈宁有些自嘲地在电话里调侃几句后，转移了话题："对了，你刚和谁在一起？"

"啊……是韩教授。"怕被数落，夏季在说出这个名字时有些吞吞吐吐。

"你啊你！没出息的。"陈宁无奈。

她告诉夏季，提起韩光明这个人，她倒是想起了自己刚加入兴趣社团的时候，听学长学姐们说过，甚至她还记得校园论坛上某个叫作"青芷"的神秘学姐，发帖谈起自己毕业后和韩教授之间的恋爱甜蜜往事，引得跟帖的人一阵好奇。

"那学姐后来怎么样了呢？"

"她好像失踪了吧。"

女学生失踪事件，是五六年前发生的事情了。

后来陈宁才知道，这名女学生叫张维维，是她们同系的学姐，某天晚上外出后便再也没有回来。警方几度搜寻无果，这件事便没了后续，加上时间过去已久，导致现在绝大部分学生对此事毫不知情。不过，当初跟陈宁一样跟帖回复的网友还记得。这件事偶尔会被网友翻出来再度讨论一番。

"你又扯远了，要是韩教授有问题，警察早就把他抓走了好吗？而且，我今天找他，是因为……"话到嘴边，踌躇半晌，夏季还是说了出来，"昨天晚上，我的工作室里可能进贼了。"

"什么？"这下陈宁愣了，"怎么现在才告诉我？"

她不得不再次感慨社会秩序混乱，同一个晚上，她们俩竟都过得不太平。

但夏季情绪还算稳定，认真地道："也不是什么大事，毕竟工作室里哪儿有什么值钱的东西，贼进来了也是颗粒无收。就是想着怪吓人的，今早我到那儿的时候窗户半开着，画室里的东西散了一地，'奥丽亚娜'的脑袋上还给搭了一块白布，多半是大晚上翻窗进来的贼让它给吓了一跳。"

"奥丽亚娜"？

不知怎的，想到那尊自己亲手画上眼珠的雕塑，陈宁心头反而更不畅快，像压了石头，和夏季东拉西扯又聊了几句，约好如果下次再遇见电梯怪人就第一时间报警求助，或是给她拨去电话求援后，挂断了电话。

好在接下来很长一段日子，电梯怪人没再出现。

陈宁也否极泰来，找到了一份在广告设计中心的工作，不用再去奶茶店兼职。一片欣欣向荣中，唯一诡谲的是陈宁开始梦见"奥丽亚娜"。

那个梦是平淡无味的，在一片看不见边际的黑色背景中，"奥丽亚娜"立在她的面前，与她对视的同时，它身上的石膏像蜕皮一样一点点地剥落，露出暖白色的人类的肌肤。

3

晚上十一点半，陈宁下了公交车。

步入正轨的新工作比想象中更加忙碌，早上体检，下午培训，晚上下班还被同事们拖去团建，说是要好好庆贺新人到来。

抵不住大家的热情，陈宁被灌了两杯啤酒，现在还有些晕乎。

头重脚轻地走进电梯，打开手机，借着两格信号艰难地在同事群里查看大家刚刚反馈的团建照片，习惯性地用手指将人像放大，陈宁发现照片里的自己丑得不行，眼睛上翻，嘴角歪斜。

真是糟糕的照相技术，她扶着额头叹了口气。也就是这时，一阵摇晃感袭来，陈宁毫无准备，一个趔趄踩到了身后的那摊垃圾水渍上。

清脆的"叮"声响起，门缓缓开启，她抬眼一看，红色的数字显示——第十层。

霎时，陈宁如同惊弓之鸟般屏住了呼吸，毛骨悚然的记忆像潮水一般涌起，她甚至能感受到从门缝透入轿厢的阴风。

可是，门外仅仅是漆黑一片。

没有人在等候电梯。

多半是哪家皮孩子的恶作剧吧？

门自动关闭，电梯继续缓缓上升。刚才一遭，让大气不敢喘的陈宁不禁回忆起了前些日子的遭遇，穿黑色连帽卫衣的高个男人，当时也是那样站在十层的电梯口处，和今天一模一样。

等等？和今天一模一样？

楼道里面是安装了感应灯的啊！一个大活人怎么会站在一片漆黑中呢？

耳朵里充斥着嗡嗡的电流声，陈宁顿觉头皮发麻。

当时她怎么完全忽略了这样的细节呢？连那个高个男人走进电梯的时候，楼道灯也没有任何闪烁的迹象。她的脑海里拼命闪过记忆的碎片——扣上卫衣帽子、低着头、不躲不避地踩在厨余垃圾上、夏夜里也戴着手套、按完电梯楼层以倒走的方式回到原处……

他到底在干什么？

后知后觉的恐慌蔓延，电梯已然到达了二十四层，门开启的那一瞬间，映入眼帘的却是叫人惊惧万分的场景——

她看见了那个穿黑色连帽卫衣、扣着帽子、戴着手套的高个男人！

他现在就静静地站在二十四楼的电梯间外。一片漆黑中，他正背对着电梯口，朝空无一人的墙壁处缓慢地、如同木偶一样机械地挥舞着手臂！

陈宁差点儿被这一幕冲击得昏厥过去。

她要趁着那个怪人还转过头之前逃走！

陈宁迅速按下标注着"1"的按钮，使出毕生力气摁紧关门键，心悬在嗓子眼里，像是随时都会跳出来，直到电梯门关闭也没有感到解脱！

恐慌如同蛛网交织蔓延，贯彻全身。

来到一楼，撑着几乎软掉的双腿，陈宁踉踉跄跄地冲向了门卫室。

"大叔，四栋一单元二十四层，电梯间里，站着个变态……"

值班的两个保安正打着瞌睡，脸色苍白的陈宁赫然闯入，把他们都吓了个激灵。他们大眼瞪小眼顿了好久，其中一个人才反应过来，拉了把凳子让陈宁坐下，叫她从头到尾好好说清楚。

糟糕的是，因为惊吓过度，陈宁已经语无伦次。

没办法，两个保安无奈地走到一旁，小声地争论好一会儿，稍微壮实点儿的那个才不情不愿地拿起手电和防暴棍，说和陈宁一起上去看看。

有了壮保安的陪同，陈宁的心头安稳了许多。只是两人一起回到二十四楼，电梯间早已空空如也。

"刚才的确有人站在这里，我发誓！他就这样……"为了证明自己没有撒谎，陈宁手口并用，模仿起了刚才看到的那个动作，"就这个位置，背对着电梯，在朝墙壁挥手。"

"行了行了，你先别激动。"

诡异的动作看着怪瘆人的，壮保安连忙叫停她，再小心翼翼地提着手电和防暴棍把整个二十四层连同消防楼道都搜寻了一番。

他仍是一无所获。

"确实没看到人，可能跑了吧。你还是先回家吧。"

壮保安耸耸肩膀，示意无能为力。

陈宁黯然，也只能揉着跳痛的太阳穴，蔫头耷脑地在壮保安的注视下回到了房内。她转下反锁旋钮，扯开鞋带，把运动鞋随便往前一踢。

运动鞋在空中转了个圈，落在地上，底朝天。

咖色的鞋底不知何时，竟沾上了大块的新鲜灰色污渍。困惑中，陈宁举起运动鞋凑到眼前，一股石膏特有的气味钻进鼻腔。

夏季的工作室里，就常常弥漫着这个味道。她做雕塑时总要用到大量石膏。

可是，今天自己并没有去找夏季，鞋底怎么会踩上这个东西？就这个新鲜程度，说是刚踩上的也没有毛病吧？眉头一皱，陈宁骇然，难不成是刚刚模仿高个男人时踩到他留下的……

可那真的是男人吗？

身高打扮不能说明一切吧？也可能是女人……

陈宁觉得自己快疯了。

把鞋一股脑地装进塑料袋里，她赤着脚游走在房间里，把所有的窗户关紧并上锁，再拉上密不透风的窗帘，紧接着打开客厅最亮的白炽灯和字幕小得像蚂蚁的 17 英寸电视机，寂静中像是潜伏着狩猎的野兽，即使再嫌弃那台小电视，现在听听声音也是好的。

蜷缩进沙发角落，抱住膝盖，报复似的将电视的音量从 6 调到了 20，听连续剧中的男女主角莫名其妙地吵个没完，虽然不知道他们在吵什么，但这让陈宁觉得安稳。

太过疲惫，她靠在柔软的抱枕上，缓缓闭上眼睛，在嘈杂中和衣睡去。

梦里仍然是漆黑一片，无边的漆黑。

"奥丽亚娜"站在那里，它的石膏皮快蜕完了，半个身子已然与人类无异。唯一不同的是这次陈宁可以自由地走动，她轻轻走向了"奥丽亚娜"，伸出手去试探着触碰那暖白色的肌肤。

触感柔软却冰凉，死气沉沉，一个激灵，陈宁立马要后退。

偏偏"奥丽亚娜"反过来拽住了她！

陈宁猛然惊醒。

客厅里的灯和电视不知道为何竟然灭了，空留死一般的寂静。紧闭无风的房间，没有开空调也让人汗毛直立。陈宁下意识地摁亮手机，时间显示是凌晨一点十三分。

她深吸一口气站起来，想要重新将灯打开。

这时，门外传来了重重的敲门声。

4

那是谁？

陈宁双腿一软，差点儿跌坐在地。

敲门声像是击鼓，一下重，一下轻，联想到那个电梯外的怪人，陈宁几乎要哭出来。

她不敢说话，哆哆嗦嗦地凑到门边，贴上猫眼想要看看外面的情况，可要命的是，有人这样动作剧烈地敲门，也没有让楼道的感应灯亮起来，外面还是一片漆黑。钝重的敲击声明明在空荡的楼道中回旋，可为什么都没有一个邻居站出来骂一句"大半夜的别敲了"呢？

她的情绪彻底崩溃。

"滚啊！滚开！不要再缠着我了！"

她攥紧拳头砸门以作回应，在如此暴喝下，屋外的声音戛然而止。楼道的灯也亮了，空空荡荡，没有人站在门口。

恐惧像是一双无形的手将陈宁的理智撕碎。

顾不得现在是深更半夜了，她哭着给夏季拨去了电话。

"嘟嘟嘟……"

刺耳的忙音在耳边盘旋，浑身上下源源不断渗出的冷汗沿着手指缝流向小臂，等电话被接起的一刹那，陈宁已经语无伦次。

"夏季，救命，我今天晚上又遇到那个怪人了。我要疯了，就刚才还有人在我的家门口敲门。我害怕。我真的好害怕。你能不能来陪我睡一个晚上？我不知道该怎么办了？我连门也不敢开，要是报警的话，警察来了，外面肯定也不会有人的。求你，求你来陪陪我。"

"好的，好的，你不要哭。"听筒那头，夏季还是刚睡醒时沙哑的声音。

"我打车过来陪你，你先打开电视看一看，我来之前，你千万不要开门。"

"谢谢，呜，谢谢你。"

挂断电话，早已一把鼻涕一把泪的陈宁，撑着虚浮的身子站起来，扶着墙壁，一个接一个地打开了屋里所有的灯。光线让她冷静许多，从柜子里拿出房东留下的烧水壶，接水，插电，等水"咕噜咕噜"地沸腾起来，陈宁将手机留在卧室里充电，回到客厅，为自己冲了一杯热豆奶。

这时，门外再度响起了敲门声——"砰砰砰"。

"娟儿，开开门呀。"

喊声也接踵而至。

夏季来了，陈宁舒了一口气，小跑到门边，手指贴上反锁旋钮。

"来了来了。"

她激动地回应着，旋钮被翻转，发出清脆的"咔嗒"声。

"娟儿，我来了，你人呢？"

叫喊声仍不停息，这个夏季，真是急性子。陈宁轻叹一声，手掌已经贴在了门把手上，只要轻轻压下去，门就会打开。

这时，陈宁忽然觉得有一些不对劲的细节被忽略了，但无奈怎么都想不起来。

"砰砰砰"，敲门声还在有规律地传来。

"娟儿，开门啊，我都到了，你怎么还不开门呀？"

耳蜗里顷刻响起巨大的蜂鸣声，扯得太阳穴生疼。惊恐中，陈宁连忙将反锁旋钮转回，踉跄地冲回卧室，重新拨通夏季的电话。

"夏季，你来了吗？"

"我来了呀，你怎么不开门？我在外面等了半天，你开门呀。"

电话里，夏季的声音让陈宁顿觉如沐春风。到底是她神经紧绷，疑神疑鬼了。返回客厅，打开防盗门，看到夏季的那一刻，陈宁简直想跪谢天地。

"看你，怎么脸色这么白？"

抬眼望了望陈宁，夏季径自走向客厅，看了一眼电视，又把视线转到那杯还冒着热气的豆奶上。

"有那么害怕吗？"

她笑了，发出"扑哧"一声。

"你废话！"

她真是明知故问，顺手反锁上防盗门，如释重负的陈宁跟回到客厅，举起豆奶浅浅嘬了一口。

"没有我的？"夏季问。

"谁知道你来得那么快……"

陈宁白了她一眼，手上还是自觉地又撕开了一包豆浆粉，倒进干净的杯子里。

"而且你不是不爱喝豆奶嘛，待会儿可别喝一口就放在那里，浪费粮食，折腾人。"

"你很清楚我的喜好嘛。"闻言，夏季歪了歪头，"那我们来玩个问答游戏怎么样？"

夏季是没睡醒，还是说要用这种方式来帮自己转移注意力？这个爱折腾人的女人，陈宁长出一口气，虽然很不耐烦，但还是看在夏季大晚上义无反顾地来找自己的分上，选择了配合。

"记得我的生日是在什么时候吗？"

"三月五号。"

"我是哪里人？家住在什么地方？"

"长宁县人，家在夹山北区。"

"我最喜欢什么东西？"

"猫，糖炒栗子，紫色的一切。"

"你是不是我最好的朋友？"

"是。"

…………

这招转移注意力很奏效。一问一答中，陈宁的困意渐渐袭来。

"不玩了，夏季，我们洗洗睡觉吧。"

"好的，那我去上个卫生间，上完顺便洗澡。"

夏季顺势就往卫生间走。

陈宁打了个哈欠，注意到那杯豆奶夏季果然一点儿没动，忍不住抱怨："美女，你点的豆奶，一口不喝就这样扔在这儿啦？对对对，以后你会当上富太太，现在大手大脚也没什么。"

"我当富太太？"夏季转过来，一脸无辜的神情。

"怎么，说错了还？"陈宁对她的装模作样很鄙夷，"你以后不是要嫁给韩光明吗？"

"韩光明，韩光明，韩光明……"

无辜渐渐转化成了一种将嘴咧到最大弧度的笑。嘀嘀咕咕地重复着这个名字，夏季走进卫生间，关上了门。

她神神叨叨的，喜欢奇怪的老男人，果然影响神志。

拿起夏季剩下的豆奶一饮而尽，陈宁正盘算着明天到底要不要向公司请假，手机刺耳的铃声便划破宁静的空气。

来电显示——夏季。

可夏季不是在卫生间里吗？陈宁颤颤巍巍地接起电话，那头还是熟悉的声音："陈宁，我到你家楼下了，现在警察跟着呢，我们马上就上来，你先看看猫眼，外面有人没人啊？"

什么？

一瞬间，陈宁全身的神经都绷紧了。她不可置信地注视着卫生间磨砂玻璃后面的人影，那个"夏季"正呆呆地戳在门内，双臂像木偶一样机械地挥舞着……

强烈的惊惧如同炸雷般撕裂了陈宁的所有感知。

5

陈宁忘了自己到底是怎样打开门将警察和夏季迎进来的。

大脑一片空白，好像是宕机的电脑，重启后，刚才的数据就被清除了。

回过神来时，她正瑟瑟发抖地靠在夏季怀里，而两个警察正在巡视她的房间。卫生间的门大开着，里面空无一物。

"真的是有人在里面，我没有撒谎。"

颤抖的声音不断地重复着这样的说辞，陈宁没有血色的嘴唇一开一合。

只是，眼见为实，无论陈宁再怎么坚持，翻遍屋内外却一无所获的警察也只能叫她早点儿休息，还有看看医生。

"小姐，要说我们进来的时候，还是你亲自开门的。如果在这之前真的有人在你家卫生间里……"警察连连摇头，"这人总不能凭空消失吧？"

强烈的蜂鸣声又袭来了，盘旋在陈宁心头的疑问却无法宣之于口。

手机的通话记录也不见踪影，大概没有人会相信她，只会觉得她是受到惊吓，产生了幻觉，或是混淆了噩梦与现实。

总之，这个家，陈宁是不敢再待了。

连夜收拾行李，陈宁准备去夏季的住处避难一晚，可跟着夏季到了楼下，方才发现韩光明的车停在警车后面。

原来他们俩是一起来的。

眼前数度闪过刚才咧开嘴笑着的"夏季"，反复嘀咕"韩光明"三个字的模样，以至于对韩光明本人也心生抵触，陈宁愣了，不再有动作。

"是韩教授送我来的，他不放心我一个人。"

见她止步不前，夏季也有些不好意思。

以陈宁的性子，换作平时，少不了指着夏季唠叨两句。

可现下，她实在无暇顾及朋友的私生活，只能在夏季的搀扶下上了车，并表达了在附近随便找个酒店歇脚的诉求。无人多言，只有韩光明回答，那就在博物馆周围为她寻个酒店，也方便今晚夏季陪她休息。

后排，倚在夏季怀里的陈宁默不作声。

她的身体已经拉响警报，疲惫至极，摇上车窗，倦意很快袭来。可暗中纠缠着她的怪事仿佛不愿放过她，半梦半醒之际，耳边又传来一阵飘忽的声音，像是有人在喃喃低语，叫着某个人的名字，猛地睁开眼睛，声音又消失了。

"你们听到声音了吗？"隔着车玻璃四处张望，陈宁刚刚平复的心再次被悬起。

"没有啊。"夏季把她冰凉的手握进掌心，宽慰道，"惊吓过度会出现幻听，不要害怕，你安全了。"

这样说似乎也没有错，陈宁尴尬地笑笑，继续闭目养神。可接下来，只要意识开始涣散，那个声音就又会出现。

像是隔了一层雾气，她听不真切，扰得她实在不敢再睡，只得撑起身子，强打精神趁此机会，将近期这一连串的怪事讲给夏季听，同夏季一起梳理分析。

"夏季，我不确定这些是不是我的错觉，但我心里很不安。"

前方的韩光明朝后视镜里扫视一眼。

"嘎吱。"

前方的韩光明忽然猛打了一圈方向盘，车身剧烈地晃动，后排的两人都吓了一跳，话题就这样被打断了。

"不好意思，我有些打瞌睡。"

韩光明立马向两人道歉。

陈宁看着前方男人的背影，街道上的各色灯光掠过他的侧脸，掩藏了对方的所有表情。陈宁更觉困倦，便靠在夏季的怀中睡了过去。

　　他们到达酒店时已经是凌晨三点半。

　　前台，韩光明大方地支付了七天的酒店房费，建议陈宁找好下一个居住地点再离开，还说明天会把夏季的生活物品打包送来，方便两人这几天一起生活。

　　夏季赞叹："韩教授，你考虑得太周到了。"

　　陈宁却觉得，他殷切得相当不自然。

　　她回到房间，第一个举动便是将防盗链条扣紧。简单洗漱，两人躺在床上，翻来覆去却没了睡意，于是陈宁率先闲话起来："你在学校职工公寓住得不好吗？怎么住到韩光明那儿了？"

　　夏季在回答前还是有些犹豫。

　　"其实……是因为一件很恐怖的事情。"

　　夏季压低音量，被子下，她握住陈宁的手。

　　"记得我跟你说，工作室遭贼了吗？因为没丢东西，我一开始也没有放在心上，是隔了一段时间，我在工作室打扫卫生的时候突然反应过来，这里的窗户也是在内部锁上的啊，怎么可能被人从外面打开却毫无痕迹？但唯一的门直到第二天早上也是反锁的，除了我，没有人有钥匙。"

　　房间里的空气凝滞，接二连三的刺激已经让陈宁应接不暇，她微张着嘴唇，等待夏季继续说下去。

　　"我怕是有人藏在工作室里，等人走了才打开了窗户。当时展览刚忙完，那段时间他一直陪着我，后来，我就干脆搬去他那里了。"

"他有跟你说过那个张维维的事情吗？"想起那个失踪的女孩，陈宁忍不住问道。

"说过，"夏季和盘托出，"他说张维维是单亲家庭，父母再婚后都对她漠不关心，他觉得她可怜，就把她当妹妹一样帮助，慢慢地确实有了感情，但张维维性格很敏感，可能本来就有些抑郁。后来有一次，他们因为一件小事吵了架，他吼了张维维，张维维就赌气说要让他后悔一辈子，而后再也没有回来……"

要是真如他而言，张维维到底去了哪里？

"韩教授说，张维维消失的这些年，他也一直很痛心……"

夏季喋喋不休，将陈宁的瞌睡虫硬生生地又嘀咕了出来。拉过被子，陈宁表示还是早点儿睡吧。可刚翻过身，她忽然又想起了什么，多嘴问了一句："'奥丽亚娜'从一开始就是你单独制作的吗？"

"不完全是，"夏季顿了顿，"整体塑造，就是堆雕塑泥这一步，是韩教授帮忙弄的。"

6

夏季还真陪陈宁在酒店住了整整七天。

这期间，陈宁多次表示同事那边还有空房间能够合租，很快自己就能搬过去，让夏季不用再如此费心，夏季都摆摆手表示无妨。

韩光明倒是没有再来造访，说是博物馆忙。

夏季提起他时娇羞地嗔怒："他又开始把展品重设位置，好几尊原来的雕像都给移到地下室去了。这个男人，真是舍不得闲下来。"

可陈宁内心深处还是有些抵触他。和夏季分别那天，她仍然认真地嘱咐："要是韩光明对你不好，或者有什么不对劲儿的举动，你一定告诉我，我保护你。"

"说什么呢？"夏季就笑她，"你这个胆小鬼呀，还是先保护好自己吧。"

拽住了夏季的手，陈宁死皮赖脸地要夏季点头说出"好好好"，才愿意放她离去。

然后，陈宁很快尝到了自食恶果的味道。

夏季开始把自己与韩光明之间的鸡零狗碎都分享给她——

"他昨天好像梦游呢，半夜忽然坐起来，还摸我的脸。

"最近他想要重新做一尊女性雕塑，说是效仿'奥丽亚娜'，这几天都在地下室里待着画图，看那些存在下面的旧展品，找灵感，饭也不吃。

"有自媒体想就他的博物馆做一个专题访谈，他谈都没跟人家谈，就拒绝了。"

…………

这真是够折磨人的。

但也有好事，陈宁逃离出来过后，关于"奥丽亚娜"的梦就消停了。

一切似乎又都回归正轨。

直到那个阴雨的周四下午，陈宁接到一通来自夏季的报忧不报喜的电话。夏季在韩光明住处打扫卫生时，找到了许多他曾经写给张维维的情书。

"你知道吧，我心里不畅快，就一封一封地打开来看……"夏季在电话里嘀咕，"那些信，有的还好，有的确实古怪，我记得有一张写着'没有人能分开我们，死亡不过是证明爱情坚固的过程。我愿遂你所愿，将你的肉体碾碎封存，使你的灵魂得以永生。'宁宁，虽然这些证明不了什么，但我开始觉得张维维的事情不像他说得那么简单了。"

将肉体封存，使灵魂永生，这句话让陈宁的眉头皱了皱，一时间所有不对劲儿的事情都涌上心头。她将线索整合，竟能马马虎虎地拼出一个完整的故事。

一瞬间，犹如醍醐灌顶，陈宁从工位上站起来，惊慌失措。

"夏季，快离开韩光明的博物馆！"

后来，警察在博物馆地下室的陈年旧雕塑中找到张维维时，不由得对面前面相温和、看起来没有一点儿侦查能力的陈宁刮目相看。

毕竟，如果不是她发疯般坚持，他们绝不会突发奇想来这里，更别说在这里找到失踪将近六年的张维维的尸体。更可怕的是，抓捕韩光明归案后，警察还在他的私人工作室里发现了他现任女友夏季的照片，以及一本厚厚的手写"人体雕塑制作步骤"。

要是陈宁再晚一些发现这些，后果不堪设想。

爆炸性新闻一夜间填满了小报头条。由此衍生出来的桃色新闻、悬案分析也是沸沸扬扬。

唯一为这件事情流泪不已的人，只有夏季。

"我不知道他为什么会这样。"

事发过后，她的精神相当恍惚。

地下室里的雕塑被悉数捣毁，其中有一尊画着眼珠的雕塑，看起来简直是和夏季从一个模子刻出来的。

陈宁一眼就认出来，那是"奥丽亚娜"。

在如山的铁证面前，韩光明面对所有调查、访谈，还是拒不承认。

"张维维不是我杀的。我怎么可能杀她？我只是在帮助她。我是爱她的。我要让她永远留在我身边。这也是她的愿望。"电视画面里，回答记者问题的韩光明看起来是那样温文尔雅，很难让人把他同杀人犯联系起来，"至于夏季，我也没有想把她做成雕塑，可我脑海里有一个声音，我不得不承认我受到了影响，做出了一些可怕的举动，但这不是我的本意……"

"那你又为什么做了一个和夏季很相似的雕塑？"

"不是我做的。"韩光明摇头，转而又盯着摄像头，眼神深沉地说道，"我再说一次，我一直在克制自己，与那个潜意识对抗。"

他似乎还有很多辩驳的话想说。

还好，没有人会为他脱罪，他的恶行板上钉钉，法律会给他应有的裁决。而张维维也得以入土为安。

过去的事情，是该告别的。

等一切告一段落，陈宁思来想去，还是决定请长假，带着遭受重创的夏季去外地旅游，看看风景，散散心头郁结。

两人在人潮汹涌的高铁站等候检票，坐在她们旁边的一对年轻情侣正相互依偎着看视频。陈宁瞄了一眼，发现他们竟然很有品位地在看古希腊雕塑欣赏。

"怎么这些雕塑都是大白眼？"男孩很快提出了质疑，"古希腊不许画眼珠子吗？"

"傻啊你。"女孩白了他一眼，忽然话锋一转，一本正经地道，"传说，雕塑就是不能点眼珠的，因为点了眼珠，雕塑看起来就和人没什么两样了，而这就预示着，它会活过来。"

"真能瞎编。"

"当然是编的啊。不过，你不觉得栩栩如生的雕塑看上去蛮可怕的吗？'恐怖谷效应'不就这么一回事？对，我记得在传说中，活过来的雕塑要做的第一件事，就是杀死其制造者，以便取代制造者的身份。"

"越说越玄乎了，那要是制造者和画眼珠的不是同一个人呢？"

"不知道啊，也许会撺掇画眼珠的人帮它杀死制造者？"

"算了，别说这个了，前几天新闻里还说艺术家雕塑的事情，听着怪吓人的。时间差不多了，走，去排队检票。"

年轻情侣勾肩搭背地离开，丝毫没有注意到坐在旁边的夏季和陈宁早已神色尴尬。

7

"开始录制了吗？"

"还没有，阿姨，你不要老是盯着摄像头，自然一点儿，我们只是做个很简单的访谈，像聊天一样。"

"你们这些记者真是……"系着围裙，烫着羊毛小卷的中年阿姨挺了挺背脊，还是有些不适应，又抱怨起来，"她都死了那么多年了，有什么好采访的。"

"嘘。"

摄像师朝她做了个噤声的手势，同时开启了摄像机，记者准备开始录制。

"走进真相，记录人生，欢迎大家收看《真相人生》，我是记者小郜。今天，我们来到了轰动一时的'艺术家雕塑案'受害者张维维的家，我面前的这位女士正是张维维的母亲……"

比起拘谨的中年阿姨，记者相当大方得体。

"我们想了解下，张维维失踪的时候，作为家长，您有过她可能会遭遇不测的猜想吗？"

话筒被递到了中年阿姨的嘴边，她一时紧张，把刚才对过的台词全忘掉了，只好一板一眼地说起实话："其实张维维成年以后就不怎么回家了，毕竟我跟他爸爸都重新组建了家庭。她回来，自己也不自在，不是吗？我听说她是找了个当教授的男朋友，当然我是支持她的，毕竟知识分子嘛。后来有一次她回家，又跟我说她的脑子里检查出了瘤子，可能花钱也治不了，她活不长了，叫我以后不要再找她，还给了我一笔钱说是报答我的养育之恩……"

"哦，你们说当年发现线索的那个女孩？后来我去看过她，听说审问时韩教授承认了，她怕陈宁和夏季走得太近发现雕塑的异样，故意在电梯里装神弄鬼吓唬她，这才给陈宁吓得神志恍惚出现了幻觉，现在想想，维维过世可能对韩教授刺激很大吧……"

八　姑姑

1

推着沉重的行李箱，贺方在机场的接机口漫无目地地来回踱步。

人群如潮水涨退般，涌来又散去。贺方已经等了快十分钟，可约好来机场接他的姑姑一直没有出现。对方电话一直占线，发过去的信息也没有回复，再加上长时间的等待，这让他感到越发焦躁。

附近几个黑车司机注意到形单影只的贺方，立刻笑着迎上来，用不太标准的普通话热情地说："去哪里？要坐车吗？我有车，上车就能走，不贵的……"

贺方见状，摇了摇头。他谨遵父母"出门在外绝对不要跟陌生人多说话"的教诲，沉默地掉转了方向。

这是贺方第一次一个人出远门，此时距离他十六岁生日过去不到三个月。

七月下旬时，他在网站上无意间看到深市将于八月举办一场大型动漫展览的消息，因为这次漫展中有他特别喜欢的嘉宾，再加上自己也很久没出去旅游了，贺方便向工作繁忙的父母提出独自去深市玩几天的想法，并撒娇耍赖整整一周。

父母拿他没办法，但又担心他一个人不安全，无奈之下联系了定居在深市的姑姑，拜托她照顾贺方，这才有了现下的一幕。

但贺方现在有些后悔，他本来也对这位许久不联系的亲戚没什么好印象。

早前年节里他常听爷爷奶奶说起这位姑姑——小时候性子就叛逆，老是跟家里闹矛盾，想法多得很，大学毕业后不听父母安排，硬要留在深市，此后就很少再跟家里联系。虽然他坐飞机前爸爸告诉自己，姑姑在电话里说欢迎他来玩，但此时此刻，在接机口徘徊许久的贺方感受到身后黑车司机的灼灼目光后还是有些后悔——

他还不如叫父母订好自由团，自己来呢。

想到这儿，他不禁叹了口气，掏出手机准备再次确认和姑姑约定的时间地点是否有误。南方闷热，特有的潮湿空气黏在皮肤上，像贴合着一张密不透风的保鲜膜，汗水被闷出，燥得贺方手心发痒。

忽然，一个陌生的声音叫住了他："贺方？"

他抬头循声看去，只见一个身高一米七左右的男人，身形瘦削，皮肤苍白，下巴上有些许胡楂，戴着墨镜和鸭舌帽，腋下夹着皮包。他见贺方抬头，便径直走过来。

"不好意思啊，路上堵车，来晚了些。"男人的语气里带着歉意。

"你是谁？"面对陌生男人，贺方往后退了半步，有些警觉，"干什么的？"

"你姑姑让我来接你的，她临时有事要去公司，来不了。"感受到贺方的抵触，男人自然地掏出手机，一边点开一条聊天记录递给贺方看，一边解释道，"你爸把你的照片发给我们看过，但你比我想象得要高太多，所以我一时半会儿没敢认。"

贺方又犹疑地看了男人两眼，对方说的不假，他虽然年龄不大，但发育良好。十六岁出头，身高就已经蹿到了一米八，比面前这位看上去年近四十岁的男人还要高出小半个脑袋。再加上男人的手机屏幕上的确是他的日常生活照片，滑回聊天框，还看到了爸爸的几句叮嘱，他的防备才松懈几分。

在确认男人应该是自己姑父后，贺方悬着的心总算落了下来，腼腆地打了声招呼："哦哦，姑父好。"

"你好，欢迎你来深市玩。"姑父干巴巴地笑了几声，伸手接过行李，一把揽住贺方的肩膀，"让你久等了，我们去开车吧。"

姑父的手纤细，却比贺方想象中更加有力，以至于被揽着向前走时，贺方甚至能感觉到对方的急迫，有好几次自己稍微走慢一点儿就会被带个趔趄。

虽然话说得客套，但贺方打心眼里怀疑，姑父其实并不欢迎自己的到来。

大概是家里人和姑姑的矛盾让姑父对贺家有本能的抵触，不然夫妻俩也不可能这么多年都不回家。贺方总觉得姑父勉强的笑容中透着一股生人勿近的距离感，就连开车的时候也不摘墨镜，像是怕被他看到脸上冷漠的表情。

车内的气氛有些压抑，贺方不自在，忍不住主动说道："先前没听家里提起过您，我还以为姑姑单身呢，刚才有点儿不礼貌，您别怪罪。"

"你爷爷奶奶一直不赞成你姑姑和我的婚事,你还小,有些事情不知道也是正常的。没事。"

姑父回话时冷冰冰的语气让贺方恨不得收回刚才的道歉,他尴尬地搓着手掌,看向窗外迅速后退的风景,咬着牙不敢再出声。

"但是,他们反对与否,对我和你姑姑都没有任何影响,因为没有什么能把我们分开。"

姑父说到这儿,声音突然温柔了许多,贺方竟一下子又觉得对方好像也不是那么难沟通。

"您和姑姑感情真好啊。"贺方叹道。

"那当然。"姑父的嘴角浮上一丝笑意,"夫妻肯定是一心一体的。"

姑姑和姑父居住的小区坐落在江边。

那是两室一厅的户型,算不上大,家具也不多,但胜在干净明亮。贺方一进门,客厅正对着的阳台落地窗便能俯瞰到壮阔的江景,贺方见状,惊喜地"哇"了一声。

"进屋吧,行李放到左手边那间房就行,电视遥控器在茶几上,冰箱里有水果和饮料,要玩电脑的话你那间房里也有,开机密码贴在键盘旁边。"姑父一边说着,一边从鞋柜里拿出一双崭新的男士拖鞋递给贺方。

可他让贺方进屋,自己却没有任何动作,这让贺方觉得有点儿奇怪。

"我要去一趟公司,等你姑姑回来,她会带你出去玩。"

搞半天他原来是还要回去加班啊！贺方不禁感慨，深市不愧是大城市，每个人都忙忙碌碌的。

"好，您忙吧，不用管我。"

贺方懂事地点头表示体谅，然后和姑父告别。

随着大门被"砰"的一声关上，一个人独处，贺方反倒还松了一口气。

他将行李箱提到刚才姑父指定的小房间——只见一米八的单人小床上已经换好了崭新的四件套，这也侧面证明姑姑为迎接自己的到来是提前做了准备的。床边的电脑桌上放着一张单人照，背景是潮水激浪的海边，想必照片里梳着马尾戴着墨镜的女人应该就是姑姑了。

他们不愧是兄妹，她暴露在外的嘴巴和鼻子都与父亲有些许相似。

贺方凑近看了一会儿，又惊觉那张照片上姑姑戴着的墨镜与今日姑父所佩戴的别无二致。他不禁感慨，到底是夫妻感情好，连墨镜都共用。

简单收拾完行李，休息片刻后，贺方走到阳台上望着江景给父母打电话报平安。

父母絮絮叨叨了好一会儿，无非是提醒他出门在外要听话，不要给人添麻烦，要问姑姑身体好不好，主动帮姑姑做家务……

贺方听得耳朵都快长茧了，便插话道："我知道，姑姑我还没见着呢，今天是姑父来接的我。"

"啊？"电话那头，爸爸明显愣了一下，然后脱口而出道，"她还跟那个男的在一起？"

贺方闻言叹了口气，看样子，连爸爸也不太喜欢姑父。

听闻姑父也在家，爸爸又忙不迭地教育他要早睡早起，要注意个人卫生，要有礼貌，不能像在自己家里那么随便，东西乱扔。

贺方敷衍几句便挂掉了电话，然后躺在沙发上，百无聊赖地打开电视看了起来。

2

姑姑是快吃晚饭的时候回来的。

她穿着一身清凉的波西米亚风连衣裙，齐肩的头发随意地挽了个丸子绾在脑后，个子高挑，肤色白皙，即使人到中年也让人不得不叹服她的风韵。这么一对比，姑父简直是其貌不扬，也不怪家里人不接受她和姑父在一起了。

"方方，等久了吧？"一见面，姑姑便热情地跟他打招呼。

贺方连忙站起身，冲着门口处点头："也没等多久，我看了一会儿电视。"

即使是多年未见，姑姑的语气里也不见一丝生疏，她换好拖鞋，笑嘻嘻地走进来坐到了贺方旁边，摸了摸他的脑袋："哎呀，你都长这么大了。记得我上次看见你，你还是个上幼儿园的小萝卜丁儿。"

"姑姑好。"面对这么漂亮热情的姑姑，贺方反而有些不好意思起来，紧忙腼腆回应。

"今晚想吃什么？我带你去。"姑姑拍着他的肩膀，身上飘过来一缕幽香。

"我吃什么都行。"

"那我们出去吃猪肚鸡吧，你好不容易来一次，怎么也得吃点儿有特色的。"姑姑一边说，一边站起来朝卫生间走去，"刚才在外面出了一身汗，你等我冲个澡，换件衣服，我们就出门。"

哗哗的水流声透过卫生间的玻璃磨砂门传进客厅里，打眼一看，在白炽灯光的映照下，门上印出模糊的人像剪影。

贺方瞄了一眼，有些尴尬，为了避嫌只好溜进次卧关上了门。

他们的晚饭是在一处人满为患的商业广场吃的。

姑姑推荐的猪肚鸡入口鲜甜，汤鲜肉美，以至于贺方吃了半晌，才突然反应过来，问道："姑姑，姑父他不来跟我们一起吃饭啊？"

"啊，他不来。"姑姑倒是自然，"他要出差，不用管他。"

相比姑父一提起姑姑就不自觉温柔的反应，姑姑看起来好像并没有那么在意姑父。贺方不禁回忆，自从姑姑回家到出门吃饭，好像都没有看过一眼手机、打过一个电话，一副根本不关心姑父晚上吃不吃、吃什么的模样。

他感到有些疑惑，又不好细说，只能旁敲侧击："你们的工作都好辛苦啊。"

"是啊，所以你要好好学习，争取以后不要像我们这么辛苦。"姑姑耸耸肩，"下半年该上高二了是吗？要有危机意识了哦。"

贺方点点头，心想：果然跟大人聊天，无论聊什么最后都会回到学习上。

"听爸爸说，姑姑你以前的成绩也很好啊。"贺方埋头喝了口汤，"我要是也能像你一样考上深市的大学，留在大城市，就满足了。"

"可别把我当作目标啊。"闻言，姑姑似乎有些无奈，"要是重来一次，我肯定不会选深市了。"

"姑姑你要这样说，姑父该多伤心啊。"

回忆起姑父那一口和黑车司机类似的不太流利的普通话，贺方认定姑父应该是本地人。

而姑姑是北方人，如果不来深市，就一定不会认识姑父了。

贺方此言一出，果不其然被姑姑狠狠教育了一番："你这个小萝卜丁儿，还关心他伤不伤心呢？我警告你，不要议论大人的事哦。"

见气氛有些微妙，贺方便不再敢太肆无忌惮地开玩笑了。

二人有一搭没一搭地又聊了一会儿，吃完饭，又购置了一些生活用品，便打道回府了。

夜里，有些认床的贺方睡得不太安稳。

南方不像北方，即使开着空调，房间仍旧闷热潮湿，活像是黏在人身上的魅影，甩也甩不掉。贺方在床上迷迷糊糊地翻来覆去，始终无法进入深度睡眠，忽然耳畔似传来一声轻不可闻的"嘎吱"声，像是有人开门，贺方掉转方向，换了个睡觉的姿势，突然莫名有种如芒在背的感觉。

恒温空调又开始吹风，这种空调为了保证房间的温度维持在某个平衡点上，夜里总是会突然吹风又突然停止。贺方把脚伸出被窝，寒意便如同纤细的藤蔓般从脚尖一点点缠上来，直到背脊。这股寒意让贺方猛地睁开眼睛，他看了眼墙上空调的温度——19℃。

温度什么时候变得这么低了？

空调遥控器在床尾正对着的电脑桌上，贺方从床上坐起来，被冻得一个激灵，缓了缓便下床去取。

他将气温调回 24℃后，空调送风的声音立刻减弱大半，他揉了揉胀痛的眼睛，刚准备回到床上去，哪儿想一个侧身，便迎面对上了站在房间门口的黑影——那是姑姑。

从窗户透进来的微弱月光打在姑姑的身上，仿佛将她的身形撕扯成黑白两半。她站在不知何时已经完全敞开的房门处，披头散发，一言不发。

"姑姑？你……有什么事吗？"

面对这突如其来的一幕，贺方紧张得往后退了一步，手掌不自觉地抓住电脑桌的边缘，手臂上已经起了一层鸡皮疙瘩。

可对方仍然沉默不言，静静地站在门口，一动不动。

贺方脑子里开始迅速思考这是什么情况，难道是梦游？他用余光不着痕迹地扫了眼时钟，现在是凌晨两点二十四分，这么晚了，难道真是梦游？

他想要张嘴再说些什么，但一时间面对如此景象竟无法开口，喉咙像是一口干涸的枯井，被有心之人投下巨大的石头紧紧堵死。

空调还在送风，此时这风却像一双冰冷的手在抚摸整个房间。许久，他才憋出一句："你来我房间……"

可"干什么"三个字还没有说出来，贺方彻底愣住了。

本来站在门口一动不动的姑姑趁着贺方说话的时候忽然往前走动一步，近距离下，贺方更加清晰地看清了她的脸——姑姑脸上涂着厚厚的白粉霜，不见一丝血色；扭曲的眼线蜿蜒攀附在眼角。她并没有说话，透过窗帘投射进来的一缕月光，正巧把她的一只眼珠照得明亮，而那涂着口红的嘴巴正悄然上扬。

姑姑好像在笑。

贺方差点儿被这一幕吓得"哇"的一声哭出来。

他不敢再说话了，三两下退回到床上，慌张地拧开床头那盏小夜灯。昏黄的灯光好像是山间的烛火，幽幽地照在二人身上，投射出两个人影。

有了些光源，贺方感觉整个人好了点儿，于是他又朝那人影试探着道："姑姑？"

借着昏暗的光线，他这才注意到，身着睡衣的姑姑光着脚，眼神涣散，像是毫无意识。

梦游！

贺方瞬间肯定了心中的想法。他曾看过一本相关书籍，书中说，梦游是将人们潜意识内的想法在睡梦中不自觉实现的过程。

可眼前这一幕太吓人了。

贺方靠紧床头，整个人不自觉地缩进被窝里，身子也开始往灯的方向移，仿佛期待着这冰冷的电子灯能给他带来几分暖意。

这时，姑姑却突然转身走远了。

她离开了房间，接下来便是对面主卧开门的声音，贺方这才凑到门口向外面偷偷瞄了一眼。

确定姑姑回了房间，他才如蒙大赦般，浑身发软地跌坐在地上，大口喘息。

3

"她小时候是有这么个毛病。"

电话里，听到贺方的哭诉，贺父连忙安抚。

"你怎么早不跟我说啊？"贺方显然是被吓得不轻，又气又急，"要早知道这样，我就留个心眼把门反锁上了，昨天我都快被吓死了！"

"这确实是我的疏忽。"好在贺父讲道理，并没有责怪贺方失礼，"主要我记得，她考上大学的那年暑假，你爷爷因为怕她住宿舍受排挤，硬是花了大价钱找专家给她治好了的。可能是这两年工作压力大，复发了吧。"

"好吧，烦死了。"贺方小声嘟囔道。

他回想昨晚自己没见识过梦游所以被吓得屁滚尿流的模样，委屈和愤怒就不打一处来。

"你姑父不在吗？"贺父疑惑地问道，"他没帮着把你姑带走？"

"他出差。"咬牙切齿吐出这三个字后，贺方挂掉了电话。

他来到客厅时，姑姑刚巧将点的外卖全部打开。

姑姑安排的早饭是广式特色早茶，琳琅满目的吃食摆了一桌子，她还穿着昨天的睡衣，但脸上夸张的妆容已经无影无踪，整个人恢复了昨天白天时的正常样子。

"方方，没睡好吗？"她注意到贺方脸色苍白，眼底发青，有些担心地继续问，"还是不适应气候，生病了？"

"我……"贺方顿了顿，思虑了半晌，还是换了个说辞，"做噩梦了。"

"呀？"姑姑的眼中似乎闪过一丝慌张之色，"梦到什么了？"

"梦到一个女人站在我房间门口，一直看着我笑。"

贺方试探着把晚上看到的场景谎称成梦，然后暗中观察姑姑的神情，想看她是否有印象。可话说出口后，姑姑原本的慌张褪去了，她拿过一碟虾饺放在贺方面前，安慰道："嘻！梦都是假的，快吃饭吧，一会儿我去上班，你在家里睡个回笼觉就是。"

姑侄俩在桌前用完早餐，收拾一番后，姑姑便准备出门了。

站在玄关相送时，贺方还是忍不住问了一句："姑，你会梦游吗？"

"不会。"

姑姑笑了笑，随即关上了门。

贺方看着面前紧闭的大门，若有所思，但仔细想想，梦游的人又怎么可能知道自己梦游呢？

这个问题真要问，也得问和姑姑一起生活的姑父才对。可贺方并不知道姑父此刻身在何方，什么时候回家。他能做的，也不过是每天晚上睡觉前把卧室门好好反锁，仅此而已。

接下来的日子里，贺方和姑姑算是相安无事。

姑父一直没有回家，姑姑的休息日也很少，连做饭也没有时间，只能每天带着贺方点外卖、下馆子，如果工作太忙赶不回家，就会给贺方发红包让他自己解决吃饭问题。久而久之，花钱如流水，贺方也怪不好意思的。

这些天里，他总是一个人坐车出去或是报一些当地的一日游旅行团在周边玩。

现在他玩也玩得差不多了，动漫展明天就要开始，参加完就该收拾回家了。百无聊赖中，贺方决定在家亲手给姑姑做一次晚饭，报答一下姑姑的照顾。

他虽厨艺不精，但像番茄炒蛋、辣椒炒肉这种家常菜还是勉强能做的。

趁着姑姑上班的工夫，他在楼下超市挑挑拣拣地买了些菜，回到厨房，准备洗手做饭。

姑姑家的厨房是 L 形的，面积不算大，还连着一个小小的生活阳台。

虽然灶台干净得一看就是不常开火，但好在菜刀、菜板这些厨具都整整齐齐地摆放在台面上，省得他再去翻找。

贺方切好番茄，接下来开始准备打鸡蛋。他弯下腰，准备从橱柜里拿一副碗筷，可当橱柜门被打开后，他傻眼了——只见偌大的橱柜里，只有一个陶瓷碗。

贺方叹了口气，这当真是不下厨到极致，连餐具也这么不像样。

他又转而往阳台上的米桶一瞥，里面同样空空如也。

瞬间，贺方像皮球泄了气一般，回头环顾一圈灶台上已经被精心摆放的食材，他不死心地想，也许碗筷被收在别的地方，他再找找就是了。

整个房子里，除了姑姑和姑父的主卧被上了锁，其他地方贺方都可以随意进入，所以他决定在家里翻找一通。

翻找的同时，他不得不感叹，姑姑和姑父当真是极简主义者。

不光是家具精简，家里其他东西也少得可怜，那么多空柜子，仿佛摆设似的。

来到卫生间，贺方踮起脚，决定找完最后一个浴室吊柜就彻底放弃。

"哐当！"

随着吊柜被打开，一个铁盆差点儿扣在贺方脑袋上。还好他闪得快，铁盆从他耳边侧过，摔在地上，颤动不停。

好在铁质品结实，要不然让姑姑知道自己在家翻箱倒柜还弄坏了东西，想想都尴尬。

惊魂未定的贺方连忙蹲下身去捡，这时，他猛然发觉——这个铁盆不对劲。

盆底有着厚厚的黑色锈迹，像是用来焚烧过什么东西似的，草木灰的味道还有些刺鼻。贺方将铁盆放回原处，满脑子的疑问也浮了上来，正当他想继续看看吊柜里还有什么时，忽然，耳畔传来开门的声音，贺方连忙关上柜门，假装若无其事来到外面——姑父回来了。

姑父还是和上次见他时穿的一样——戴着墨镜、鸭舌帽，夹着皮包。

他显然没想到贺方会从卫生间走出来，声音低沉地问道："你还没走啊？刚才在干什么？"

"我……"贺方有点儿尴尬，但又觉得姑父的话像是逐客令，仿佛回来就是要赶自己走一样，这让他不免有些语塞，但还是决定礼貌问好，大致解释了一下。

"姑父好，我刚才在上厕所。"

姑父闻言，便不说话了，那隐藏在镜片背后的眼睛大概是从上到下打量了贺方一遍，然后他便脱了鞋，穿着袜子直接走进屋里，用钥匙打开主卧的门锁，像是进去要取什么东西。

"您这是出差回来了？"

人在屋檐下，不得不低头，虽然能感觉出对方的敌意，但贺方还是得硬着头皮搭话，便说一下自己的计划："我明天参加完漫展就要回家了。"

过了半晌，姑父的声音从主卧传出："我回来拿个东西，马上要走。"

不一会儿，姑父出了主卧，转头便又要离开。

可开门那一刻，他像是突然想起什么似的低声警告了贺方一句："在这儿住不打紧，就是屋里的东西，不要乱翻。"

大门被关上那一刻，贺方长舒了一口气。

他这姑父真是来也匆匆去也匆匆。

可偏是那句警告触碰到了贺方的逆鳞，什么叫"不要乱翻"，是指不要乱翻浴室吊柜里的那些东西吗？

等到楼道里的声音渐行渐远后，确认姑父已经离开了的贺方，又回到了卫生间。

站在吊柜前，他壮着胆子又打开了吊柜，里面除了铁盆，还有蜡烛等杂物。

贺方一点点向内摸索，忽然，指尖触到一片冰凉。

他拨开碍事的杂物定睛一看——竟是一张裱好框的黑白照片。

照片里的男人很年轻，剑眉星眸，笑容阳光，但这个人，贺方从没见过。

贺方把杂物一样一样地恢复成之前的样子后，又去处理了没有办法烹饪的食材，将一切恢复原状后，贺方默默安慰自己——

明天他参加完漫展，后天就可以回家了。

4

在 ACG（动画、漫画、御宅向游戏的总称）文化这一块，深市一直走在前沿。每年，深市举办的国际化漫展都会引来五湖四海的爱好者齐聚一堂。

贺方揣着准备好的相机四处拍摄，与自己约好的朋友一路上留下了不少合照，也有幸参与了游戏制作人的讲座，还向自己喜欢的嘉宾要到了签名，认识了很多游戏动漫界的朋友。

他白天在会展中心四处闲逛合影，晚上则是和朋友们一起聚会打游戏，等贺方抬手看时间时，才发现已经凌晨一点多了，彼时街道上已是夜深露重，人烟稀少。于是他匆匆和朋友们告了别，准备打车回家。

一直以来，姑姑对他十分放心，从不查岗打电话，可玩到凌晨才回家，也有些说不过去。怕被责骂，贺方到家时像做贼一样，蹑手蹑脚的。

"啪嗒！"

贺方打开防盗门后，发现屋内一片漆黑，想着姑姑应该是睡了。

他在门外先脱了鞋，再像小偷一般小心翼翼地挤进来，回手轻轻关好房门。

忽然，一阵机械的电流声响了起来，一丝光源点亮了他的视线，这时贺方猛然发现，客厅的电视被打开了，正闪着雪花屏，而那屏幕散发出的白光正映照着坐在沙发上一言不发的姑姑的脸。

"姑姑我错了，我不该回来这么晚。"

以为是被抓现行，贺方第一反应是认错。

可对方没有任何回应，这时贺方才意识到，姑姑应该是又梦游了。

这次，她脸上依旧化着浓妆，电视机的光打在她的脸上好似她镀上了一层寒霜，她端坐着勾起微笑。更要命的是，她手里攥着一把小刀，正一圈一圈地削着苹果，她的脚边是满地的苹果皮。

贺方不敢惊动姑姑，大气不敢出的他踮着脚，回到自己房间。

关门的那一瞬间，隔着门缝贺方对坐在客厅的姑姑做最后的观察——

姑姑还端坐着，可手中的苹果不见了，独留一把刀。

坐在床上回想这些天的经历，贺方紧张到手心出汗。

姑父和姑姑的感情不该很好吗？姑父为什么不带姑姑去治疗梦游？为什么这几天和姑姑在一起的时候姑姑没给出差的姑父打过一个电话？姑姑家又为什么会放着陌生男人的照片？

正当贺方脑子一团乱时，客厅又传来了笑声，这让他有些紧张，尽管门已经被反锁，他也坐在门口用后背紧紧抵着门，但他还是怕拿着刀的姑姑找到钥匙开门进来，做一些危险的举动。

很快，笑声开始变得沙哑，渐渐转化为男人嘶哑而低沉的呜咽声。

这是姑父的声音？

贺方竖起耳朵，开始仔细倾听，可越听他的心越往下沉，女人的笑声和男人的呜咽声相互交织，在漆黑无边的夜里填满了整个房间，甚至越来越大声，让人窒息。

贺方握紧拳头，终于忍无可忍地站了起来，可屋外的声音在他手指碰到门把手的那一刻戛然而止。

连回声也没有，一下子消失得无影无踪。

这是什么情况？贺方一头雾水，与此同时，他的门外传来了一句足以让他铭心刻骨一辈子的低语——

"贺方，我知道你在偷听呢。"

这是姑父的声音——冷静、低沉，带着些许敌意透过门板，瞬间让贺方浑身起了一层鸡皮疙瘩。

"好、听、吗？"

一字一顿，姑父吐字清晰。

一夜难眠，等天彻底亮起来的时候，贺方顶着巨大的黑眼圈，第一反应还是给父母打电话哭诉昨天晚上的遭遇。

"那个男的真有那么神经？"贺父听完儿子的哭诉也觉得骇然，安抚了几句，又对贺方说，"我给你姑发信息了，叫她今早就送你去机场，你把手机充好电，就在机场里坐到下午登机吧，听你这么一讲我还是觉得不太安全，毕竟那个男的以前就不是很正常……"

"嗯。"

贺方闷闷地应下，又躺回床上，面对着天花板出神了很久。

潜意识里，他不愿意去面对开门后的一切，昨天晚上那一句"好听吗"比任何恐怖片都令他感到恐惧，不管什么时候想起来都让他头皮发麻。

"砰砰砰。"

敲门的声音传来，姑父在喊他。

"贺方，你爸说让早上送你去机场，你快收拾一下出来吧。"

一切好像又恢复正常了。

提着行李箱开门的时候，贺方其实有些慌张。

但屋外已经没有一点儿昨天诡异的痕迹，阳光洒在客厅里，依旧干净明亮。姑姑不见踪影，姑父却在玄关的换鞋凳上坐着等他，这次，姑父换了衣服和帽子，但仍旧戴着墨镜，神神秘秘的。

"出来了？走吧，我送你。"见到贺方，他自然地站起来，拧开了防盗门锁，将门打开。

"我姑姑呢？"贺方小声问道。

"上班去了，她忙。"姑父淡淡地道，"走吧，抓紧点儿，你爸不是说急得很吗？"

"来了。"

贺方紧忙提着箱子跟了上去，这时，他猛然发现，从姑父脚上脱下来的，是姑姑的拖鞋。

也许是贺方要走，姑父又可以和姑姑恢复二人世界的生活，能看得出来，他心情大好。

开车过程中，他竟主动跟贺方聊起天来，聊的还是他和姑姑的感情经历。

"你不知道，当初你姑姑跟我在一起时，你家里有多反对，包括你爸爸，他们都嫌弃我家里负担重，母亲还有残疾……他们跟我说，想跟你姑姑在一起，就等下辈子重新投个胎吧，你说说，这叫什么事？"

"啊。"贺方一时有些尴尬，也不知该说些什么。

好在姑父似乎并不在乎他的回答，只一味自顾自地说着："当时你姑姑也想过离开我，我没办法，甚至不惜用极端的手段来挽留她，我知道她爱我，不会抛下我不管，事实证明我是对的。"

明明是这么极端的话题，姑父却如此轻描淡写，这让贺方很不适应。

"姑父，你以后还是不要这样吧，"他忍不住出言劝阻，"我觉得太极端不好……"

"放心，我不会再用这种手段留住她了。"闻言，姑父没有责怪贺方，反倒哈哈大笑起来。

"因为我已经成功了。"

这是什么意思？贺方觉得奇怪极了。

正巧，车辆行驶到了高速出口，因为没有 ETC（电子不停车收费系统），姑父需要现场交费，拿出一直不离身的皮包找现金，贺方无意间瞄了一眼，随即目光便再也移不开了。

只见那皮包里被塞满了各式各样的化妆品，口红、粉底、眉笔，女人化妆用的工具一应俱全！

这些是他的？贺方心里一惊，他长期混迹于各大漫展早就对化妆这件事情司空见惯，但一下子放在姑父身上，他还是觉得有一种强烈的违和感。

而且那皮包中似乎还有……两部手机？

其中一部贺方认得，那是姑姑的！

一瞬间，他汗毛倒立，冷汗直流！

"你看见了吗？"

冰冷的男声从耳畔响起，吓得贺方一个激灵，回过神来，面前的姑父正目不转睛地盯着自己，墨镜漆黑一片，但他脸上的表情木然又可怕。

"没……没有。"贺方脱口而出。

对方机械地收回目光，一脚油门驶出收费站。

接下来十分钟的车程漫长得叫人窒息。

姑父不再说话，默不作声地开着车，而贺方也不敢看他，等抵达机场大厅后，贺方连忙接过行李，鞠躬告别。

"嗯，回去吧。"姑父冲他摆摆手。

贺方连忙朝前奔入人群，心惊胆战。

"贺方，再见！"

身后传来姑父的大声告别，即使他万分不情愿，贺方还是转头又看了一眼，也就是因为这一眼，让他浑身的汗毛都立了起来——

姑父终于将墨镜取了下来，而那镜片之下，是和姑姑一模一样的脸。

5

"什么？"

回到家里，贺父听到贺方的话后，也是顿感毛骨悚然。

"你是不是看错了？"

"我发誓。"贺方竖起两根手指，"我也是后知后觉才感到不对劲儿的，他的身高、身材，除了那撮有可能是贴上去的胡子，其实跟姑姑就没什么两样！而且离开他以后我想起来，姑姑家里根本没有他生活的痕迹，连碗筷都只有一副，走的那天早上，我还看见他穿了姑姑的拖鞋！很合脚！"

"不对劲儿。"贺父皱了皱眉头，"退一万步讲，如果真是那个男的，也不至于跟你姑姑一个身材、身高啊，那个男的我记得挺高，也很帅的，但是家里条件真不好，他母亲有精神分裂的毛病，他本人也很偏激，所以即使你姑姑当时爱惨了他，家里也是不同意的。"

说到这里，贺父赶紧拿来自己正放在房间充电的手机。

他一通翻找后，在手机里找到了一张极具年代感的、像素模糊的合照，然后将手机递给了贺方："你看，这是好多年前我在你姑姑朋友圈里存下来的，当时你爷爷想看她的照片，我专门找来发给你爷爷看的。"

照片上，年轻的姑姑美丽高挑，而站在她身边那个高大的男人，贺方一眼认出，是被翻出来的照片上的那个人！

"他……他……他……"贺方语无伦次，说也不是，沉默也不是，最终只手舞足蹈地憋出一句，"他还……活着吗？"

"你这是什么问题？"贺父很无奈，但眼珠一转，又诚实回答，"不过你确实说到点子上了，这个小伙子，我本来一直以为他是死了的，因为有一年你姑姑给我打电话，说那个小伙子在医院抢救，医生说可能救不回来了。她说这都是你爷爷奶奶逼的，还叫我跟你爷爷奶奶说清楚，以后再也不要插手她的恋爱和婚姻。"

"啊？那救回来了没啊？"

"我最开始是觉得没救回来的，因为从那之后你姑姑朋友圈再没出现过一次他俩的合照了。可是那天跟你打电话，你说'姑父'，我又想着，多半是救活了吧。反正你姑姑确实是为了他闹到跟一家人决裂，再也没回来了。"

"可我看到的姑父……不是他。"

贺方还是忍不住旧话重提，一切仿佛又回到原点，玄之又玄。

那个人和姑姑身高相似、体形和面容相似，但声音和个性截然不同，这简直诡怪至极。

千头万绪里，贺方后背突然一阵发凉，可又灵光一闪，一瞬间，好像全明白了。

他叹了一声——

世间总有痴情人。

为爱疯魔的人也是可悲啊。

九　铁球

1

陈潇拎着大包小包站在门前敲了很久，陈妈才从厨房走出来，擦着手应答。

"来了来了，别敲了，切菜呢。"

她说着打开了门，见到门外站着的陈潇，立马满目欣喜之色。

"儿子回来啦！"她先是从头到尾看了一遍陈潇，然后将目光转移到陈潇手中拎着的东西上，又假模假式地嗔怪起来，"说多少遍了家里什么都有，还带什么东西啊？我跟你爸就两个人，哪儿能用得了、吃得完这么多？"

她一边说着，一边接过陈潇手里拎着的水果跟礼品，放进了屋里。

"最近工作忙，难得来一趟嘛。"早已习惯母亲口是心非的陈潇笑道，"这是我们设计院员工的专属福利，大都是些营养品，你和我爸俩人放在家里慢慢吃呗。"

"行，还是儿子有心，快进来吧。"陈妈笑开了花，紧忙侧身让陈潇进了门。

"怎么开门这么慢？"在玄关换鞋时，陈潇顺口问道。

"怪你爸这个老东西，最近迷上了看小说，别说来开门，吃饭都叫不动。"

陈妈指了指前方，原本的笑容立刻转为一脸嫌弃之色。

"什么小说？怎么不跟我说一声，我们有买书券的，我可以顺便帮爸买了。"

陈父陈母当了一辈子教师，平时有阅读的习惯，陈潇自然知道。他伸长脖子顺着母亲指的方向往阳台看去，只见父亲正坐在躺椅上，悠闲地捧着平板电脑看。

"是网络小说，你说你爸一把年纪了，还迷得不得了。我记得你小时候看点儿小人书，他都恨不得把书给你撕了，现在老了反而自己开始看这些乱七八糟的东西。"陈妈一边扯开袋子查看陈潇带来的营养品，一边不屑地数落着陈爸，在她找到一盒阿胶后，才开始满意地翻看起盒子上的配料表和生产日期。

"网络小说也不完全是乱七八糟的东西，咱们看事物不能太片面。"陈潇笑道，"就我爸那阅读习惯，要真是一无是处的东西，他还能硬看进去？"

"你就护着你爸吧，爷俩一个鼻孔出气。"陈妈用手点了点陈潇的脑袋，虽然陈潇早已人到中年，可她仍把陈潇看作孩童一般，紧忙嘱咐，"坐会儿吧，锅里还炖着汤呢，我得去看着。对了，桌上有糕点，你要饿了先吃点儿垫垫肚子，但不要吃多了，要不待会儿该吃不下饭了。"

等她絮絮叨叨进了厨房，陈爸才合上平板电脑来到陈潇旁边。

"你看，你妈现在人老了，越发唠叨了。"说着他喝上一口茶，摇了摇脑袋。

"你最近没来，她成天在家念叨你呢，就等着跟你告状，数落我的不是。"

父子俩就这样有一搭没一搭地聊了几句，热腾腾地饭菜便被端上了桌。

吃饭时，电视里播到旧城改造的新闻，正往陈潇碗里夹菜的陈妈又絮叨起来："咱家老房子那边看来也快拆迁了。老陈，你还记得咱们单位原先那个宋老太吧？我在学校里问了一圈也没联系到她家里亲戚，反倒是打听到她墓地好像到了期。这下好了，我听说要是一直没人续费，人家就要把骨灰移出来摆到外面的架子上去落灰了。"

说到这儿，想起宋老太毕竟是曾经的老相识，陈妈不禁有些感慨："人这一辈子，要是没个儿女后代，还就真跟那浮萍似的，入土为安都难。"

"怎么，你还伤感上了？"陈爸连连摇头，"要我说，宋老太落得这个下场是她活该，谁让她搞那些歪门邪道，还想搭上咱家陈潇。"

"唉，话也不好这么说，一个人活了一辈子，哪儿能不犯点儿糊涂？"

陈父、陈母聊得火热，陈潇听得云里雾里，咽下一口嘴里的饭菜，忍不住插话问："你们说的是谁啊？是原来咱家属院里的人吗？我怎么没印象？"

"你小时候她总喜欢带你回家吃糖、吃点心的，忘了？"陈妈提醒道，"咱们家属院里捣鼓伪科学最厉害的就是她！哎哟，现在想起来我还是后背发凉，你说说，弄没了自己的儿子不够，还……对了，当时她发疯还闯进咱家管你要她的'宝贝'呢，闹了好大一场，最后让警察带走了，想起来没？"

说到这儿陈妈的脸色瞬间变了变，餐桌上的灯光照在她的脸上，皱纹的沟壑交错，光下的阴影把她的脸硬生生地分裂成好几块。

"宝贝？"

陈潇眼珠一转，目光不由得盯着头顶的鹅黄色灯光，圆形的灯泡逐渐和记忆中那个形象重叠了起来。

宝贝……

2

灰蒙蒙的天仿佛被泼上了一层墨水，远处的云层翻滚搅动着，将阴影从城边逐渐铺展开来，湿热空气的味道让人感到不适，微风也似乎裹挟着水汽叫嚣着从人身边掠过。

天要下雨了。

院前的一棵大榕树下，蚂蚁正排列整齐地向某个地方转移着，陈潇拈着一片叶子，想把它们的队伍打散。

"阿潇？"

听闻有人在背后叫他，陈潇回头，发现是住在他家对面楼的宋奶奶正在楼下收衣服。

宋奶奶收拾着被风吹得乱舞的衣服和被单，眼睛似乎被风沙吹得有些睁不开，便眯着眼笑着问他："要下雨了，怎么还在外面玩？"

宋奶奶穿着浅色汗衫，手上戴着佛珠，一头花白短发修剪得利落干净，整个人慈眉善目。她是教职工院里的老人了，丈夫去得早，儿子也早早地参加了工作，她退休后闲来无事，就爱跟院里的小孩们讲话，时常从屋里拿些瓜果吃食分给大家吃，热情得很。

"宋奶奶好。"陈潇见状礼貌地打了招呼，用手擦了一下鼻孔边的鼻涕，诚实地表示，"我忘带钥匙了，进不了家门。"

"那你爸爸妈妈呢？"

"他们现在带毕业班，天天加班，不知道几点回来。"陈潇努努嘴道。

"在这儿等着也不是个事儿啊，"宋奶奶收好衣服，笑眯眯地朝陈潇招招手，"好孩子，到奶奶家里等吧，奶奶家里有好吃的。"

虽然妈妈说不能随便给别人添麻烦，但现在大雨将至，陈潇思索半晌，还是从书包里掏出纸笔在门前给父母留了张字条，跟着宋奶奶回家了。

陈潇家住在旧城区靠郊外的一处筒子楼里，楼体呈回字形，中间为一处不大的院落，里面摆满了各家的灶炉和晾晒的衣物。

和其他大多数筒子楼一样，这里破败、老旧、腐朽，墙体斑驳掉漆，早已不见以前的完整，墙体上贴满的各种小广告好似恶心的牛皮癣一样蔓延。在这里居住的家庭大都没有独立卫生间跟厨房，多数如同陈潇刚才戏弄的蚂蚁一样蜗居在一个不大的空间里。

宋奶奶家和陈潇家隔着院落相望，她家是筒子楼内罕见的两居室，屋内摆放着许多老式样的家具，水磨石的地面不见一丝灰尘，深绿色的墙体上只有零星几处剥落，整体倒是简单干净，只是房间采光不太好，没开灯显得黑蒙蒙的。客厅的墙上挂着对襟的中式练功服，最近，大街小巷上很多人穿这种衣服，似是一股新潮流，家属院里面也有人饭后在楼下盘腿而坐，说是在冥想。

陈潇在玄关处换鞋，总觉得屋内的空气里有一股雨前独有的潮湿味道，闷闷的。

这是他第一次单独上别人家里做客，不免有些拘谨，宋奶奶接过他的书包，逗他："害羞呢？去沙发上坐着吧，自己开电视看会儿动画片，奶奶叠好衣服给你拿点心吃。"

宋奶奶抱着一大摞衣物带着陈潇进屋。

家属院的房子都是小两居室，家里四处都敞开门窗通风，唯独主卧的门紧紧闭着，门口还外放着鞋架，各类款式的男鞋被收得整整齐齐，崭新得不像是被人穿过的样子。

"那是你平安哥哥的房间。"宋奶奶的声音猛地在陈潇背后响起，他被吓得浑身一震。

接着，宋奶奶将手里端着的吃食放到茶几上，又嘱咐了句："他在休息，你千万不要打扰他。"

平安哥哥就是宋奶奶的儿子宋平安，陈潇也听院里的其他老人提起过这个名字，只是很少有人见过他，年幼的陈潇更是一次都没遇见过。

最开始大家说起他的时候，都会竖起大拇指，因为平安哥哥的成绩是出了名地好，为人礼貌懂事又听话。不过最近他再听别人提到平安哥哥时，众人又变成了摇头叹气。

"好。"陈潇没想到这么安静的家里竟然还有别人，连忙将电视音量调小。

宋奶奶见状，又从厨房端出一盘枣泥糕，看陈潇的眼神也是满目慈爱之色，她不禁感慨道："阿潇真乖啊。"

陈潇有点儿不好意思地摸了摸头，然后拿起一块枣泥糕尝了一口，枣泥糕软糯，入口后瞬间在舌尖化开一抹酸甜，陈潇下意识脱口而出："这枣泥糕真好吃，我妈肯定也喜欢吃。"

可宋奶奶闻言倒是愣了半晌，反应了一会儿才伸手摸了摸陈潇的头，语气莫名忧伤起来："我家平安小时候也和你一样，有什么好吃的、好玩的，第一个都会想到妈妈。"

宋奶奶的目光随即投向主卧那紧闭的大门——深绿色的房门悄然隐匿在黑暗中，客厅里的动画声逐渐远去，她的眼神却越发凝重锐利，甚至还隐隐带了一丝凶狠之色。

她不着痕迹地把手移到陈潇稚嫩的脸上，一双眼却目不转睛地盯着那扇门，表情也变得有些耐人寻味起来："多吃点儿，好孩子，吃饱了奶奶教你变个好玩的戏法。"

"变戏法？"陈潇惊喜地瞪大了眼睛，不敢想象眼前的宋奶奶居然会变戏法。

宋奶奶低笑着起身去电视柜下面掏出了一本泛黄的旧书，用满是皱纹的手摩挲着陈旧的书页，微眯的眼睛里似乎闪烁着某种狂热的光。

陈潇对变戏法好奇极了，站起身，踮着脚，似乎也想去窥探那书中的秘密。可就在他目光刚落到书页上时，一阵敲门声便清脆地响了起来。

"宋奶奶，我家陈潇是不是在您这儿呀？"陈妈的声音在门外响起。

没看到戏法的陈潇有些意兴阑珊，宋奶奶合上书页后小心地放好，然后安慰他道："下次再来玩就是。"

临走前，宋奶奶还把刚才没吃完的枣泥糕都给陈潇打包了，惹得陈妈十分不好意思。

"那可不是什么好玩的游戏。"

翌日，陈潇和院子里其他小朋友一起去上学的路上，刚把这件事说出来，一个小胖子就插话道："她会让你盘腿坐着，然后教你念乱七八糟的口诀。"

说话的孩子是一楼李伯伯家的孙子，前些日子也被宋奶奶哄着到她家里去过。

他一开口，又有几个小朋友跟着附和起来，他们似乎都去过宋奶奶家——

"我不喜欢她家的味道，闷闷的。"

"我去她家老犯困。"

"我爸爸说她人有点儿不正常。"

…………

七嘴八舌地讨论后，孩子们一致得出结论——他们还是不要去宋奶奶家玩好！

陈潇心里却有些纠结，看着走在前面还在喋喋不休吐槽宋奶奶的伙伴们，一时间，他突然不知道该相信谁。

之后的日子里，宋奶奶还是那么热情，对谁都是笑眯眯的，她依旧会拿着糖果分给小朋友们，即使大家拿到东西后就一哄而散，宋奶奶却依旧满面笑容。

陈潇站在原地，突然觉得慈眉善目的宋奶奶有些可怜。

"阿潇，过来。"

宋奶奶从兜里又摸出来一块比刚才那些糖还精致的巧克力，不由分说地塞到陈潇手里："你是最听话的，这是奶奶专门给你准备的。"

说实话，小孩子是很容易被糖衣炮弹打倒的，零食是打破孩子们社交壁垒的工具，是拉近关系的秘诀，特别是对陈潇这种家里管得严，平日里基本没有零食，就连看电视还需要计时的孩子来说。虽然大家都说宋奶奶古怪，不爱跟同龄人来往，只爱找小孩子玩，但被她如此亲切地对待，陈潇还是忍不住会去她家里玩。

陈父、陈母忙于工作，本来也没时间看孩子，现在有个同院老太太把自家儿子当亲孙子带，倒也安心。有时夫妻俩也会主动让陈潇带些新鲜吃食上门致谢，只是夫妻俩有一点觉得奇怪——

那就是宋奶奶从不邀请他们两口子到家里去。

至于那个所谓的戏法，确实叫人提不起兴趣。

这段时间有很多人在做这些叫人摸不着头脑的事——公园广场总会聚集着一群人，头上顶着一口大锅，闭目盘腿冥思，说是在接收宇宙的信号；有人会打赤膊，口中闷哼着使劲，隔着几米远对着公园里的松树击拳，试图撼动松树；还有人会倒立，双手合十，眼神凶狠，口中念念有词。

年幼的陈潇从未见过如此奇特的人群，前几天乘着公交车一路沿街颠簸，形形色色的群体在路边尽力施展着或奇怪、或诡异的本事。

当然，宋奶奶的游戏与他们不同，她只带陈潇念口诀，说是强身健体、开拓思维，有利于他学习进步。陈潇到底是吃人嘴软，拿人手短，他得了宋奶奶那么多好处，不配合倒也说不过去。

那串口诀念得久了，陈潇倒也能磕磕巴巴地顺下来。

有时候在宋奶奶家，宋奶奶陪他看电视，他就陪宋奶奶盘腿坐一会儿。结束后，宋奶奶就会拿出优质的糖果奖励他，还会说：“这是阿潇和奶奶的小秘密，只要阿潇乖，奶奶就给阿潇买好东西。”

3

这天上学路上，陈潇在家门口遇见了买菜归来的宋奶奶。

“阿潇，今天放学后一定来奶奶家里坐坐啊。”宋奶奶手臂上挎着装满果蔬的菜篮，左手食指和中指抠着一条鱼的腮，未处理干净的鱼血沾满了手指，右手则掐着一只死鸡的脖子和翅膀，表情中似乎带着一丝微妙的兴奋之色，故弄玄虚地道，“奶奶要给你看个好东西。”

陈潇被宋奶奶说的“好东西”搞得一整天心神不宁，放学后，他一溜小跑，忙不迭来到宋奶奶家，急匆匆地敲门。

对方眉开眼笑地开了门，但这次陈潇觉得宋奶奶和平时有些不太一样——她换上了客厅里挂着的那套中式对襟练功服，朝陈潇招招手，将他迎进来，带着他走进了自己平时起居的次卧。

宋奶奶居住的次卧面积不大，内里的摆设却十分奇怪。

陈潇环顾四周——床被横在窗扉处，床头放了一个造型别致的矮脚柜，柜子上放着一摞泛黄的书籍和一个四四方方的陶瓷器皿，而房间中间则有一个巨大的蒲团。

"坐床上吧。"宋奶奶让陈潇坐好，便走向蒲团，神秘一笑，倒是有几份高人风范，"阿潇马上就能看到宝贝了哦。"

说完，她端坐在蒲团上，挺直身体，从矮脚柜底部拿出一大堆东西———一支雕刻精美的乳白色蜡烛、一把黄色的蝉蜕、一张暗黄色小卡片和盛着半杯水的玻璃杯。

宋奶奶搅和一碗温水默默喝下。

看着宋奶奶喝了下那杯奇怪的水，陈潇有点儿害怕，疑惑地问："奶奶，那是什么药吗？我妈说不能随便喝奇怪的东西。"

"阿潇别怕，这不是坏东西。"

宋奶奶把杯子放在旁边，笑眯眯地安抚着他，紧接着空气中弥漫起一股奇怪的香气。

陈潇说不清那是草木香还是花香，只是嗅到这股气味，就叫人鼻子莫名发紧。

随着时间流逝，刚才宋奶奶喝掉的那杯奇怪的水似乎让她的身体沸腾了，她身体周围竟像是升了温一般蒸腾起微薄的烟雾。

见此情形，陈潇不由得瞪大了眼睛。

更要命的是，很快宋奶奶的周身竟散发出红色光晕，甚至身体也开始一点点离开地面，如同漂浮在水中的树叶一般，随着房间中涌动的气流一上一下地轻微浮动。

她飞了起来！

"奶奶好厉害！比电视里的魔术还叫人佩服。"陈潇脱口而出。

宋奶奶并没有回应他，米黄衣衫下的腹部好像发出一阵奇异的光芒，那光芒如同东升的太阳般，更像一个光球，连衣服也挡不住。

陈潇的双眼此刻死死地盯着光球，宋奶奶此时张开大嘴，一道刺眼的光从她口中迸发。

就在这时，宋奶奶突然用右手遮住嘴巴，随着光芒淡去，她手里便攥着一颗透亮的银色小铁球。想来，刚在她身体里发光的便是此物了。

散发着奇异光泽的小球在陈潇看来俨然就是神话电视剧中价值连城的夜明珠，见宋奶奶稳稳地上坐定，睁开眼睛，陈潇略微颤抖着伸出食指，想要触碰一下这叫人目瞪口呆的宝贝。

"好孩子，这个不能摸。"宋奶奶拒绝了他，将铁球往后一挪，"会弄坏的，奶奶给你近距离看看就好。"

"哦，"陈潇有些失落，但又很快整理好情绪，追问道，"奶奶，这就是你的宝贝吗？是它让你飞起来的吗？"

"是啊，"宋奶奶点点头，干裂的嘴唇往两边咧开，"何止是飞起来，这宝贝的妙用可多了，能强身健体，能提升人的精气神，还能……"

宋奶奶说着说着，脸上浮现出一抹不同寻常的笑意，但转瞬即逝，她继续问："阿潇也想跟奶奶一样吗？"

"想！"陈潇已经完全被吊起胃口，整个人热血沸腾。

宋奶奶见状满意地笑了，站起来将小球放进了矮柜顶层的器皿中，随即用中指沾了沾刚才冲泡过粉末的杯底残液，让陈潇伸手，将残液涂在了陈潇掌心。

"想的话，那就跟奶奶一起练习吧，还记得奶奶教你的口诀吗？乖，坐过来和奶奶一起来念吧。"

就这样，陈潇又念起了那奇怪晦涩的口诀。

可不知为何，他总觉得今天念口诀的时候心头有些沉闷，耳朵里像有嗡嗡的电流声乱窜，脑子里似乎有无数只蚂蚁乱爬，让他喘不过气来，甚至有些走神。

正当陈潇有些意识模糊的时候，隔壁的主卧突然传来几声闷响声，像是拳头捶在墙壁上发出的声音，将他和宋奶奶都吓了一跳。

"是打扰到平安哥哥了吗？"陈潇立刻回神，有点儿紧张地问道。

"没事，不管他，咱们继续。"

这次，宋奶奶好像有些不同寻常，拉过陈潇，脸上浮现出一抹微笑。

"陈潇！回家吃饭了！"

忽然楼外响起了妈妈的呼唤声，陈潇听见后似乎有种解脱感，起身便要走。宋奶奶看向大门，又把目光落回陈潇身上，没拦他，只是脸上多了几分失落之色。

不知怎的，见宋奶奶这样，陈潇突然有些愧疚，就像是没完成作业让老师不开心了一样。

"奶奶，我下次再来找你看那颗会发光的铁球，好吗？"他小声道。

"好呀，阿潇想看就来找奶奶。"宋奶奶的表情因为陈潇的话有所缓和，那慈爱的微笑又浮了上来，她摸了摸陈潇的耳朵，"今天的事情不可以告诉别人，回去吧，多吃点儿饭。"

4

陈潇并未把宋奶奶有"宝贝"的事情告诉任何人，可自从见过那个"宝贝"，他便开始做梦。

梦里，他还是在那个狭小的房间，他也飞到了空中，然后像宋奶奶一样吐出了一颗铁球。接下来，宋奶奶却急切地将他吐出的小球接了过去，而失去铁球的他瞬间跌落，周围的场景开始不断变换和扭曲，强大的失重感让他每次醒来时，背后都被冷汗湿透。

因此陈潇一连几天总是无精打采的，到了周末才稍稍恢复一些，他便急匆匆地去找宋奶奶，想要告诉宋奶奶自己的怪梦。

可陈潇没想到开门的竟是一个肤色苍白、两颊凹陷、头发枯黄、眼神空洞的年轻人，宽大的黑色汗衫套在对方瘦长的身体上，仿佛一阵风吹过，面前的人就会散架。

不知为何，陈潇见到此人后就不禁在原地打了一个冷战。

"走开，以后再也不要来这里玩！"

沙哑的嗓音像是戈壁中干燥的沙石摩擦发出的声音，对方说完便大力地关上了门。陈潇趁着对方关门的一刹那，看见了那人的左手大拇指——深紫色的手指上并没有指甲，而是糜烂的肉。

陈潇瞬间起了层鸡皮疙瘩。

他应该就是平安哥哥吧，身体似乎不太好，一定是上次吵到了他。不然他也不会有如此深的敌意，像要吃人似的。

但陈潇到底是个小孩子，自从上次见识到宋奶奶的"戏法"后就整日噩梦缠身，半夜盗汗，再加上被这样一吓，当天晚上就病了，发着高烧，梦境中充斥着宋平安赶他走时那苍白凹陷的脸。

他这病来势汹汹，陈爸、陈妈不得已向学校请了好几天假。

宋奶奶听闻此事也来家里探望陈潇，给他买了好些零食，还买了个大汽车模型。宋奶奶的热情让陈家不太适应，将宋奶奶请进屋里后，陈妈便去厨房熬药，留下宋奶奶在房间给陈潇用酒精擦额头，苍老的手指贴上陈潇的皮肤，陈潇迷迷糊糊地睁开眼睛，总觉得宋奶奶看上去比前几日苍老了不少。

"奶奶好。"即使病着，陈潇也不忘打招呼。

"好好好。"宋奶奶热情地回应，"阿潇快快好起来，奶奶给你买了大汽车玩。"

真不晓得这么慈眉善目的宋奶奶怎么会有宋平安那样又凶又刻薄的儿子，联想到宋平安的冷脸，再看看苍老慈祥的宋奶奶，陈潇笃定是宋平安给宋奶奶脸色看了。

"奶奶，平安哥哥对你不好吗？"陈潇问道。

此言一出，宋奶奶的笑容倏地凝固了，那一刻，陈潇仿佛在宋奶奶脸上看见了和宋平安一样的冷漠表情。

宋奶奶闻言沉默了好久，然后把脸别过去，缓缓吐出一句："他啊，就是个不听话的。"

忽然，她脸上凝固的笑容慢慢变得诡异，宋奶奶沙哑的声音悬在半空中："但没关系，只要有'宝贝'在我身上，他不听也得听。"

"什么？"陈潇蒙了。

"奶奶是说，奶奶的'宝贝'会让平安哥哥乖乖听奶奶的话，好好待在奶奶身边的，就像阿潇待在妈妈身边一样。"

"哦哦。"

陈潇似懂非懂地点了点头，感觉宋奶奶信心十足。

忽然，发烧的眩晕感再度袭来，他有一搭没一搭地跟宋奶奶聊了几句，闭上眼睛，又沉沉地睡了过去。

小孩子到底有活力，吃了几天药，人又回到了活蹦乱跳的状态。

"听说阿潇发烧前去过宋奶奶那里？"这天吃饭时，陈爸随意地问道。

"嗯，宋奶奶喜欢孩子，家属院里面也就阿潇不调皮，叫人顺心，谁见了都得夸一句好。宋奶奶人可怜，这辈子是抱不上孙子了，她有心待阿潇好，把阿潇当亲孙子似的，总给孩子买东西，拦也拦不住。"陈妈点点头解释道，"我还怪不好意思的。"

"可我怕她会带坏阿潇……"陈爸叹气道。

话音刚落，陈潇正巧开门进来，洗完手坐在饭桌旁，陈爸顺口问道："刚从宋奶奶家回来吗？"

"没有，"陈潇摇摇头，实话实说，"平安哥哥叫我不许去了，他凶，我有点儿怕。"

正在往碗里添饭的陈妈闻言一怔："宋平安让你不许去？"

"嗯，他站在门口不让我进去，最后还把门'砰'地关上了。"

陈家父母对视一眼，开始沉默不语，气氛开始变得微妙起来。许久，陈爸才打破沉默，接过饭碗放在陈潇面前："阿潇一会儿吃完饭先回房间，爸爸妈妈说点儿事。"

见陈潇关上房门后，客厅里正收拾碗筷的陈妈率先提出疑问："宋奶奶的儿子不是工厂出了事故，瘫痪在床了吗？怎么能……"

"说不准是阿潇看走了眼，"陈爸的脸色同样不好看，但语气还是要沉着许多，"唉，不管是什么，还是别让阿潇再去她家了。我怕宋奶奶的精神状态不太正常，阿潇跟她接触多了，说话也开始颠三倒四。"

"那确实。"

"这几天放学后你让阿潇在办公室等我们，谁先下班谁带他回家，别让他自己先走了，要是遇见宋奶奶，就说孩子病刚好，不让乱跑。至于她送的那些玩具，我们找个理由还给她吧，咱们也不占人便宜。"

从那之后，陈潇便没有机会去宋奶奶家了，"宝贝"的事情也被爸妈安排的作业和辅导渐渐抛之脑后。

日子风平浪静地过了一阵，这天，陈妈到了家属院才发现装着钥匙的手包落在了办公室，因家属院离学校不远，便留下陈潇在原地等她。

可百无聊赖的陈潇没等来妈妈，倒先等来了宋奶奶。

今天宋奶奶的表情格外阴沉，再不是那种慈眉善目的样子，她远远看见陈潇，像落水的人看见救命稻草一般，踉踉跄跄地冲过来，拽了陈潇的手就要把他往家里带。

"阿潇，跟奶奶回家！奶奶给你看宝贝，带你变戏法！"

她迫切的神态让陈潇很不适应，他不想走，可宋奶奶的力气大得吓人，干枯的手仿佛是被风干的树枝，用力卷曲着，硬生生地拖着他往回拽。两人拉扯间，陈潇手扶着旁边的灯柱子，借力把手一甩，宋奶奶一下子被掀翻在地。

"你！"

宋奶奶抬起脸，花白整洁的头发被打散，以往干净的脸上沾满灰尘，脸上、手上均被擦伤，带起的血丝仿佛是在脸上割下的一道道丑陋的疤。她恶狠狠地盯着陈潇，眼神凶狠阴郁，让人不寒而栗。偏巧这时陈妈回来了，以为是宋奶奶让陈潇给推了个大跟头，连忙扶起宋奶奶道歉。

"哎呀，真是不好意思。"她又转过头大声数落陈潇，"你怎么回事？怎么能推奶奶呢？"

"我没有！"

陈潇被妈妈一凶，委屈得哽咽起来，反倒是眼前的宋奶奶一言不发地爬起来离开了，叫母子二人大眼瞪小眼。

回家后，陈妈十分严厉地教育陈潇，陈潇连忙辩白："是宋奶奶！她非要带我去她家里，我说不去，她就拽我……"

"她为什么要带你去她家？"

"她说要给我看'宝贝'，带我做游戏……"

这一开口，陈妈脸色骤变，连忙将之前陈潇和宋奶奶一同玩"游戏"的内容和宋奶奶"宝贝"的秘密全给问了出来。听完，冷静下来的陈妈才发现陈潇抽噎得可怜，看到孩子的委屈，她的眼睛也瞬间蒙上一层泪水："唉，阿潇，妈妈也不是故意要凶你的，可是你有事怎么能瞒着妈妈呢？你是个好孩子，怎么能对妈妈有秘密呢？以后不要再去找宋奶奶了，你要听话。"

听完妈妈的话，陈潇心里也不好受，眼睛噙着泪，竹筒倒豆子一般彻底坦白，把前因后果一股脑全说了。

"宋奶奶还说她的'宝贝'会让平安哥哥乖乖听她的话，好好待在她身边，就像我待在妈妈身边一样……"

陈妈顿了顿，抹了把泪，没接话，只是把陈潇抱进怀里。

这下陈家和宋家必须"划清界限"了。

陈爸、陈妈商量过后，决定把先前宋奶奶送过来的东西折合成现金和营养品，全部还给她。夫妻俩找了个周末，将陈潇反锁在家，拎着大包小包，一起去了一趟宋奶奶家"赔罪"，回来时，还嘱咐陈潇以后看见宋奶奶要绕道走。

陈潇倒是谨记于心，却不想几天后，宋奶奶反倒自己找上门来了。

晚上九点，陈妈准备出门扔垃圾，此时陈爸还未回家，临走前陈妈特意看了一眼在客厅里写作业的陈潇，见儿子和平时没两样，便拎着垃圾出门了，出门时还锁上了大门。

陈潇见妈妈出了门，抬头望了一眼墙上的挂钟，心想还得有一会儿才能写完作业，估计是赶不上看动画片了，心里正郁闷着，写字的速度也逐渐慢了下来。

"啪嗒！"

忽然，陈潇身后传来一声轻微的敲击声，伴随着锁扣被拧开的嘎吱声，身后的窗户被打开了。一阵刺骨的冷风从窗外猛地钻进他的衣领里，陈潇不由得打了个寒战，正当他准备回身关窗户时，却看到一个人。

没错，他看到了一个人。

那人身着对襟褂子，双手撑开陈潇家的窗户，蹲坐在窗沿上。她披头散发，窗外的点点雨水泼洒在她的脸上，雨珠沿着纵横的沟壑不断滴落着。

忽地，一阵风吹起，老人的头发瞬间四散飞扬起来，正巧一道闪电划过，瞬间将宋奶奶的半张脸照亮！

"是你偷了我的珠子！是你！都是你个小崽子！"宋奶奶敏捷地跳下窗沿，伸手掐住了陈潇的脖子，干枯冰凉的大手死死扼住了陈潇的喉头，此刻模样可怖的宋奶奶，与平日里和蔼的她简直判若两人！

陈潇此刻已经失去反应，惊骇的瞳孔中满是惧意——她是怎么进来的？！

就在此时，门外突然响起了用钥匙开门的声音，宋奶奶察觉后，手瞬间松开，把头转向大门处。

陈潇最后是在陈妈的惊叫声中晕厥过去的。

5

"想起来了，好像是有这么回事。"

陈潇握筷子的手有几分僵硬，他眉头紧锁，却再也记不起更多。他长叹一口气，也许是身体的自保机制将这段记忆屏蔽了。

"那后来怎么样了？我只记得我是在医院醒来的。"

"嗯，那段时间我和你爸吓得整晚睡不着，后来咱们还专门搬去你爷爷那儿住了一阵，回来的时候才听人说，就在我们走的那几天，宋老太跟她儿子宋平安都死在家里了。"

"啊？"陈潇大惊。

"我看，就是她逼死了自己的儿子。"陈爸又插话道，"她那个人对孩子控制欲本来就强得很！我听人说，宋平安就是因为受不了她，不想回家，才在厂里因为疲劳作业出了事导致瘫痪的。"

"也不能这样说，"陈妈推了陈爸一把，"我也是到了这个年龄才明白，当父母的，谁不想儿女能陪着自己呢？好在我们儿子孝顺听话，工作、结婚、生子都听家人意见，不像她家宋平安，就想着往外地跑。说到底，宋老太不过是想让儿子留在她身边陪陪她，她糊涂是真糊涂，但可怜也是真可怜。"

"可怜？你别忘了，在她房间里可是莫名其妙地翻出来一张咱们阿潇的照片……"

陈爸话说一半，就让陈妈一眼瞪了回去，这让陈潇很是困惑："我的照片？什么呀？这宋奶奶和她儿子是怎么死的？"

"别听你爸瞎讲，"陈妈又瞥了陈爸一眼，"她儿子是因病死在了家里。她也是厉害，谁也没告诉。"

"那她呢？"陈潇追问道。

"听人说，她从警察局回来以后精神就不正常了。后来教师节，学校慰问老员工，敲她家门不开，觉得不对，便找锁匠破了门，进去后才发现她已经没了。后来报了警，法医解剖后发现她的胃里满满当当全是乒乓球那么大的小铁球。"说着，陈爸还比画了下自己的肚子。

"啊……那这么说，她的铁球是真的丢了？"陈潇模模糊糊地想起了那时散发着奇异光晕的小球，唏嘘之余又有些脊背发凉。

"谁知道呢？"陈妈似乎并不想回答陈潇的问题，只是叹气道，"到底是读了那么多年书的人，最后却落得个这样的结局，唉，算了算了，吃饭吧，不提这些。"

电视里，旧城改造的新闻还在继续。

不知怎的，跟父母聊了几句，陈潇心里头莫名有些不是滋味，吃完饭收了碗，他陪陈爸坐在沙发上，暗笑自己上了点儿年纪真是悲天悯人。

十 肌肤之亲

语言是媒介，文字是媒介，爱也可以是媒介。

1

亲爱的肖予：

　　你可知道这是一场来之不易的单恋，于我而言，沉默又欣喜。

　　作为一个倒影、一条尾巴，多少日夜，我跟在你身后，想学你的模样穿过每一条小巷，和你购买同样的物件，吃同样的食物，走同样的路……假装自己已经成为你生活的一部分。

　　你中有我，我中有你。

　　肖予，请准许我对你有着无法抑制的疯狂，就像恋爱中的犀牛一样。

　　我被你吸引着，无数次粗鄙地幻想与你亲密接触的模样。在你喝掉睡前那杯温热的牛奶、穿着我最喜欢的薄荷色睡衣安静地躺在床上时，我徘徊、靠近，在你温柔的睡颜中犹豫，继而沉迷。我鼓起勇气接近你，仿佛贴上一块细腻的羊脂玉，光滑、柔软。

　　了然的渴望像藤蔓一样疯狂生长，但麻烦的是……

　　我还需要一定时间，将梦变成现实。

　　陈阳盯着手里皱巴巴的纸条，英气的眉毛不自觉地拧成八字："哪里来的？"

　　她将纸条揉成一团，扔进垃圾桶，然后抬起头望向对面表情局促的室友肖予。这位校园时期就备受欢迎的美女，没想到踏入社会后也是桃花泛滥，时至今日还能遇到如此复古的示爱方式，或者可以说是骚扰手段，实在叫人始料未及。

　　"电动车车筐里。"肖予轻轻叹了一声，眼眸低垂。

　　"有一段时间了，我估摸着是从我们搬到这里开始的。这个人总在我的车筐里放这样的信，最先是日常问候，说想跟我交朋友，到后面就越来越过分，像疯子一样，害得我最近老是做噩梦。"

　　"说不定真是个疯子，妄想症患者。"

　　陈阳搓了搓手臂上起的鸡皮疙瘩，张口又要骂人，却被肖予打断。

　　"但我今天找你不是为了倾诉，"她一边解释，一边弯腰从垃圾桶里捡出那个纸团展开，指着上面的内容给陈阳画重点，"你没感觉到不对劲儿吗？他居然知道我睡前有喝牛奶的习惯，甚至还能准确说出我常穿的睡衣颜色！陈阳，你要知道，我卧室的窗户一直是拉着帘子的。"

　　肖予话没说透，但已是四两拨千斤，陈阳很快便反应了过来："难道家里有可能藏着摄像头？"

"我就是怕。"见对方切了题，肖予点头回道。

"正好今天是周末。要不我们一起仔细找一找？"

这个时代，偷拍可以说是成本最低的违法行为，早已算不得稀奇。而且信息发达后，贩卖隐私也成了一门生意，犯罪者专以单身女性为目标。

被肖予一点拨，陈阳瞬间头皮发麻，趁着有时间，二人合力将屋里所有可疑的地方上上下下翻找了一通，电视、空调、高处的柜子、每一个没有用上的插孔……

肖予和陈阳所租住的房屋是三室一厅，二人各住一间次卧，主卧空着，叫房东上了锁，进不去，她们只寻完其他地方。

只可惜，二人累得气喘吁吁，却一无所获。

拉开铝罐汽水，二人一头一尾脚对脚地瘫在沙发上休息，陈阳揩了揩鼻子道："要不报警？放纸条的人跟踪你，还说他爱你，想跟你有亲密接触，这可以报案了吧？"

"我咨询过，"肖予无奈，"像这种不确定骚扰者的情况，警方也很难有具体的处理手段。说到底，咱们住的小区可有上万户人家，那车棚里人来人往，监控又覆盖不全，根本找不到人。除非家里真的找出摄像头，警方才好接手。"

"没找到也是好事，至少证明家里安全嘛……"

一口冰汽水下肚，陈阳定神看着沙发上自己比肖予粗壮大半的腿，舒了口气，又提议道："要不这几天我晚上过来跟你一起睡？"

陈阳是体育生，个头高，身材也比一般女生壮实许多，再加上性格刚烈，胆色过人，确实是变态不敢轻易接近的类型。

和肖予交好初期就有人笑话过她，说她像是肖予雇的保镖。

两个月前，二人大学毕业，因处于实习期，收入微薄，便商量着合租，住进了这套位于城郊的安置小区房。说来幸运，房东是个慈祥的中年阿姨，看着像是不差钱的。她带她们看房时，聊到家里也有孩子今年刚毕业，不容易，干脆将三室一厅按照两个单间的低价租给她们。

但毕竟租价比市场价低了许多，所以签合同时，房东还是要求她们将价值更高的主卧空出来上锁，不住人，让她用来存放一些杂物和工具。

毕竟租房不是做慈善，这也没什么不妥，二人都表示能理解。

三间房连着，陈阳选了把头那间小些的，而肖予住进了中间那间稍大的，在尾部的主卧被锁着，对二人并没有影响。

按理说，肖予的房间应该比陈阳的更宽敞舒服，可今夜抱着枕头来到肖予房间，陈阳总觉得怪怪的。

肖予的房间十分方正，刷着白漆，家具不多，仅有床、衣柜和一张从二手市场淘来的梳妆台。肖予爱干净，所以房间也井井有条，整洁宽敞，看着比陈阳的"狗窝"像样多了，但陈阳躺上床后，就是有一种莫名其妙的压抑感。

那感觉叫什么来着？就像是被关在笼子里待宰的羊一样，心绪难安。

于是这晚陈阳睡得很浅，到后半夜时，她突然被一阵细微的呼吸声吵醒。

陈阳睁开眼睛，却惊觉呼吸声不是肖予发出的，而是墙壁！她发现四面墙皮像有生命一般在起伏，发出一呼一吸的轻喘声。

她刚想起身开灯，四肢却麻痹无力，动弹不得。正挣扎着，陈阳耳畔突然传来了房门被推开的声音。

嘎吱——

这声音很轻，像是风的推力一般，而肖予挂在门头的玻璃风铃也跟着小声响起来，可陈阳记得，她们为了安全起见，睡前就确定过门窗都是紧闭的。

她用力抬起头，朝门的方向看去，一个人形黑影正准备从门缝悄悄挤进来！

"谁？！"陈阳咆哮着弹坐起来剧烈喘息，她四肢酸麻，眼睛刚睁开，还模糊着。

身旁的肖予也跟着抬起半个脑袋，顺手将灯按亮。陈阳这才反应过来，自己刚才做了个梦。

可这梦太真实，以至于她头脑混沌，都有些分不清什么是现实了。

"是做噩梦了吗？"肖予问道，她声音有些哑，像在哽咽。

"对，梦见一个黑影在门口站着，"陈阳揉了揉太阳穴，在确认过眼前的门纹丝未动，风铃也安静后，不由得有些嘲笑自己的草木皆兵，"看样子是真被你影响了，脑子不清醒。"

"不，也许不是。"肖予反驳道。

被反驳的陈阳回过头，这时恰好视线清明，她这才发现肖予是真的红了眼睛，瞳孔扩张，呼吸急促。

"我和你看到了同样的东西。"肖予眼里噙着泪水，再次说道。

"什么？"纵然是不信鬼神、不惧玄学的陈阳，此时此刻也有些紧张。

"我看到一个黑影推开门要进来，我想……想开灯，可身体却像被'鬼压床'一样动弹不得。陈阳……如果不是你喊那一嗓子，我……我根本动不了。"肖予被吓哭了，一边结结巴巴地说着，一边用手擦了擦眼睛，整个人抖个不停。

"我现在也不确定这究竟是真的还是假的，陈阳，你说家里有没有进人的可能？"肖予害怕地问道。

"我去外面看看，顺便倒杯水喝。"

肖予的一番话让陈阳也有些拿不准现下的形势，为了安心，她决定出去看看。

赤脚下地后，陈阳顺手拿起搭在梳妆台旁边的长柄伞做武器防身，开门前，回头柔声安慰肖予，也安慰自己："别害怕，可能是我们都睡迷糊了。"

2

陈阳开了灯，扫视一圈后，觉得自己的确是睡迷糊了。

凌晨时分，万籁俱寂，屋子里静悄悄的，没有丝毫异常。客厅面积不大，家具也少，别说藏人，藏一只猫都困难。确认大门关好后，陈阳舒了口气，只当是自己风声鹤唳。

不过……

望着那被锁上的主卧，陈阳还是刻意地贴近门听了听。

主卧里没有异响，安静得出奇，唯有房门有一股受潮的霉味，叫人忍不住犯恶心，陈阳皱了眉头。

"陈阳！"

忽然，耳畔响起一声惊呼声，陈阳被吓得朝后连退几步，心也跟着怦怦乱跳，缓了几秒钟，她才猛然意识到声音来自还待在房间里的肖予。

"怎么了？"陈阳火急火燎地跑回房间，慌忙问道。

这时肖予已经下了床，正坐在梳妆台前，脸色煞白。待陈阳走近，肖予神色紧张地把一张皱巴巴的纸条塞进了她手里。陈阳不明所以，展开一看，竟是下午那封被肖予从垃圾桶里拿起来的神秘情书！

"刚才你起身的时候，我发现这个东西就在你睡觉的地方。"肖予颤抖的声音里，是掩饰不住的惊惧。

警察是和房东阿姨一起来的。

调查过程倒是简单。警察检查了一下房屋，了解完前因后果，又登记了房东和两个女孩的个人信息，收走那张皱巴巴的纸条，便准备离开。

"等等，"陈阳忙道，"警察同志，要不……再检查一下主卧？"

"对，以防万一嘛。"肖予也连忙附和道。

警察见状，看了眼房东，示意对方将主卧打开。

"我真没把主卧再租给其他人啊，我发誓。"房东阿姨一边掏着钥匙，一边语气无奈地解释。

"本来便宜租给两个小姑娘就是好心，想着她们刚毕业不容易，怎么可能说一套做一套，专门找个男人偷摸住进来？那屋子里就只有家具和一点儿用不上的杂物，等会儿检查要小心点儿，别又推又翻，把东西给碰坏了啊……"

说着，房东便扭动门把手，推开门后，潮湿的气味迎面扑来。

首先映入眼帘的是白墙和一张木头大床，床用白色的被单盖着，上面还压着几个陈旧的纸箱、一个小腿高的台扇和一把鸡毛掸子，看上去确实不像是住过人的样子。

警察又凑近翻了翻床上堆着的纸箱，纸箱里分别装着旧书、旧衣服和一些诸如地球仪、烧水壶一类的杂物。

"箱子里是我儿子的一些东西，他现在用不上了，叫我处理掉。可我想着这也没坏，以后也许还用得着，就收拾好放在这里了。"房东阿姨耸耸肩膀，解释道。

警察没说什么，合上纸箱后，又把视线落在进门左手边贴着墙的那个实木衣柜上，这倒像是个能藏人的地方。

可当警察拉开柜门后，衣柜里空空如也。

"你们看到了，确实没有人。"

警察提高音量，仿佛是在给刚才提出建议的二人一个交代似的，然后将柜门关上，柜体随着对方的力道轻轻颤了一下。

房东阿姨见状，立马不乐意了，沉着脸提醒道："警察同志，轻点儿。"

一时间，气氛有些尴尬。几人回到客厅，在看到房东阿姨再次锁上主卧的门后，警察便走了。

这样一通折腾下来，已经快下午一点了，但事态仍没有丝毫进展，仿佛这一切都是肖予和陈阳二人疑神疑鬼的猜想。

"阿姨，要不留下来一起吃个午饭吧，也辛苦您配合来这么一趟。"既已如此，肖予率先开口邀请道。

"不了不了，我还是回去吧，家里头还有昨天晚上的剩菜，再不吃，都得扔了。"房东阿姨摆摆手，谢绝了好意，朝外走去。

"你们以后觉得有什么不对劲儿，可以先通知我，让我看看能不能处理，不用急着报警，叫我也跟着担惊受怕，以为房子出了什么大问题。"她一边说，一边从包里掏出一块木牌似的小挂坠，塞给肖予，"闺女，这个你收着吧，阿姨平时经常去寺庙，这木牌是我之前特意求的，你把它放在房间里，就当个心理安慰。别想那么多，安心住吧。"

肖予连连推辞，但房东阿姨铁了心似的，硬要她将东西留下。

二人没办法，只得收了这份好意，将木牌放在了肖予的梳妆台上。

说来也怪，有了这块木牌，二人确实不做噩梦了。

两人又挨着睡了几天，见一直相安无事，悬着的心也就放了下来，又回到了各住各屋的模式。

不多时，陈阳接到公司外派，要去出差培训一周。临走前，她和肖予一起买了一个能连接手机的室内摄像头，装在了客厅，也算万事俱备，只是少了一个人的家里，多少还是有些寂寥。

晚餐后，收拾完碗筷的肖予坐在沙发上百无聊赖地玩着手机，虽然电视开着，她却始终关注着门外的响动，电梯运作声、邻居关门声……眼看时间一点儿一点儿来到深夜，没有听到异动的肖予回到房间，准备睡觉。

"砰砰砰……"

忽然，门口传来细微的敲击声，每三下为一组，大概敲了四组。

肖予感觉不对劲儿，鼓起勇气，蹑手蹑脚地来到防盗门前，当她的眼睛抵上猫眼的一瞬间，门外的声音便戛然而止。

借着楼道里紧急逃生疏散牌散发的微弱绿光，肖予似乎看到有一个黑影迅速移走，这让她顿时有些紧张。

尽管接下来没再出现任何异样，但肖予依旧睡得不太好。

第二天出门上班时，肖予的脑袋还昏昏沉沉的。等电梯时，肖予正巧遇见对门的女邻居要去负一层扔垃圾，见她两只手都拎着东西，又要提鞋，甚是费力，肖予便主动帮她接过了一袋垃圾。

女邻居见状，连连道谢，然后跟着肖予进了电梯。

二人闲聊了几句，待电梯下到一楼，肖予准备告别时，女邻居像是下了很大决心般开口提醒道："美女，你要是有别的去处，还是尽早搬家吧。"

3

"不是吧，她为什么告诉你这些？"

"我也不知道啊。"

面对电话里陈阳的疑问，肖予也只能复述女邻居的话："她说这间房子的前几个租户无一例外都是年轻的女孩子，而且搬走时，个个都像被抽了魂儿似的，没有精气神。"

"那你想退租吗？"电话那边的陈阳问道。

"我……不太确定，"肖予思量半晌，还是决定把昨晚的情况说出来，"昨天晚上我总觉得听见了敲门声，可趴在猫眼看时，门外又什么都没有，而且你还不在，我心里又开始有些紧张，一直这样也不是个事儿啊。"

"行，"陈阳顿了顿，"等我回来，我们好好商量一下。"

毕竟当时二人一口气交了一整年的房租，可现在才住了不到三个月，贸然退租的话，一是怕退钱困难，二是肯定不会再有这么便宜的住处了，后续搬家也比较麻烦。

陈阳回来那天，正是周末。

她坐的是最早的班车，提着行李箱回到出租屋门口时，还没到九点。正当陈阳准备开门时，她在门缝的位置发现了一张新的纸条，拿起来后，竟又是一封情书——

亲爱的肖予：

我们越来越近了，你一定有所感觉。

再给我一点儿时间，让我彻彻底底地在你身边，爱是一条奔涌不息的大河，将我推到你的面前。

你的鼻尖、你的侧脸、你的呼吸都像是魔咒般让我深深迷恋。我看着你，越发克制不住自己内心勃发的欲望，我需要与你肌肤相亲，才能抵住灵魂的渴。

身体是温热的容器，亦是我们同生共死的载体，让我们皮肤黏连，血液交汇，彻底合二为一。

变成我的一部分吧，与我纠缠，直至化为齑粉。

"哕……"

陈阳看到如此露骨的情书，觉得十分恶心。

这次，她刻意留心了一下，发现情书是藏头的形式，每句话句首第一个字连起来的谐音是"我在你身边"。

她不想肖予再被吓到，便把纸条扔进了自己的手包，轻手轻脚地进了门。

清晨，家里一片寂静，想来肖予大概还在梦中，她控制着音量，推开自己的房间门，映入眼帘的却是肖予的身影——肖予竟不知何时睡在了陈阳的房间里。

陈阳没办法，只得关上门，退了出去。

陈阳在沙发上看电视看到中午十一点，肖予才慢吞吞起床，眼下一片青黑。

"几点回来的？怎么不叫醒我？"见到已经换上家居服、正在泡方便面的陈阳，肖予有些不好意思。

"我看你挺累的，反正这个点我也不睡觉，就把床让给你呗。"陈阳耸耸肩，她虽然不介意肖予睡自己的房间，但还是多嘴问了一句，"对了，你怎么睡在那里？"

"我……"肖予有些哽咽，踌躇片刻后，还是带着陈阳进了自己房间，"实不相瞒，你不在这几天，我过得很不舒服。每晚十二点左右，门口都会传来细微的敲门声，但透过猫眼又看不见人。而且房东阿姨给的木牌也不起作用了，晚上睡觉时我总是四肢麻痹，难以动弹，半梦半醒时，还能感觉到有人在我的房间里走来走去。后来，床垫也出了些问题，我就换到你房间去睡觉了。"

看着肖予熬出来的深重眼袋，又联想到包里那张纸条上的"我在你身边"，陈阳瞬间一阵恶寒。

但退租是件麻烦事，午饭后，两人还是决定先拜访一下对门邻居，看能不能打听到一些消息。

二人提着果篮敲开了女邻居家的门，对方开门后，陈阳紧忙说明来意，但女邻居听后明显对此事很抗拒，慌忙摆了摆手，然后就要把门关上："我不知道，当时就是随便一说，毕竟那是人家用来出租的房子，我不敢做断人财路的事，你们还是回去吧。"

"姐，求你了。"这时，陈阳作为体育生，发挥出力量优势，拉住把手，硬是把门生生固定住，不给女邻居逃避的机会。

而站在一边的肖予也顺势开口祈求："姐，那个房子确实让我们不太舒服，我们也在考虑搬家，您就帮帮我们吧。"

双方僵持不下，女邻居见二人确有诚意，便松了口，把她们带进了屋。

女邻居是个全职主妇，丈夫早出晚归，儿子在外地读大学，平日鲜少回家，所以家里基本只有她一个人，倒是清净。

她给二人倒好茶，然后又语无伦次地讲了几句，大概意思还是跟肖予在电梯里表达得差不多，叫人听不出个所以然。

"那您见过那位阿姨的其他家人吗？"陈阳只好换个切入点问。

"没怎么见过。只有交房那天，我看见她是和她女儿一起来的。"女邻居摇摇头，"我丈夫以前和她是一个村子的，听说她男人早早就抛弃了她，只留下一双儿女让她抚养，所以她这个人性格蛮古怪的。"

"她孩子的年龄跟我们差不多大吗？我们听她说，她孩子也刚毕业。"想起房东阿姨带她们看房时说的话，肖予又顺口问了一句。

"啊？"女邻居闻言有些困惑，"她女儿得比你们大多了，都结婚了，还带着个四五岁的小孩。"

"那她儿子？"肖予追问道。

"她儿子早就死了……"或许是觉得在背后嚼舌根不好，女邻居将声音压得很低，"听说是在厂里工作，出了事故，毁容瘫痪了。后来孩子找不到女朋友，心理就出了问题，没过多久突然就走了……"

闻言，二人面面相觑，只觉脊背发凉，为什么房东要撒谎说孩子刚毕业呢？

意识到房东阿姨或许有所隐瞒，这也让陈阳原本犹豫不决的态度变得坚定起来。

肖予和陈阳回家合计了一番，觉得还是退租为妙。于是二人决定这周开始寻找新的住处，只要新房一落实，立马跟房东谈退租。

不知不觉，时间到了深夜，但对二人来说睡觉始终是件难事。

陈阳的房间比较小，只有一张单人床，挤着睡不太方便，肖予也不好意思再添麻烦，便决定回自己房间休息。

"那你别锁门，晚上觉得不舒服就喊我一声，我过去就是。"见她执意如此，陈阳也不再相劝，善意提醒道。

"好。"肖予点了点头。

夜里，陈阳睡得迷迷糊糊时，又做起了久违的噩梦。

梦中，房间仿佛有了生命一般，墙壁起起伏伏，像在呼吸似的，而在这诡异的气氛中，只见一个黑影正在房间里走来走去，梦中的画面十分压抑，直到惊醒，陈阳的额头都还在不停地冒着冷汗。

她平复了一下心情，习惯性地去客厅看了一圈，顺便喝杯水。

路过肖予房间时，她还特意留心了一下里面的动静——静悄悄的，应该是无事发生。

突然，客厅的落地窗前，月光透过薄纱帷幔，在地上映出类似眼睛形状的怪异剪影。陈阳瞬间有些紧张，喝了口水后，她的心情稍有平复，偏偏下一秒钟，肖予房间里传来了异响。

那是呼吸声！剧烈的呼吸声，好似扯风箱一般。

陈阳急忙返回，一把拉开肖予的房门，而眼前的一幕直接让陈阳全身战栗——有个黑影正与肖予面对面躺在床上！

"你是谁？！"凭着残存的理智，陈阳用力按亮了房间的顶灯。

可光线亮起的瞬间，那个黑影就消失了，仿佛冰块融化蒸腾了一般，这时肖予也坐起身来，眼睛红肿，泣不成声。

"陈阳，我动不了，刚才我动不了……"

语无伦次地跌下床，肖予一下扎进陈阳的怀里，整个人抖若筛糠。

是做梦吗？想起那个黑影，陈阳只觉阵阵后怕。

觉是不敢再睡了，房子也不能再住下去，二人贴在一起，在沙发上坐到天亮，早上八点钟，二人便立马拨通房东电话要求退租。

听到要退租，平日里和蔼热心的房东阿姨便凶相毕露了。

她先说二人只是做了噩梦，不用在意，在听闻她们坚持要离开后，便立刻表示一分租金都不会退。后来陈阳她们还是找了警察协调，房东才同意退掉部分租金。而此时的陈阳和肖予也已经没有心思再同她争论，匆匆收了钱，便逃似的带着行李搬去了酒店。

4

二人搬走后，生活便恢复了正常。

骚扰肖予的情书不再出现，黑影和噩梦也不再缠身，安安稳稳睡到天亮也不再是奢望。

就在二人沾沾自喜，觉得生活回归正轨时，一条横空出世的新闻犹如晴天霹雳，炸开了生活平静的表象。

一个普通的周二早晨，陈阳到公司时，发现同事们正聚在前台聊得火热，一问才知道大家正讨论着一起本地的租房纠纷事件。

“你居然没看？朋友圈里都转疯了。”

见陈阳压根不知道这件事，同事急匆匆地把链接转发给她："我转你了，你快看，说是一个女生在东越路那边的安置小区租了个房子，结果房子里居然发现了骨灰！我的天，现在我的朋友们都说要回住的地方好好检查检查。对了，我记得你以前是不是住在那个小区？"

同事的话让陈阳一下子愣住了，缓过来后，她低头点开手机消息，发现聊天框内除了文字叙述，还附带了一段简短的新闻视频，视频里受访者的脸虽然被打了马赛克，但从穿着打扮来看的确是个年轻的女生。女生面对记者，语气又急又气："自从我搬到这个房子后，就开始被人塞情书骚扰，起先我不是很在意，但慢慢地就开始做噩梦。这家主卧被房东锁上了，说是用来放杂物，那天晚上我上厕所，感觉主卧里有莫名其妙的响动，我就打电话找了我师兄过来，一起把主卧的锁给砸了！我们在房间里检了半天，发现衣柜里面有一个暗格，一打开，里面竟然放着一个白玉罐子！就贴在我房间的那面墙上，中间墙皮很薄，感觉手指稍微用点儿力就能给戳穿了。我师兄一看，说这像是个骨灰罐，我们也没敢动，直接报了警，警察一化验，里头还真是……"

伴随她的叙述，陈阳眼前瞬间闪过当初警察打开衣柜时，房东阿姨让他轻点儿的那副嘴脸。

她一定一早就知道里面放着什么！后知后觉的陈阳头一回觉得腿软。

因为热度持续上升，警方很快公布了消息——

经核实，罐子内存放的确实是房主刘女士儿子的骨灰，刘女士因太过思念儿子才会做出此举，后来又在进一步的了解中得知，那些情书也是刘女士仿写儿子的语气写的，她一直不愿相信儿子已经离开她，在她的潜意识里，儿子应该长大成人，到了追求喜欢的女孩的年纪，所以她才会做出这些举动。在对刘女士进行了思想教育和心理疏导后，刘女士也表示后续会将儿子的骨灰下葬，入土为安。

因为法律没有规定不能把亲人的骨灰放在房内，司法部门也没办法对刘女士进行拘留，事情如此不了了之，网络上一时议论纷纷。

网上大都是骂声，说这样的行为如若不惩戒，只会导致人心惶惶；也有些人，说理解刘女士思念儿子，只是不赞成她隐瞒存放骨灰的事。

"如果是这样，那个房东阿姨为什么要给我们木牌呢……"一同浏览着消息页面的肖予呼吸愈加沉重，她紧紧拽住陈阳的胳膊，轻声问道，"是因为良心上过意不去吗？"

"好了，别听风就是雨。都过去了。"陈阳轻轻推了她一把，故作淡定，"网络上的言论真真假假，看看就得了，当真就输了。"

说着，她关掉了网页。

十一　香婆

1

家里的白猫不见了。

我记得去上学的时候，它还眯着眼睛在院子里晒太阳，细长的胡须在阳光的映照下宛如镀金的丝弦，一抖一抖，默不作声地望着我走远。

可等我放学回家，始终不见它的身影，我找遍家里所有角落，再也没找到它。

一开始，我只以为白猫是跑出去玩了，但一周过去，它都没有回家。我的同桌方源听闻这件事，笃定地说，白猫肯定死了。

方源是我们班最瘦小的男生，皮肤细腻白净，一双细长的丹凤眼微眯，问道："你难道不知道咱们红遇村有段关于鼠吃猫的历史吗？"

我连连摇头，他突然笑了，嘴角快要咧到耳后根。

最近他喜欢跟我攀比，比谁作业写得快，谁饭吃得多，甚至比谁从班级跑到学校门口用的时间最少……所以现在他见到一脸迷茫的我，内心暗暗自得，清了清嗓，开口道："我爷爷说，二三十年前，红遇村闹过一次很严重的鼠患，当时很多人家的猫都让老鼠给咬死啦。"

"你瞎说，"闻言，我瞪大眼睛，脑中霎时浮现出动画片《黑猫警长》里一只耳舅舅的形象，觉得十分割裂，"我不信，而且这跟我家白猫失踪有什么关系？"

"这就是你的无知了。"方源继续故作深沉，撇撇嘴，"我爷爷说他就见过比猫还大的老鼠在街上跑，还会成群结队地潜进村民家里，也不偷粮食，就专门把人家养来抓老鼠的猫拖到田埂上或庄稼地里咬死！从那之后，村民就默认，只要离家三天以上的猫，就不寻了，因为多半是死在外头了。"

方源的爷爷是红遇村的传奇人物。

方爷爷文化高，学过医，早年当过卫生兵，上过战场。退役后他回到红遇村，成了当地第一个赤脚大夫，威望很高。即便他现在已经退休，但还会有人点头哈腰地请他出山看病。不过他看了那么多年病，人已经疲了，现在最爱做的事就变成了带孙子，只要爷孙俩凑在一块儿，他就给方源讲故事。

方爷爷见多识广，肚子里又有墨水，所以总能把自己以前的经历讲得绘声绘色。可方源只会"鹦鹉学舌"，但又学得不精，东一榔头西一棒槌地瞎讲，听得我一头雾水，心中充满疑惑。方源见状瞬间恼了，非要我晚上去趟他家，听他爷爷亲自讲故事，以证明他所言非虚。

黄昏，紫红色的天幕和远处的山麓交织，炊烟渐起，星河渐明，村里也渐渐亮起灯火。

踏进方源家院子时，我发现他竟然都摆好了听故事的阵仗——屋檐下，一把摇椅搭配上两张木凳，尽显悠闲，而旁边矮脚茶台上，清茶、花生、瓜子还有一袋拆了封的红枣干摆放得整整齐齐。而院子里，还有一位身着白褂的老者，他一边熟练地摘着蚕豆，一边眯着眼睛打量着我，单薄的褂子随风飘动，更显得他身形枯瘦。

"快来。"方源闻声从屋里走出来，见了我，立马招手，要我坐下。

我怯生生地跟在方源身后，老人见我走近后扔下手中的蚕豆，搓了搓手上翠绿的枝叶，喝了口茶，接着从腰间抽出焦黑的烟斗，笑道："说吧，两个小娃儿，要听点儿啥子？"

"就是那个吃猫鼠！"方源抢话，急不可耐地道，"他家猫消失好几天了，下午我跟他说多半是死了！他不信！"

相比方源的急切，我平静许多，毕竟除了听故事，我是真想知道自家猫的下落。

"方爷爷，我家白猫难道真的是在外头让老鼠给祸害了吗？"

"这可不敢乱讲，"老人咂咂嘴，连连摇头，"我只晓得，红遇村确实发生过这样的事情。当年鼠灾，吓得家猫不敢出来，那时候大家都说丢了的猫不用寻，定是被咬死了。但现在年代不一样了，很多东西也是在变的……"

方爷爷说着，嘴里吐出了个烟圈，在半空中缓缓打了个旋儿，他咳嗽一声，用干哑的嗓子将陈旧的故事娓娓道来——

我们居住的红遇村，地处西南。

早几年村子水利工程不发达，又受到黄河改道的影响，自然灾害频生，换句话说，就是看天吃饭。

为了避免遇上天灾、颗粒无收的情况，那时家家户户都有囤粮的习惯。因此，相较于别的村落普遍选择养狗看家护院，红遇村村民反而要选择养猫用来抓老鼠，以保障家里囤积的粮食不被糟蹋。于是，猫在以前的红遇村可是个香饽饽，为村子解决了不少鼠患。

可偏偏有一年立春过后，事情开始不对劲儿了——村里的猫开始不约而同地大量消失。

一般，捉老鼠的猫都颇有灵性，它们整日在院落里巡逻，从不出远门。可不知道发生了什么，曾经在村里威风凛凛的猫一反常态，一部分突然消失，没了踪影，剩下那一部分意志消沉，也不捉老鼠了，就窝在家里的某个角落藏着，打也打不出去。

事情发展成这样，任谁也清楚这不太对劲儿。

于是村民们联合把这件怪事上报给了村委会，由村委会牵头，组织人员进行调查。毕竟鼠患年代，猫算是家里的头等财物，就算丢也不能丢得不明不白。

随着村委会的调查深入，失踪的猫在荒野、庄稼地和不起眼的排水沟里被悉数找回，但让人感到惊悚的是，这些失踪的猫竟统统被啃食得面目全非！

更奇怪的是，随着猫的死亡数量增多，村里老鼠的体形也一天天见长，有的村民在家里的房梁上看到过比猫还大的老鼠！最夸张的时候，有些老鼠蜷成一团时甚至比猫还大上半圈，它们嚣张得很，拖着长尾巴在道路上穿梭，根本不怕人。但偏偏这种老鼠也不偷粮食，只对着猫吱吱叫，看到猫就成群结队地扑上去。

后来，见猫躲在家里不出门，它们就潜进院子，登堂入室，将猫咬死在家中，还把尸体叼到灶台上，像是在对村民挑衅。

一时间，恐慌在村里蔓延，有人怕再这样下去，猫死完了，鼠患会更加泛滥。村委会没办法，为安抚人心，派人请了位先生，在红遇村后边的山腰上修了座庙，唤作"鼠庙"。

巧的是，鼠庙落成之后，鼠患也慢慢开始平息。

后来国家扶贫力度加大，农村建设和助农项目的落地让红遇村的情况逐渐好转，村子有了钱，不再靠天吃饭，渐渐地，村民也就不再将猫视为必需品……

"妈妈，你知道鼠庙吗？"

回家后，我把这个故事转述给了妈妈。她闻言笑了笑，说只晓得后山确实有座荒庙，但早些年因地震已经坍塌了，没想到这其中还有这么一个故事。

"那你觉得会有吃猫的老鼠吗？我们家的白猫也会被吃掉吗？"我追问道。

妈妈闻言有些出神，只是看着我，没有回答。

2

当晚，我做了一个梦。

梦里，一只体形与壮年男人相当的老鼠，两脚直立，横冲直撞地冲进院子里，从我的床下拖出那只陪伴我长大的白猫，一口咬掉了它的脑袋。

噩梦的冲击感太过强烈，惊醒时，我急匆匆看向床底，却真的发现了白猫的尸体。

但它并不像梦里那样没了脑袋，相反，它走得很平和，就像睡着了一样，但躯体已经僵硬。

我哭着跑出去将这件事告诉了妈妈。安葬好白猫后，妈妈安慰我，说是白猫年龄大了，知道自己大限将至，所以才选择躲起来独自离开，村里的动物都会这样，生老病死，没什么好稀奇的，也谈不上诡异。

可我不相信这两件事之间没有一丁点儿关系，于是我把这个离奇的梦告诉了方源，只见他眼睛滴溜溜地转，提议道："我们可以上山去找一找那个鼠庙。"

十岁，正是求知欲最旺盛的时候，听了古怪的故事，遇上了不对劲儿的事，那就要勇往直前，探个究竟。

二人说干就干，放学后，方源在小卖部里买了两瓶可乐和一包饼干，而我去食堂拿了四个窝窝头。我们约好不告诉父母，但一定赶在天黑之前回家。

就这样，我和方源出发了。山路远比想象的凶险、难走，早几年还有人上山摘野菜，但随着自然灾害频发，原本的指示标志大量缺失，山路也大多被压垮，行人便不得不改道而行，于是在此徒步穿梭的人就变得少之又少。村里面，家家户户都告诫孩子们"不要到处乱跑"，毕竟山林地势复杂，对于不熟悉路况的孩童来讲，稍不注意，就是遁入了迷宫，很可能发生意外。

很快，我和方源迷路了。

我们不仅没找到庙，就连回去的路也找不到了。眼看天色渐黑，身周的一切都在慢慢陷入黑暗，脚下的路也越发看不清，我们开始慌了。

"我们要往下走，一直往下走才是对的。"方源的声音有些发抖，不再是先前那副威风凛凛的模样，他说话底气明显不足。

"不对，刚才我们是换了一条路的，盲目向下，会走到相反的方向吧。"我心乱如麻，出言反驳道。

方源想了想，没再说话，眼巴巴地看着我，仿佛在等我指一条正确的路，可我也不敢贸然前行。

我和方源在上山之前根本没考虑过带手电筒，随着太阳彻底落下，陷入黑暗的我们又怕又饿，更不敢贸然前行，只能待在原地分食掉带来的食物，然后依偎在一起，咬着牙，凭着最后的一点儿倔强忍住不掉眼泪。

"晚上……会不会有狼啊？"方源小声嘟囔道。

忽然，呼啸的山风吹来，牵扯出一片诡异尖锐的声音，这下我们不敢再坐以待毙，只能手拉着手继续迷茫地前行。

我们又盲目地走了大概二十分钟，不远处忽然闪烁起灰蓝色的光点。

"看，好像有人！"我惊呼道。

光源是如同希望般让人振奋的东西，我和方源振臂高呼，朝着光源的方向跑了过去，离近一看，却发现那是一座没有墓碑的野坟，而忽闪忽闪的光点是火焰，正在它的上空燃烧。

寒意瞬间侵袭了我们，即便看不清路，我们也疯狂地哭叫奔跑。但可怖的是，那团蓝色的火焰似乎跟在我们后面飘动！

"救命，救命啊！"心理防线瞬间崩溃，我一个不注意，在泥泞道路上跌得灰头土脸。

痛感来袭，我没忍住，"哇"的一声哭了出来。就在我哭着以为我这辈子就到这儿的时候，我听见了妈妈的声音。

"周海！方源！是不是你们？"

我抬起头，只见不远处出现了数个手电筒的光点——那是上山来寻我们的大人！

"是！是我们！"我扯着嗓子，用尽全力回应。

除了我和方源的父母、亲戚，前来寻找的人里还有一位身形佝偻的陌生老太太，她头发花白，着一身雨披似的藏青色尼龙罩衫，遮住了脚。

他们来到我们面前，妈妈又气又心疼地将我们抱在怀里。我刻意回头看了一眼，跟在身后的火焰已然消失，接着我便哽咽着把蓝色火焰的事情告诉了妈妈，她闻言有些困惑，一时没接话，倒是那位老太太先开了口，认真道："那是磷火，不会伤人。"

话一出口，大家的脸色都变了，人群里有人不禁问道："那……会影响孩子吗？"

"不影响的。"老太太摆摆手，一副见怪不怪的样子，"不是什么脏东西，只是一种自然现象。"

她的威望似乎很高，此言一出，大人的表情都缓和了。

一行人浩浩荡荡下了山，回到村口，我和方源的父母甚至要跪谢那位老太太，但老太太没有接受，只微微笑了一下，表示举手之劳，然后便转身离开。而大人们则待在原地，恭敬目送，直到她的身影彻底消失，才四散回家。

"那个奶奶是谁？"

到家后，虽然才领了一顿臭骂，我还是忍不住问道。

"闭嘴，睡觉去！"

爸爸照着我的脑门拍了一掌，奔波的劳累和担心让他的脸上蒙了一层阴影，他的声音很沉，像要训人，我只得乖乖闭嘴走进自己的房间，要关门时，才听见父亲补上一句。

"那是香婆，是她帮忙带路，我们才能找到你和方源。"

香婆在我们村子里是个德高望重的人物，和方爷爷齐名。

虽然她不爱露面，但上到八十岁老人，下到三岁小童，对她都略有耳闻。村民们都说她是个有本事的神人，祈福算卦样样精通。她没有丈夫也没有儿女，独身一人住在村东头的老屋里，办事看病也不收钱，就收些米面粮油，有些老一辈的人还管她叫"活神仙"。

原来那老太太就是香婆，我闻言惊诧不已。

方源没有来上学。

他本就瘦小，山风又大，还受了惊吓，听说回去当夜便发了高烧。

我作为班级代表去看望他时，得知了他的情况并不乐观——高热、昏睡，听方爷爷说，偶尔还会惊厥，抗生素吃下去也不见好。

渐渐地，便有人说，定是那晚方源见了磷火，才迟迟不见好。

大人们火急火燎地去请香婆来看病，我为了凑热闹，也守在床边不走。

不多时，香婆被大人们簇拥着来了。她仍穿着那件罩衣，一张小而尖的脸，衬得鹰钩鼻格外醒目。她走过来，伸出苍老的手摸着方源的额头，又把他的手从被窝里拉出来看了看，告诉大家："不碍事，处理一下就行。"

大人们听从香婆吩咐，从她携带的布包里拿出四炷签香递了过去，但她没点燃，只双手合十，将香放在手心，接着跪在地上念念有词。

我不懂这卖弄的是哪门子玄虚，可很快，房间里便弥漫起一股奇特香味，像是油脂夹杂着花香，萦绕在鼻间，叫人不自觉想要将每一口气都呼吸到底。可她手中的签香明明没有点燃，我瞪大眼睛观察，不多时，只见一缕淡淡的青色烟雾飘了出来。

渐渐地，房间里的气味越发浓烈，香婆于烟雾中缓缓站起身来，抽出手中一根签香碾碎成粉，涂在了方源的额头和掌心，方源的口中发出"呃呃"的声音，但又很快安静下来，我踮起脚，发现方源脸上的表情似乎比之前要舒展许多。

"好了，剩下的香拿到火盆里烧了吧。"

做完这一切，香婆把手头剩下的签香交给了离她最近的方爷爷，说完便要走，这时忽然有人开始追问山上的事。

"是娃儿身子弱，气不稳，被吓一跳就跟丢了魂儿似的，和磷火没什么大关系，你看另外一个不是好好的嘛。"她摆摆手，朝我所在的方向抬了抬下巴，走出门去，又回头看了一眼方爷爷，"至于磷火究竟是什么，这得问方医生，他有文化，解释得清。"

她走后，方爷爷也不故弄玄虚，耐心为大家讲解道："人的骨头里含有磷元素，尸体腐烂后经过变化，会生成磷化氢，磷化氢的燃点很低，可以自燃，所以干燥的气候下，坟头可能会形成火焰，而行走产生的风会将它带动起来，这才会让人感到害怕。"

神秘色彩土崩瓦解，大家倒觉得无趣，听完便纷纷离开房间，各自忙碌去了。

但只有我是个不撞南墙不罢休的。看香婆说话的姿态，她和方爷爷似乎是相熟的。昨夜走失的教训并没有磨灭我的求知欲，和方爷爷一起守在方源床边时，我好奇地发问："方爷爷，您和香婆很熟吗？"

"还行，早些年给她看过病。"方爷爷并不避讳，有话直说，"她是个苦命的，变成现在这模样，也许也不是她希望的。"

闻言，我张大嘴巴："香婆也会生病？"

"是啊，她最开始遇到怪事也会害怕，还四处打听，到我这里来求医。可惜……我救不了她。"

方爷爷见我一头雾水的样子，温柔地笑了，大方地给我讲起了香婆的故事——

3

香婆原名叫刘芬，不是红遇村本地人。

方爷爷第一次见她时，她还是个年轻姑娘，怯怯地捂着肚子进了门，坐在椅子上，声如蚊蝇："方医生，我可能得了奇怪的病。"

看她的姿势，方爷爷以为她是怀了孩子不好意思说，便支走了旁人，等问诊室里清净时，才小声道："什么病？"

结果接下来刘芬的一席话，却让方爷爷这个自认为见过大世面的人都傻眼了。

据她所说，她家里穷，为了过日子，前些天便上山想学人家挖些野菜贴补家用，可挖着挖着，她便迷了路。黄昏时分在山上寻找落脚点时，她发现了一间破庙。

破庙里一共三处殿堂——正殿和左右偏殿，整体建筑古旧，甚至有小半坍塌，就连殿头供奉的佛像都坏了大半边身子，看不清样貌。但因为找不到下山的路，她也只能待在相对干净一些的偏殿，将就睡一晚，至少能遮风挡雨。

可夜里，她被一阵走路声吵醒了。

她探头往窗外一看——只见是一群人陆陆续续地走进来，排成一个奇怪的队形，开始朝大殿祭拜。为首的穿着花袍子。

这样的场景实属不太正常，但她不敢出声，心想等他们拜完就好了。可奇怪的是，他们拜完也不走，反倒招来外面的人抬来一口巨大的铁锅，支起柴火，像是要做饭，不多时，整座庙里便弥漫起一股奇香。

伴随气味不断升腾，领头人开始带头念着什么，领着众人围着大锅转圈。

"这是你的梦吧。"方爷爷忍不住打断她。

刘芬没有理会方爷爷，继续道："方医生，当时我很害怕。"

"但这跟你的病有什么关系？"方爷爷一头雾水地发问。

"您听我说完，没过多久，他们发现了我。"说着，刘芬又低头看了看自己的肚子，"我被他们拖了出去，根本无法反抗，只能眼睁睁地看着他们将铁锅里那种带着奇香的油灌进我的肚脐眼里。我疼得昏死过去，等第二天醒来时，便发现自己已经被人丢到了山下，您看，我的肚脐……"

她一边说，一边撩开衣服，拆下裹在腰腹上的纱布。而眼前的景象也让方爷爷这个行医多年、救治过无数伤员的老卫生兵不禁咋舌——只见她的肚脐眼处，长出了一圈堪比成年男人拳头大小的灰黑色毛发。那毛发很短，很细密，比起人的头发，更像是动物的毛皮。

更要命的是，随着那团毛发的暴露，方爷爷嗅到了一股奇异的香味，像油脂混合着花香，这种味道他从来没有闻到过。

"是刚才的那个味道吗？"

我惊诧道，但方爷爷并未回答，只是继续说故事。

"我没有见过这种怪病，也很担心她的病情会造成更大的影响，只能提议让她转到更大的医院救治。但她没有接受我的好意，也并不恼火，只淡然地问我：'方医生，您相信我的话吗？'就离开了。也许是其他医生听了她的故事，都将她当疯子，她才会这么在意我对她的看法。后来，等我再见到她时，她已经成为香婆了。"

"那您相信她的话吗？"

我顺着方爷爷的话问下去，他低头狠狠抽了几口烟，呛鼻的旱烟叶味道萦绕在房间中，我忍不住龇牙，这时有人推开了房门，是方源的妈妈来传话："周海，你妈妈来接你回家了，快去吧，不早了。"

见状，方爷爷自然而然地忽略了我的问题，摆摆手，示意我快回家。

入夜，我仍思索着那个离奇的故事。

我翻来覆去，无法入睡，盯着空无一物的天花板发呆。忽然，我的耳畔突然响起一声熟悉的猫叫声，我一侧头——竟是我那只死掉的白猫正站在我的床前！

它"喵喵"叫着，像是要为我带路，摇摇尾巴，朝外跑去，我也连忙穿鞋跟上。

堂屋里静悄悄的，家人们许是都睡了，没有人注意到异响。我追着白猫离开了家，走到村口，爬上山坡，在泥泞的道路上穿行，风拂过我的身体，我却丝毫感受不到凉意。

跟随白猫的指引，我来到山腰一处空旷的地方，那儿有一座庙宇。

这次白猫没有等我，它一头扎进了庙里，不见踪影。我追逐而去，踏进腐朽的红门，眼前骤然出现三间破败的殿堂，朱砂红的墙皮大面积脱落，露出内部斑驳的石砖，灰黑的瓦片上沾满青苔，满是风雨留下的痕迹。

这儿到底是哪里？

我心头困惑，走入正殿，映入眼帘的便是一尊巨大的铜刻神像，我细细看去，竟发现本该庄严的铜像却是鼠面人身！我瞬间骇然，环顾四周，惊觉殿堂中所有为这尊铜像作衬托的小像均是如此，鼠头人身的怪物握着法器，十分违和。

"快躲起来！"这时，有个清脆的声音突兀地从我的背后传来，"他们来了！"

我转眼看去，发现出声的是个年轻女人。

她身上的布衫打满粗糙的补丁，她不安地四下张望，慌慌张张地做着噤声的手势，给出一句没头没尾的提醒后，就连滚带爬地跑出正殿，躲进了左面的偏殿。

不明所以的我愣在原地，直到庙宇外响起如同行军般整齐的脚步声时，我才反应过来，然后惊惶地藏到那尊巨大的铜像背后。紧接着，我看到许多身着灰色长袍、戴着斗笠的人排成行，在一个身着花袍人的带领下走进了庙宇，停在被三座殿堂包围在中间的空地处。

接着，他们像是在做某种仪式般，朝着正殿作揖、朝拜，没过多久，他们还搬来一口巨大的铁锅，开始围在一起熬煮香料，当香气飘进殿堂时，我恍然大悟——这是香婆身上的味道！

难道领头之人是香婆吗？

我努力想要看清那些人的模样，可奇怪的是，月色下，所有人的脸上都像被蒙着一层薄雾，让人无法看清他们的样子。

铁锅里的不明液体沸腾得很快，香味不断四溢，穿花袍的人指引着一众人驮着巨大的麻袋走到铁锅前，麻袋被打开后，里面竟是无数只颜色各异的猫！大家合力拉住麻袋的底部，一股脑将猫倒进铁锅，接着他们开心地跳起了舞蹈，团团围住铁锅，像是在庆祝、在狂欢，风撩动他们的长袍，露出他们身后那一条条又粗又长的老鼠尾巴！

见状，我顿时毛骨悚然，然后颤抖着把头缩回铜像后，不敢再看，直到外面又响起了刚才那个女人的尖叫声。

"你们要干什么！放开我！"

我再次鼓起勇气探出头去，竟发现女人被他们抓住，按倒在地。我汗毛乍起，浑身紧绷，可发软的肢体无法做出施救的举动，只能眼睁睁地看着，紧接着，在穿花袍的人的示意下，一个毛头小子如同泥鳅入土一般，生生钻进了女人的腹中，凭空消失了！女人的肚皮上甚至没有伤口，只有一圈怪异的灰黑色。

忽然，他们像是感应到什么似的，抬起头来，不偏不倚与我四目相对。这时，我的视线倏然清明，像是玻璃上的雾气被揩去，而我也清晰地看见了他那紧缩的瞳孔、尖长的嘴、黑色的胡须——

那是一张老鼠的脸。

"不！"我崩溃，哭号着想要逃跑，双手胡乱挥舞，胸口剧烈起伏，偏偏像有人从后面拉住了我，势要将我紧紧搂入怀中。

"周海！怎么了，做什么梦了？"

是妈妈的声音！

当我再次睁开眼睛时，庙宇早已不见踪影，我正安稳地睡在自己的床上，背后早已被汗湿，身体脱力，而妈妈坐在床沿，抱着我，一脸担忧之色。

原来刚才的一切不过是一场噩梦，我大口大口地喘气，颤巍巍地缩在妈妈怀里，痛哭流涕。

没人相信我做了一场和方爷爷口述的故事几乎毫无偏差的梦。

就连回来上学的方源也不相信，他说："你还挺有想象力的，听什么故事做什么梦，下次你多看看那些成为世界首富的故事。"

见我不想搭理他，方源又提议道："要不让香婆也来给你看看病？"

他的病确实是香婆看好的，第二天他就从床上爬起来，生龙活虎，连吃了三十个饺子。因此他现在挂在嘴边的人物除了他爷爷，又多了个香婆。

放学后，方源硬要拉着我去村东头的破屋找香婆看病："消除恐惧的最好办法就是面对恐惧！"

短视频里的口号让他学得有模有样，可我们到了香婆那破破烂烂的小屋时，始终不见香婆的身影，我莫名松了口气，方源却很失落。

"快走吧。"我催促着方源离开。

但他不想走，还大大咧咧地闯进了人家院子里，四处翻看——和寻常人家的住所不同，香婆的院子里既没有水缸也没有粮食，空荡荡的，仅有几块散落的红砖以及一些锈迹斑斑的铁笼子。

方源找了根木棍，挑起其中一个，捏着鼻子跟我说："你有没有嗅到院子里有股腥味？"

与此同时，破旧的棚屋里传出来一些似有若无的呜咽声，我心中大惊，拍掉方源手上的木棍，拉着他，害怕地跑走了。

虽然，我说不清我在害怕什么。

不久后，因为政策变化，红遇村和附近几个村的小学将会面临拆迁合并，但大部分村民并不看好此举，许多家庭条件尚可的村民为了孩子的未来，选择将家搬到了就近的县城，我和方源也在其中。

毕竟人往高处走，水往低处流，这一走就是十来年。

等再回红遇村时，我已经二十多岁。因为自家在村里的老房子被划进了征地范围，暑假时，我陪父母一起回来办手续，顺便在老屋里住了几天，就当是向童年告别。

最近村里热闹，回来的人几乎都是为了拆迁的，也纷纷小住了几天。

村委忽然传来消息，说村东头的香婆去世了。

妈妈听闻香婆去世的消息，打算让一家人也去送送，毕竟她这一生为村里做了不少善事，又没有子女，后事操办得热闹点儿也好。

村民们几乎也有差不多的想法，一时间，几十年如一日破旧的小屋外挤满了来帮忙的人，由村委带头进去为她整理遗容，而我和妈妈挤在外头，看看有没有什么能帮忙的地方。

突然，屋内传来尖叫声。

村干部惊慌地出了门要遣散人群，说里头发生了些怪事，偏偏几个不怕事的村民带头开路，自发拥进去，说老太太一生行善，能有什么怪事，而包括我在内一些好奇的、不算特别避讳的人也跟去看热闹。

光线昏暗的房间里，只见香婆躺在床上，双目紧闭，十分安详，但可怖的是，她身下竟有一条没有毛皮的肉色尾巴，如同一条硕大的蚯蚓一般。

那一瞬间，童年的噩梦像是一场按下重播键的电影，填满了我的脑袋。

4

不多时，村里的医生来了。

他看过后，说香婆怕是吃错了东西，染上了寄生虫，让大家不要惊慌。

众人虽然心头惶惶，但也决定先让逝者入土为安，而那些看热闹的人也不再围观，等香婆的后事处理完，便纷纷散了。

回家的路上，妈妈忽然没头没尾地主动问我："小海，你还相信方爷爷的那些故事吗？"

"啊。"我浑浑噩噩地应了一声。

"其实很早以前，我也和你听过一样的故事，甚至和我的朋友一起在半山腰找到了那间所谓的庙。"

"真的？"我好奇地问道

"我现在还记得，那里有三间殿堂，正殿里有鼠头人身的铜像……我们很害怕，紧忙去叫了大人来，可大人来了，庙就变成了一间又破又烂的小亭子，那个时候我就想，也许是我在做梦吧。"

妈妈喉头微动，像是哽咽，她轻轻揽住了我的肩膀。

幸好这一切只是场梦。

十二　怪同学

1

　　寝室内，三个女生围坐在下铺的一张床上，嗑着瓜子，窸窸窣窣。

　　"听说了吗？宿舍楼下经常出现的那只橘猫死了。"

　　"真的？怎么死的？"

　　"好像是让流浪狗咬死的，被扔在了台阶上，我早上去晨跑那会儿宿管阿姨正收拾呢，那真是……哎，孟舟！你下巴是漏的呀，瓜子壳全掉床上啦！"

　　被单上惹眼的渣滓打断了原本正滔滔不绝的江黎明的话，她话锋一转，没好气地拧了身旁的孟舟一把："快拍掉哇，好邋遢，受不了。"

　　"拜托，江舍长，这是我的床，怎么你比我还急……"

　　被说的孟舟撇撇嘴，但还是配合地拉直被单，将瓜子壳的残骸簌簌抖落进床边的垃圾桶里，江黎明见状，这才满意地点点头："这下舒服了。"

　　这学期江黎明当舍长，她已经快被检查卫生的宿管阿姨磨出了洁癖，眼里可谓揉不得沙子，更见不得不讲卫生、垃圾乱丢的行为。

另一边，同样参与了这场闲聊的陈芳听了二人的对话，也顺手把掌心里握着的瓜子壳一同扔进垃圾桶，拍了拍手，将话题拉回正轨："明明，继续说，咱学校里哪儿来的流浪狗啊，抓着没？"

"没抓到呢，其实也不确定是不是流浪狗干的，因为没证据嘛。"江黎明叹了一口气，似乎是回忆起早上的见闻，随即龇牙咧嘴地道，"不过小橘猫真的很可怜，有目睹的女生都哭了。"

闻言，其余两人的五官下意识聚拢起来，就在三人心里难受时，寝室的门被"嘎吱"一声推开，进来的女生见到她们的表情，顿了顿，一言不发地将手头的东西放在自己的书桌上后，随即便头也不回地离开了。

而她关门的声音明显比开门声大了许多，这让江黎明有些不爽："真是怪得很，我们又不是在说她坏话，怎么她进门就摆着一张脸，也不说话，走的时候还摔门，给谁看呢？"

"哎呀，你又不是不知道。"孟舟当起了和事佬，劝道，"温衍本来就是那个样子。"

温衍就是刚才那个开门进来的女生。

大二下学期，她才被分到这个寝室，但整个寝室里除了脾气最好的孟舟能和她说上两句话，其他人跟她的关系都很紧张。因为她是生病休学后又回来复读的，年龄要比其他人大，性子也孤僻，就显得有些目中无人。进宿舍那天她就把大家得罪了个遍，尤其是江黎明。

当时，为欢迎温衍加入，舍长江黎明主动示好买了零食、彩带、气球，热热闹闹地邀请大家晚上一起聚会，可等到蛋糕上的奶油化了，气球瘪了，都不见温衍人影，直到临近熄灯前温衍才若无其事地回到寝室，自顾自地卸下背包和耳机，开始整理行李。

"我说了我不爱吃零食，也不参加聚会，你们没听到吗？非要等我干什么？"温衍斜眼扫了一下桌上的零食和蛋糕，起身道，"麻烦让一让，我要洗漱。"

她说完便径自去了阳台上的洗手池那里。见状，江黎明的脸黑了半边，陈芳也不说话，只有孟舟追上去，将手里的开心果分给她："吃点儿吧，大家都是一个寝室的，也是想欢迎你。"

孟舟说了一通，温衍才不耐烦地接过开心果，壳没剥就直接扔进嘴里嚼，嘎嘣作响。

"这个壳儿不能吃啊……"孟舟吓了一跳，赶忙让她吐出来。

…………

"你管那么多干什么？"事后，江黎明也怪心疼孟舟的，说她多事。

那日后，大家从辅导员那里了解到温衍是江州本地人，家里条件也不错，她生得白净高挑、相貌出众，江黎明便认定温衍是瞧不起她们。

"她爱怎么吃就怎么吃，说不定人家就爱这么吃呢。"

看温衍走了，三人也没了聊天的兴趣。

江黎明嘟嘟囔囔地说着对温衍的不满，脸色也不好，孟舟不想室友之间的关系相处得如此尴尬，眼见到了饭点，便顺水推舟，拉着江黎明和陈芳去校外吃饭。

今晚三人打算吃顿好的，专程坐公交去了较远的商场。

她们回来时，天已经全黑了，夜风寒凉，宿舍楼下好多对情侣黏在一起互相取暖，像是扯不开的牛皮糖。远远地，孟舟看见温衍正坐在阶梯下的长椅上往嘴里塞着寿司。

她的脾气和口味一样别致，平日从不跟室友们一同吃饭活动，无论早晚，都爱点附近的寿司外卖一个人吃。但这也没什么稀奇的，稀奇的是今天她的身边也黏着一个男生，高高大大的，同她并肩坐着，还帮她举外卖盒，殷勤得很。

三人路过时，并没有同她打招呼，唯有陈芳多瞄了几眼，小声道："她身边那个男生是景观工程专业的刘江吧？上次还参加了学校宣传视频拍摄呢。"

"好像是，"江黎明也瞄了一眼，确认情况属实后，叹气道，"嘻，刘江怎么就喜欢她了？"

"哎呀，别这样说，"孟舟劝道，"你俩是上下铺关系，低头不见抬头见的，别那么针锋相对。"

这话讲完，孟舟就被江黎明赏了个白眼。

晚间，孟舟和江黎明一同洗漱，江黎明突然冷不丁地说："你知道我为什么那么讨厌温衍吗？"

江黎明说着，又瞄了一眼寝室内的陈芳已经戴上耳机躺在床上追剧，才开始后面的叙述："其实我讨厌她不全是因为她那副目中无人的模样，也不是嫉妒，是她真的有点儿不正常。你记不记得她刚搬来时，有一天晚上你和陈芳出去看演唱会没在寝室住，我睡在她下铺，半夜被尿给憋醒了，睁开眼睛正准备上厕所，却发现住在上铺的她把床板扒开一条缝儿，正直愣愣地透过那条缝儿看我，还笑！快要吓死我了！我问她干什么，她居然说她在抓蚊子，简直胡说八道！"

"什么？咳咳……"孟舟听完也吓了一跳，差点儿把嘴里的牙膏泡沫咽下去，呛了一嘴，不停咳嗽。

江黎明把目光挪向自己的床位，又说道："不然你以为我后来为什么要装床帘啊。先前没跟你们说是知道陈芳胆小，她睡上铺跟温衍正对着，我估计温衍半夜也这样看过她。得亏她睡眠好，从不起夜，没发现。说真的，我不知道你俩有没有听见，温衍半夜老是说梦话。"

"还真没听到过，"睡眠同样很好的孟舟灌了口水，叽里呱啦地道，"她说什么你听清了没？"

"就听清一个'救命'。"江黎明清了清嘴，吐出一口水，一字一顿道，"因为她每次说梦话必然带着这俩字。"

救命？救谁的命？

孟舟一时摸不着头脑，江黎明同样如此。

"刚开始我以为是她做噩梦了，也考虑过要不要把她叫醒，甚至有一次我都坐起来准备敲她床板了，却忽然听见她又开始小声地'咯咯'笑，像是小孩的那种声音。你小时候玩过那种路边摊上的娃娃没，一拉绳就'咯咯'笑的，有点儿类似那种。"

江黎明回忆着，瞬间起了一身鸡皮疙瘩，耸耸肩膀，表示很无奈："你说她半夜一会儿喊'救命'，一会儿笑的，声音也变来变去，换你，你能……"

话还没说完，阳台的门被不知何时回到寝室准备洗漱的温衍一把拉开，江黎明剩下的话瞬间噎住，三人一时对望无言。

不多时，温衍自顾自摔门进了卫生间，不再理会二人。

2

这一夜孟舟辗转难眠。

也不知道是因为背后说人被抓现行的愧疚，还是因为江黎明对温衍奇怪行径的描述。夜深人静的时候，她总是忍不住去关注斜上方温衍床铺的动静——

温衍真的会说梦话吗？她会半夜爬起来四处张望，带着诡异的笑声吗？

除了上铺陈芳的鼾声，寝室里没有其他声音，孟舟兀自叹息，觉得自己可能想多了，于是便翻了个身，不再面对过道。然而翻身后，她却听见了身后的异常响动。

"喵喵喵……"

好像是猫叫，难道有野猫翻窗进了宿舍？可阳台门不是锁上了吗？

带着疑惑，孟舟转头，只见一个黑色的人影蹲坐在她的身旁，阳台穿透进来的月光不偏不倚地照在对方脸上——

那人是温衍！满脸是血的温衍。

她凑在离孟舟脑袋不足半米的地方，用手指做出"嘘"状，嘴里发出"喵"的一声，那一声叫唤仿佛是猫临死前发出的惨叫声……

"啊！"

一声尖叫声打破了宿舍的宁静，孟舟"噌"的一下坐了起来。

天微微亮，晨光透过窗帘缝隙洒进室内，在地上画出一条光束，过道上空无一人，斜上铺温衍的床位上也空无一人。

"怎么了怎么了？"寝室里其余两人被孟舟的惊叫声吵醒，摸不着头脑地问道。

"孟舟，你做噩梦了？"先反应过来的陈芳从上铺探下来半个脑袋，看了眼脸色惨白、正大喘气的孟舟，好心安慰，"没事没事，冷静点儿。"

"呼……"

孟舟也渐渐从惊悸中缓了过来，活动了一下麻痹的四肢，确认自己真是做了一场梦，不由得自嘲。

她冲陈芳尴尬地笑了笑，刚想说话，又被对面江黎明的尖叫声吓了一跳。

"是谁？是谁干的？！"

孟舟循声看过去，只见江黎明脑袋边的双层床爬梯处挂着一袋生肉，滴落的血水染红了她的床帘。江黎明忍着恶心下床，发现温衍不在，只有床头的置物篮里放着超市的购物袋，里头有几袋包装好的生肉，其中一袋还被拆开。

"她什么意思？"

江黎明气得要死，等到穿戴整齐的温衍推开门回来时，一个健步冲上去揪住了她的衣领，像是要打架。孟舟和陈芳连忙一人拉一个，避免矛盾升级。但即便这样，温衍原本整整齐齐的头发也被江黎明拨乱了。

"哦，那是我买来准备做生拌牛肉的，也不晓得怎么掉出来了。"她依然是淡然的模样，耸耸肩，将那袋牛肉丢进垃圾桶里，"床帘如果弄脏的话就换掉吧，多少钱，我赔你。"

"她就是故意的。"宿舍纠纷终究是闹到了辅导员面前，办公室里，江黎明咬牙切齿，强烈要求更换宿舍。

"江黎明同学，你也知道，现在别的寝室都是满的，没法调整。再说温衍她也跟你道歉了，还说要赔偿你的床帘，你先动的手，要算起来你的问题可比她大。"年轻的辅导员苦口婆心地劝道，"各退一步吧，你消消气，事后我也找她谈谈心，让她以后多注意，把自己的东西收好。"

眼看江黎明还不肯善罢甘休，同行的孟舟在旁边拽了拽她的袖子，示意她别说了。

毕竟，就算温衍是故意的，也是她俩背后说人家在先。辅导员朝孟舟投来赞许的目光，顺口道："要不这样，你跟江黎明换个床位吧。"

下午，江黎明和陈芳出门参加社团活动，孟舟独自回到寝室，正巧遇上温衍在床上捧着搪瓷碗大口大口地吃着生拌牛肉，见了孟舟，竟破天荒地冲她笑了，这让孟舟受宠若惊。

"你要不要尝尝？"温衍举着碗，语气出奇地友好，"谢谢你早上护着我。"

其实孟舟不讨厌温衍，她俩都是园艺系的学生，有一次课堂作业她不会写，还是温衍递给她作业本，帮了她的忙。只是这些，江黎明和陈芳都不知道。

"没关系，你还是下来吃吧，别把床铺弄脏了。"

孟舟冲温衍笑笑，试探性地给出建议，没想到温衍也配合，骨碌碌从床上爬下来，就坐到了孟舟旁边，像当初孟舟给她递开心果一样递给孟舟一片肉。孟舟不好意思拒绝，张了嘴，生肉的腥味充斥整个口腔，肉类的肌理让牙齿寸步难行，左右横挪始终无法将嘴里的肉块撕碎咽下，只能含在嘴里让其变成一摊糜状物，最后强行咽下去。

找了一杯水喝下，孟舟发问："你怎么喜欢吃这种东西啊？"

"我是没办法。"嚼着牛肉，温衍叹了一句，没头没尾的。

也许是换了床位，二人拉近了关系，那天过后，温衍和孟舟俩人开始偶尔结伴去上课。

对此，江黎明的形容是以身饲虎。

一天，江黎明和孟舟一同去寝室楼下搬桶装矿泉水，她们寝室在四楼，寝室号414，但两人搬到三楼的时候就累得气喘吁吁，只好停下来歇息。彼时，孟舟正抹着额头的汗珠，江黎明却忽然像警犬一样拼命耸动鼻子，凑上来道："孟舟，你身上好像有股味道。"

"啊？"孟舟有些尴尬，举起手臂在鼻尖又嗅了嗅，却没发觉。

"有点儿腥……嗯，之前温衍身上好像就有这个味道，我敏感得很。"江黎明摇摇脑袋，惋惜道，"完了，你现在离她太近，都给腌入味了。"

真的是这样吗？

接下来几日，和温衍接触时，孟舟刻意关注了这个问题，可她始终没有嗅到任何味道。对此，孟舟也开始对有洁癖的江黎明有了些成见。

下午下课，没等江黎明二人，孟舟就自己去了食堂。

"对，是这样的，这学期就把那个女生分给我带了，我也很无奈啊……"

正往嘴里送着面条，一个熟悉的声音从前方传来——是辅导员。

"怎么说呢，她肯定也不愿意看到尸体不是，受了这样的刺激能回来读书也是奇迹了，怪点儿就怪点儿呗。只是跟她同寝的几个小姑娘肯定得受点儿影响，差点儿打起来，唉，摊上这种事我也难做。"

孟舟竖着耳朵听了听，发现是辅导员在跟同事吐槽，讲的似乎还是她们寝室闹矛盾的事，丝毫不知道孟舟正坐在身后。

辅导员声音很低，话也说得断断续续，孟舟大概能拼凑出的线索就是——温衍最初退学是因为在学校遇见了什么事，而她古怪的个性大概就是那次事故留下的后遗症。

她默默地把这个消息分享给了江黎明和陈芳，二人也很惊讶，纷纷表示要去打听一下。不久后，二人便传给孟舟一个消息——先前学校确实发生过一次事故，有个宿管阿姨带着自己的孙子来上班，小孩子说要玩捉迷藏，躲起来以后就找不着了，最后被发现死在一个女生的柜子里。

"那个女生应该就是温衍。"江黎明的眼睛瞪得溜圆，神情严肃地说道。

胆小的陈芳赶紧捂着耳朵上床去了，徒留孟舟目瞪口呆。

"当时涉事的学生很少，校方也赔了很多钱，也没人来闹……不过我也很奇怪，那个小孩子是怎么死的？"

3

"是被人掐死的。"

跟温衍一起走在去教学楼的路上时，思虑半天才吞吞吐吐问出口的孟舟根本没想到温衍会回答得如此坦荡。

"当时来装空调的水电工在宿舍里偷拿了别人的财物，被那个小孩撞见了，怕小孩叫喊，一时慌张，失手掐死了他，又怕暴露，便顺手藏进了我的柜子里。"

"那凶手……"孟舟试探问道。

"没过一周就被抓住了，被判过失杀人，无期徒刑，学校是这样告知我的。"

温衍淡然的语气似乎已经释怀，但那苦笑的表情又仿佛在说"怪自己倒霉"。二人正交谈着，一只手突然从背后搭上了温衍的肩膀，二人回头一看——是艺术学院教美术的钟老师。

这学期有一门素描选修课由他来教授，但上这门课的女生很少，因为大家都说钟老师很喜欢对女生进行似有若无的肢体接触，但还找不到证据，偏偏温衍刚回来，跟同学们关系也不好，便踩了这个坑。

"这是去哪儿啊？"钟老师对着俩人咧嘴笑，浓烈的烟味从他嘴里喷出。

"上课。"温衍不着痕迹地把他的手拨开，面无表情。

"哦，那快点儿去吧。"钟老师不以为意，心满意足地离开了。

他走后，孟舟不禁皱起眉头，板着脸骂道："臭流氓。"

她早听女生们说过钟老师的恶行，现在还如此招摇过市，实在让人不舒服，便提议道："你下次上他的课，让你男朋友陪你吧，他知道你有对象肯定就不敢动手动脚了。"

"我男朋友？"温衍一脸疑惑的神情。

从对方困惑的表情中孟舟才知道，那个在宿舍楼下给她举外卖盒的刘江只是她的追求者，她还没看上。从没被男生示过好的孟舟耸耸肩膀，只好换句话让温衍自己多加小心。

"嗯。"温衍低头看着地面，不知道在想些什么。

一周后的清晨，辅导员敲开了414的宿舍门，要求孟舟和温衍一同去一趟办公室，接受警察问询，原因是钟老师死了。

听闻尸体是凌晨在教师宿舍门口的台阶上被发现的，而半个月内跟那位老师有过交集的人都会被叫去谈话。

孟舟被问了几句，出来时，心怦怦跳个不停。

相比她的无措，温衍要自然许多，两人结伴回了宿舍，一路无言。唯有宿舍楼下一阵大风迎面吹来时，嗅到腥臭味的孟舟下意识捂着鼻子叹了一句："什么味啊？"

"什么情况？听说死人了？"

回到寝室，好奇的江黎明和陈芳扑过来问东问西，温衍看了她们一眼，像是讨厌热闹一样，抱着书离开了，不过这丝毫不影响其余三人交流。

"嗯，就是那个艺术学院的钟老师。"

"被谋杀的吗？好可怕……哎，等等。"陈芳好像想到了什么细节，"我怎么觉着跟明明上次讲的那个在女生宿舍楼下面死掉的猫有些相似的地方。"

不过人和猫到底不是一个量级，尽管学校对外宣称这是校外人员作案，事关钟老师的私生活，与学校无关，但贴吧里都在讨论这件事。

江黎明仰在床上刷手机，百无聊赖。今天辅导员通知，所有教学活动暂停，学生们都尽量待在宿舍里不要出来，大家在寝室里闲得很，半晌前，爱干净的江黎明把寝室的地拖了，还喷了空气清新剂，不过现在，刚消停下来看了一会儿手机的她又面露难色。

"陈芳，你昨天去网吧了吗？怎么我老闻到一股烟味？"江黎明环顾四周，问出这个问题。

因为陈芳有去网吧的习惯，所以常常带回来一身烟味，江黎明对此格外敏感。

"没啊，绝对没去，"陈芳探出脑袋，一脸无辜的神情，"你什么狗鼻子啊，我怎么没闻到？"

两人的交谈让孟舟稍微有些在意，因为她也闻到了那股似有若无的烟味，而且，她总觉得和钟老师身上的味道很像。

因此，夜里她睡得不踏实，翻来覆去的，总觉得有股味道，脑袋深处也像有个旋涡在转动似的，搅得她太阳穴生疼。

忽然，她的耳畔传来了温衍的梦话声，那声音像在哭，在求饶，瑟瑟发抖，似是做了噩梦。

这声音不算小，可奇怪的是对面床铺的陈芳和江黎明都没有任何反应。

艰难地睁开眼睛的孟舟准备去上个卫生间，顺便看看温衍的情况，可一睁眼，她便看见一颗脑袋——那是温衍！

她正趴在床沿向下窥视着她，头颅倒悬，长发无风而动，嘴巴一开一合，用极为粗犷、类似男人的声音问道："你要去哪儿？"

"温……温衍！"

孟舟惊叫一声，宿舍的人都被吵醒，但黑暗中的温衍不理不睬，慢慢将身体坐直，没了动静。

为了证明自己不是无中生有，孟舟当即下床打开桌前的充电小台灯，瑟瑟发抖地往温衍的床位一照——只见温衍正坐在床上，咧着嘴巴，双手对着空气，像在和谁击掌一样，左右拍合。

"什么……什么情况啊？"

孟舟死死抱住江黎明，壮着胆子，又喊了两声温衍的名字。她见对方没有任何反应，灯照在脸上也像看不见似的。上铺的陈芳也受不了了，一骨碌爬下来，一同缩进江黎明的床帘里，双手紧紧捏住床帘的开合处，不留一丝缝隙。

此刻，江黎明有床帘的床铺似乎成了她们的避风港。最后还是孟舟率先反应过来，问了一句："有没有可能是梦游？"

4

第二天，这个猜想在辅导员那里得到了证实，她确实是在梦游。

　　辅导员把三人带到办公室，不得不承认道："这个事情我是听她的家长交代过，她偶尔会有这样的行为，但毕竟这是人家隐私，我也不好透露，再说了，也没有造成什么伤害不是？"

　　"老师！吓人难道不算对我们造成伤害吗？"江黎明又气又急道。

　　辅导员熟练地喝了一口茶，不疾不徐地道："我跟温衍沟通过，也看过她在吃相关药物。现在确实是没有寝室可以调换安置，况且你们也知道，学校目前出了点儿事，不可能再做出让温衍同学单独住宿的决定……理解一下吧。"

　　三人最终灰溜溜地回了寝室，陈芳愁眉苦脸，撇着嘴叹息一口："怎么坏事都赶一堆了，真不想回去，我好害怕温衍哪天梦游，会不小心伤到我们。"

　　也因为这句话，原本摇摆的孟舟终于倒戈，竹筒倒豆子般，把先前宿舍楼下死了猫后梦到温衍蹲在自己旁边学猫叫和昨天半夜听到温衍用男人的声音说话的事全部讲了出来。

　　"男人？"江黎明哑然。

　　"对，就是男人的声音。"孟舟仔细回想了一下当晚的事，皱着眉头。

　　这个头一开，江黎明也绷不住了，大胆地猜想："我是说，有没有那种可能，她本来精神也不稳定，会不会是梦游的时候，伤害了钟老师？"

　　但这个猜想很快不攻自破——因为真正的杀人凶手落网了，

是景观工程的刘江。

他心理素质极好，犯案后居然还淡定自如地起居、上课，毫无波澜。他被追踪线索的警察在宿舍里扣下时，还大言不惭地承认就是见不得钟老师骚扰女生的恶行，更不能忍受他骚扰自己心仪的女生。他那癫狂的模样和曾经宣传片上的阳光男孩判若两人，众人唏嘘，一时间贴吧里再度掀起一股热潮。

虽然温衍的嫌疑被洗清了，但毕竟刘江和她的关系不一般，寝室里其余三人都是知道的。

室友们的关系仍然紧张，不过温衍看起来并不在意。她唯一的变化就是上课不再那么积极了，总是等寝室里的人全走了才姗姗离去。

这样过了几日，某天吃饭时，江黎明疑神疑鬼地猜测："我怀疑温衍现在每天出去那么晚，是趁着我们不在，翻我们东西。"

"她拿你东西啦？"陈芳惊诧地道。

"不，东西倒是没丢。只是今早我发现了一件事，我放在柜子里的面霜，通常是习惯把有字的那面朝向柜门的，昨晚回去后，有字那面却朝内了，我横竖想不通是怎么一回事。"

江黎明对自己的一切物品都格外注意，这才让她发现了端倪。

"可她翻你柜子干什么？"孟舟有些背后发毛，可谁也回答不了这个问题。

众人沉默半晌，还是江黎明提出让大家一起在柜子上做个记号，来证明柜子到底有没有被人翻过。

于是趁温衍不在，三人分别拔下一根头发，绑在了柜子的锁扣处。虽然柜子里不会放什么值钱的东西，可被人翻看隐私，也是很不舒服的。

孟舟下课回来，头发果然不见了。

参加社团活动的江黎明和陈芳没在寝室，只有温衍在床上看书，孟舟憋不住气，鼓起勇气质问她："你是不是翻我柜子了？"

温衍不置可否，下了床，却无视孟舟，径自出了门。

那天她回来得很晚，灯都熄了，原本等着声讨她的三人都累得睡着了，只有离她最近且常被她梦呓吵醒的孟舟听到了她开门的声音。

黑暗中，走进寝室的温衍怀里似乎揣着什么东西，在柜子前无声地走了好几圈，最终打开一扇柜门。

孟舟想起床去呵斥，却发现自己的四肢像灌了铅一样沉重，抬不起、挪不动，甚至喉咙里也如同被塞了棉花一样，发不出声，只有眼睛尚能用余光打量到温衍怪异的行动。

温衍不断拨弄着柜子，关上柜门后，来到床边俯下身子脱鞋，近距离让孟舟惊惶地注意到她身后背着一个半人高的黑影，与此同时，一个冷冰冰的童音响起："姐姐，陪我玩。"

在意识丧失的前一秒钟，孟舟仍在恐惧那个突如其来的童声。

然而她再恢复神志时，就已经是早上了。

宿舍里空空如也，手机里有陈芳发来的消息："早上叫你几次，你都不起来，我们就先去上课了，中午想吃什么发微信，给你带。对了，温衍昨晚好像没回来，你要是中午看到她回来，一定把她拦下，别让她再溜了。”

孟舟坐起来揉揉太阳穴，心脏有一种撕裂的钝痛感。

她弄不懂，昨晚的一切是不是自己的梦，她颤颤巍巍地支起身子，下意识打了个寒战。她说不清为什么，明明是大白天，宿舍内却莫名阴冷。

孟舟联想到那似梦非梦的情境，又想到温衍似乎往某个柜里放了什么东西时，直觉驱使着她来到柜子前，一个个打开柜子证实起来。

一个、两个、三个，等开到第四个，也就是自己的柜子时，她的视线被黑色的塑料垃圾袋吸引，奇怪的腥臭味道扑面而来，按理来说孟舟应该避开的，可那该死的手控制不住要把塑料袋打开的冲动——

袋子里是一颗心脏。

剧烈的恶心感占领了所有感官，甩掉塑料袋，孟舟伏在地上开始剧烈地干呕，这时身后的宿舍门开了，温衍进来戏谑地笑道：“恭喜你，找到好东西了。”

她用力将门反锁起来，捡起被孟舟丢掉的东西，用手拍拍灰，直言不讳地道：“这是刘江给我的，很重要，别随便扔在地上。”

“你……为什么……”干呕中的孟舟说不出完整的句子，她惶恐地发现，原本总是面无表情的温衍此刻脸上竟出现了浮夸到极致的笑容。

“我也没办法，它的胃口越来越大了，我每天吃生肉也满足不了它，你说我能怎么办？”温衍蹲下身，抓住了孟舟的手，细瘦的手腕力量强劲得不可思议，"我太难受了，孟舟，我坚持不住了。"

"你……要干什么？"孟舟仓皇躲藏，挣扎中，整个人几乎被温衍按在了地上，可对方充耳不闻。

5

女生宿舍下停着警车和救护车，人潮涌动。

看着这样大张旗鼓的架势，江黎明不知道发生了什么事，挽着陈芳的胳膊，踮起脚去看，这才看到被两个警察架住正往警车里送的人竟然是同寝室的温衍。

她心头一阵惊悸，再往前挤两步，又看到随后被担架抬下来的是另一个室友孟舟。

"你，还有你，都跟我来！"还没回过神到底发生了什么，远远地，二人便被跟在后头的辅导员发现，点名叫了过去。

"温衍把那东西带回宿舍的事情，你俩知不知情？"

原来被逮捕的刘江顶不住警察的盘问，交代自己把钟老师的心脏送给了暗恋对象温衍，虽然他咬死不说原因，但这不妨碍警察找上温衍。

只是，过程中发生的小插曲让警察十分震撼。

他们踢开 414 寝室门时，神情癫狂的温衍正骑在另一个已经昏迷的女生身上，场面非常古怪，甚至被警察拘捕时，温衍还高兴得笑出了声。

"不是我让刘江做的。"面对盘问，温衍不紧不慢，娓娓道来。

"为什么？也许我说的东西你们不能理解，不过没关系，我现在已经解脱了。不妨告诉你们，自从我发现那孩子的尸体以后，我就控制不住地想吃生肉，哈哈哈哈哈……"

在滔滔不绝的讲述中，警察狐疑地翻看过往卷宗，确定眼前的女生是曾经"幼童藏尸储物柜"案件中的目击受害者，当时她因受刺激精神分裂而休学，基本治愈后才又回到学校复课，可看着她不正常的模样和答非所问的胡诌，和痊愈真是扯不上半毛钱关系。

"算了，还是把她带下去吧。"问询的警察无奈地收起纸笔，"她这个精神状态，什么也问不出来，还不如让她好好治疗一下。"

孟舟再回来上学时，已经是一个月之后的事情了。

校外的自助火锅店，三个人吃了近来的第一顿"团圆饭"，江黎明喋喋不休地为孟舟讲述她住院的这些日子里自己从别处了解到的真相。

"你肯定想不到，温衍其实不是梦游，而是精神分裂。她幻想那个死掉的小孩缠上了她，所以她的行为举止才那么怪异……"

一切尘埃落定。

刘江被判死刑，温衍被带去医院接受精神治疗，寝室又变成了三个人，发生过的那些事被大家反复咀嚼，成为茶余饭后的谈资……

十三 旅馆

1

六点半，下班高峰，二环北路车水马龙。

邻近高架桥口的地方，双车道拥堵异常，红色的车灯自西向东拉开，一眼望不到头，像两条长长的尾巴。

"怎么突然堵住了？前面什么情况？"父亲摇下车窗，探头张望，一脸不耐烦的神色。

"不知道啊。"我瞄了一眼导航，上面提示前方发生事故，预计还需三十分钟才能通车。

我有些无奈，正好旁边的路人一边碎碎念，一边回到了后方那辆轿车的副驾驶位上，虽然有些嘈杂，但我还是清晰地听到他说："等着吧，前面出车祸了，死了两个，救护车和警车都来了，这路一时半会儿是通不了了。"

"救护车，警车！爷爷！车车！"

闻言，儿童安全座椅上两岁的女儿兴奋地叫起来。

最近妻子在教她认启蒙卡片，正学到汽车类，小家伙对此很感兴趣，两条肉腿也在半空中兴奋地蹬来蹬去。

父亲见状，紧忙按住了她，眉毛罕见地呈八字形向下撇。

"乖乖，安静，我们不看。"说着，他又提醒我道，"待会儿路过的时候，我蒙着她的眼睛，你自己多注意，千万不要东张西望，径直开过去，赶紧走。"

父亲很少这么严肃，特别是在自家孙女面前。

女儿也被爷爷阴沉的脸色和冷冷的语气吓到，立马委屈起来，眼瞅着要落泪。

"没事没事，乖。"我连忙安慰道，继而侧过身，告知父亲实在不必如此夸张，"爸，你别那么凶嘛，是人家出车祸，又不是咱们，不要这般如临大敌的样子，你看都吓着孩子了。"

可下一秒钟，父亲便凑上来一把抓住我的手臂，力道之大，竟让我感到有些疼。

他靠近我，声音低沉，一字一顿道："你忘了以前的事了？一点儿也不长教训！"

闻言，回忆在脑海中如闪电瞬间炸起，一下涌进我的大脑。往事呈现，一下将我带回二十年前那个脏兮兮的小旅馆里，车祸、绿色的墙壁、可怕的黑影……

过去的一切一幕幕浮上来，让我忍不住打了个寒战。

2

八岁时，我生活在一个偏远的镇子里。

那个古旧的镇子很小，青砖黑瓦，只用二十分钟就能从头走到尾。镇上娱乐设施匮乏，除了一家在墙上用红色水笔写着"未满十八禁止进入"的小型网吧，便不再有任何可以称之为娱乐场所的地方。

所以，对一切都充满好奇的我，最想做的事就是跟着大人去县城。

彼时，我的父母在镇上做服装生意，有两间十平方米左右的小店，主要售卖童装和中老年服饰。为了更新货源，他们每个月都会定时去县城进货。但进货需要耗费极大心力，所以他们从不爱带我同行。

那年九月也是这个情况。

中秋前夕，恰逢古镇办集市，衣服销售量大增，库存也紧张起来。父亲见状，便准备同隔壁店铺的孙叔一起上县城里进货。我知晓此事后，满地打滚、软磨硬泡了一天一夜，终于烦得父亲点头同意。

那个年代，汽车还属于稀罕物件，身边大部分人买不起，也不会开，所以进出县城，只能靠每天两班的大巴。

我黏在父亲后面，坐到大巴的座位上，兴奋地思考着在热闹的进货市场上能买到什么玩具和零食。

我听说从村里到城里要坐一个半小时的车，可奇怪的是，从兴奋到无聊再到微微烦闷，我支着下巴，反复查看父亲的手表，发现路程耗时已经远远超过预计时间。

大巴的速度慢得不像话，车上的乘客也开始抱怨："怎么回事啊？前面怎么堵那么多车？"

售票员无奈下车，去前面查看路况，回来后，愁眉苦脸地告诉大家，前面路口有个货车侧翻压到一辆小型私家车，交警正在处理，只能等待。

乘客们闻言便不再多话，待大巴缓缓经过事故现场时，百无聊赖的我靠近车窗，好奇地朝外张望。因为大巴要比普通车辆高出一截，我的视线得以越过重重人群和应急车辆，落在已经拉起警戒线的车祸现场——

只见黑色小车的车身几乎被压扁，小车上，一个男人满头鲜血，我被这惨烈的场面吓得呆若木鸡，一时竟忘记了挪开视线，而逝去的男人好像也在目不转睛地看着我。我顿时呼吸急促，跟随大巴缓缓前行时，我惊觉那双眼睛仿佛跟随着我，似乎是在回应我的视线。

"爸，那个人在看我！"我鸡皮疙瘩骤起，后背一阵酥麻，紧忙转身死死拽住正在打瞌睡的父亲，惊恐地指着车窗外。

"谁看你了？小孩子家家的，胡说八道什么，安静点儿！"父亲被我冷不丁一把拽醒，满脸不悦的神情。

"真的真的！"为了给自己正名，我指向那辆小车，嘴里嘟囔道，"不信你看！"

闻言，父亲顺着我手指的方向看去，倏地，他瞳孔瞬间放大，立刻用粗糙的手扳正我的脑袋，语气又凶又急地说道："谁让你看那里的？！不许看！你要是再瞎看，以后我永远不带你出来了！"

说着，他一把拉上了大巴的尼龙布窗帘。

父亲的态度让我有些悻悻，于是我没再继续说下去。

来到进货市场，我跟着父亲和孙叔的脚步在人群中穿梭，脑海里总是闪现刚才的事故现场，像是肉中扎了刺，横竖不是滋味，原本的好兴致没了大半。

父亲和孙叔将采购到的衣服装进编织袋，左一袋右一袋，满满当当的。见我一路老实，采购完后，父亲奖励了我一组奥特曼玩具。

"想不想吃炸鸡？"

似乎是觉得刚才在车上对我的态度不是很好，当孙叔提出在快餐店吃碗小面结束一天行程时，父亲主动提议要给我改善一下伙食。

"想！"

想到炸鸡，我当然欢喜，又恢复了一开始的雀跃。我跟着大人们又多走了二十分钟的路，来到一家汉堡店，开开心心地吃了炸鸡。可等吃完回到大巴上车地点时，我们才发现最后一班回去的车已经在五分钟前离开了。

没办法，父亲和孙叔决定就近住一晚。

车站旁边的小旅馆陈旧简陋，绿色的墙漆多处脱落，露出内里沉闷的灰色水泥，空气中充斥着一股樟脑丸的味道，呛鼻得很。

我们要了两个房间，我和父亲住双人间，孙叔住单人间。

这里的房间造型很别致，大门正对着的地方还有一个仅够容纳一人的弧形小阳台。房间虽小，但卫生间、电视机应有尽有，虽然电视画质不尽如人意，但看动画片足够了。

父亲将行李稍做堆放，而我则在床上兴奋地看起了电视，不一会儿，父亲便去卫生间洗漱。

外面的风很大，透过落地窗的缝隙，发出呜咽哀号的声音，莫名有些凄厉。我想关紧窗户，可力气不够大，只能回到床上把身体往被子里缩了缩。等父亲洗漱完，我才让父亲把窗户锁好。

3

一天的奔波让人劳累。

关灯睡觉时，认床的毛病让我几度辗转。忽然，耳畔传来一道轻微的摩擦声，仿佛有什么东西在通过门缝蹭入房间。我睁开蒙眬的眼睛，但黑暗中没有方向也没有距离，孤独而幽闭，我正想翻个身继续睡觉，视线却猛然清明——卫生间的灯亮了。

"爸！灯亮了！"

我往父亲的被窝里蹭了蹭，有些不知所措。而父亲只抬头粗略看了一眼，叹着气，像是在嘲笑我的大惊小怪："没事，这种旅馆电路老化，偶尔是会发生这些事的。"

父亲一副司空见惯的模样，起身过去关上灯，又钻回被窝，安慰道："别害怕，除了电路，水管也会老化，如果晚上屋里有些乱七八糟的动静，那都是正常的。睡吧，明早还要早起坐车回家呢。"

"嗯嗯。"我点点头，不再多言。

不多时，耳畔传来父亲轻微的鼾声，我撇着嘴，难以入眠，已经适应昏暗环境的眼睛可以看清天花板上花朵形状的吊灯、卷边的墙纸、破破烂烂的电视柜……以及卫生间门口的黑影。

黑影?

我心中瞬间漫起一股凉意，一口气堵在喉咙里，出不来又下不去。

我又揉了揉眼睛，那是什么？我不禁头皮发麻。

与此同时，黑影好像变得扭曲起来，在一片寂静中，似乎在朝我的方向直直地冲过来！

"不！"

我捂住眼睛，无措地惊叫。

被喊声惊醒的父亲连忙打开了手边的灯，四周骤然亮起，一切平静，无风无浪。

父亲大口喘着气，狐疑地盯着我，但注意到我苍白的脸和恐惧的表情时，忍住脾气，关切地问道："怎么了，做噩梦了？"

一时间，我被吓得说不出话来，只能机械地点头。

"你啊，以后遇到灾祸现场千万不要随便看，这会儿做噩梦，准是叫白天看到的那些东西吓的。"父亲伸手，为我擦去额头的冷汗，又重新拍拍枕头，示意我睡下，"好了，别想了，躺下吧，我看着你睡了我再睡。"

有父亲守着，我心安了许多。

我重新躺下去，渐渐地，我放空精神，不多时，便迷迷糊糊地睡着。

我再醒来，是因为耳朵又捕捉到了"咯噔咯噔"的异响。彼时，灯已经关上，父亲也进入了梦乡，黑暗中借着稀薄的月光，我依稀能看到大门的插销在不规则地上下抖动，仿佛是有人在外面撬锁一般。我顿时惊惶地伸手推了推父亲，他却纹丝不动。

紧接着，外面的人没有给我更多反应的时间——门开了。

似乎有人进到了我们的房间，悚然之际，我连忙拉过被子将自己藏起来，只留一条小小的缝隙——只见一双腿朝床边走来。

咯吱……

床榻轻轻晃动，我周身发凉，拼命推搡父亲，但疲惫的他始终没有回应。下一秒钟，被子被一股大力猛地掀开，我含着泪，对上一张熟悉的脸——那是孙叔。

此时，孙叔正恶狠狠地盯着我，和白天和蔼可亲的模样判若两人！

"爸！爸！快起来啊！"

紧张中，我胡乱踹了父亲好几脚，他才终于清醒。

"又怎么了？"对于我这一晚上的吵闹，父亲实在郁闷至极，"真是的，早知道不带你出来了……"

父亲咬牙切齿地再次按亮灯，也瞬间被孙叔惊得浑身一颤。

"老孙？你干什么？"

可孙叔并没有任何回应。

"是不是……梦游了？"父亲见状，只能给出这样的解释。

常识告诉我们，不能强行惊醒梦游的人。无奈之下，我和父亲只能眼睁睁地看着孙叔如同雕塑般呆滞地定在我们面前。

我们僵持了大约五分钟，孙叔终于动了。他立在床边，一边发抖，一边从喉咙里发出痛苦的低吟声："好疼，好疼，好疼……"

"老孙，你可别吓唬我呀，好好的这是怎么了？"

这场面叫父亲也倒吸了一口凉气，他没忍住，伸手轻轻碰了一下孙叔。可这一碰，仿佛打开了孙叔身上的某个开关似的，只听孙叔暴喝一声，接着双手便像钳子一样死死钳了住我的肩膀！

"爸爸，救我，救我啊！"

肩膀传来挤压的痛感，我恐慌极了，父亲连忙凑上来与孙叔角力，狠狠掰开那双沉重的手，出言警告："老孙！你快醒醒！放开孩子！"

话音落下，孙叔像是听懂般，将双手缓缓收回，重新直起身子，缓慢地朝着房间外面走去。父亲出于好意，赤脚下床去为他引路护航，而惊魂未定的我蜷缩在床上，急促地呼吸着。

可就在孙叔踏出房间门的那一瞬间，我的眼睛再次捕捉到了异常。

孙叔的背后似乎有个影子。

4

"爸爸，孙叔他……"

父亲回来后，走到阳台，又检查了一遍窗户，接着回到房门口，拉来一张椅子将门背抵住。

"休息吧，有什么事明天再说。"父亲安慰我道。

我们彼此心照不宣地躺下，但我没有丝毫睡意，父亲轻轻拍打着我的背，心不在焉地为我助眠。我闭上眼睛，感受着他温厚的手掌如同海浪拍岸般，一下又一下。

今夜发生的一切足够离奇，也足够叫父亲心累。

不多时，拍打在我身后的手掌速度开始变得缓慢，再过一会儿，就彻底停了下来，只见父亲锁着眉，又睡着了。

可我根本睡不着，甚至想要爬起来打开电视，好驱散这一屋子沉闷的气息。但显然我不能这么做，只能睁着眼睛盯着老旧的天花板。

看着看着，我也有些困了，整个人迷迷糊糊的。

意识混沌之际，我翻了个身，将脑袋对着阳台的方向，也就是这时，我好像又看到了孙叔。

这时，无穷的恐惧满溢出来，像是一双双惨白的手要将我拉进无底深渊。

而我偏偏嗓子里像是被塞了棉花一般，说不出话，直到紧绷的神经像是被利刃一刀切断，我眼前一黑，没有了意识。

我再睁眼时，天已经亮了，而父亲正坐在床边抽烟，表情忧虑。

他像是一夜之间苍老许多，眼角的细纹又深又重。

"爸！"委屈在我的心头不断上涌，我流下眼泪，扑进父亲的怀里，死死揪住他的衣服，"我好害怕……"

我发泄似的扯着嗓子哭了好久，直到汹涌的情绪渐渐平复，我的心情也稍稍恢复了一些。

这一切一定是梦！

在父亲的安抚下，我抬起头来，用余光瞄了一眼紧闭的阳台，发现空无一物后，一颗悬着的心终于落了下来。

"爸，我昨天晚上看到……"

我擦了一把眼泪，刚想把昨晚的事一五一十告诉给父亲，忽然，地上的孙叔吸引了我的注意力，我浑身一颤，尖叫着缩到一边。

"别怕，他睡着了，没事的。"父亲连忙解释，"我早上起来的时候看到他不知怎的，睡到我们的阳台上了。可给我吓了一跳，外头天气多冷啊，他就这样光溜溜的，不像话，所以只好把他拽进屋里来……"

"阿嚏！"

突然一声喷嚏打断了父亲的话——是孙叔醒了。

"我……这是哪儿啊？你们怎么在这儿？"他困惑地从地上爬起来，孙叔环抱着胳膊，一边发抖，一边上下搓动着手臂。此时此刻，他的神情已经完全正常，和昨夜里那副凶相大相径庭。

"谁知道你昨晚搞什么，梦游搅得我和娃儿天翻地覆，一大早起来你还睡到我们阳台上来了！"见他如此，父亲气不打一处来地说道，"老孙，你说说你什么时候有了这么个毛病？"

"我从来不梦游啊！"闻言，孙叔也是一头雾水，一屁股坐到床上，一脸无辜的神情，然后狐疑地打量四周。

很快，他便注意到对他一脸戒备的我："娃儿这是怎么了？发生了什么？"

"你半夜闯进来，揪着娃儿的肩膀不放，你说发生了什么？"父亲生气地拽起一件衣服扔到孙叔身上，冷冰冰地提醒孙叔赶快回自己房间收拾行李，别耽误了回家。

不明就里的孙叔有些手足无措，但还是一言不发地照做。

三人退房后，一路沉默，来到了候车区。

原以为事情就这样告一段落，可等顺利坐上大巴后，父亲还是没忍住旧事重提。

"老孙，你真的一点儿不记得昨晚你干了什么？"

"昨晚……"低下头，孙叔想了想，犹豫着说道，"我就记得，好像是做了个噩梦。"

话音落下，我们三人之间的气氛顿时凝重。

父亲呆愣许久，忽然伸过手将我抱在怀中，死死蒙住了我的眼睛，不再说话。

我们就这样一声不吭地回到了家，父亲领着我走进房门后，第一个举动就是撤下挂在大门上方的菖蒲，塞进水壶煮了一大壶热水，然后提着这壶菖蒲水和母亲一起将我摁进澡盆里，翻来覆去地好好清洗一通。

5

嘀嘀嘀——

刺耳的喇叭声传来，我猛然回神，惊觉拥堵的车流已经开始缓慢地朝前移动。看样子前面的事故处理得差不多了，我踩下油门，跟上前车的脚步，但行进的速度依然缓慢。

这时，隔壁的一辆红色小车的驾驶员正将手搭在窗户上一边吸烟，一边打着电话，大声说道："哎哟，你知道前面车祸有多惨吗？"

"喀喀。"我忍不住咳了两声，父亲会意，连忙捂住女儿的耳朵。

"嗯，不要。"女儿把头甩得像拨浪鼓，却始终逃不开控制，于是鼓着嘴巴，发脾气尖叫起来。我无奈地从副驾驶位的抽屉里拿出妻子搁置的米饼递给她，她才乖乖消停。

父亲见状，忍不住叹了一句："你这丫头也倔。"

我耸肩笑了笑，不经意地提了一嘴："那待会儿你可得把她眼睛捂好，别让她东看西看的。"

车已经行驶到离事故现场不足二十米的地方，救护车红蓝色的灯光交替闪烁，场面混乱极了，有两三个交通警察在指引车流。

我的话让父亲心领神会，他冷不丁地道："不瞒你说，后来我想起那件事情，真是后怕。"

"还好你睡前把阳台落地窗给锁严实了。"我叹了一声。

父亲不置可否："也亏了墙角堆着我的衣服，那衣兜里装着你奶奶从庙里求来的平安玉坠。"

父亲看起来太过怅然，像是深思熟虑过后要把埋在心中多年的秘密一吐为快，他顿了许久，开口道："你还记得你孙叔吧？"

"嗯，记得一点儿，这件事过了没多久，他们好像就换地方做生意，搬家了？"

"你知道为什么搬家吗？"父亲一字一顿地道，"他查出肺癌了，卖了所有的铺面和房子治病。"

"啊？"我有些惊诧，"他不是不吸烟吗？"

"是啊，唉。"

气氛顿时凝重起来，等我反应过来时，我们已经驶过了事故现场。

女儿还在埋头大口大口地吃着手里的米饼，一副天真无邪的模样，这让刚才忘了捂住她眼睛的父亲松了一口气："还好，丫头这点也随了你，只要有好吃的，就心无旁骛了。"

"那必须的。"阴沉的气氛在女儿的嬉笑声中一扫而空，看着后视镜里可爱的她，我心头一软。

这几日妻子出差了，我除了接送她上下幼儿园和洗澡，晚上还得在床前给她一遍遍地讲童话故事。

小熊、小老虎、睡前儿歌……一个接着一个，不知道是不是今天晚上爷爷在家里留宿的关系，她亢奋得很，三番五次阻止我合上故事书。

"再讲。"她央求道。

"不行了，囡囡，时间不早了，你必须睡觉。"我强硬地收拾了故事书，用手拍了拍她的额头，"而且爸爸要去洗漱，洗完才能回来陪你。"

她缩了缩脖子，虽然不情愿，但还是没有再闹脾气，长长的睫毛听话地垂下，像精致的娃娃。

我摸了摸她的小脸，起身，走到了房门口，刚要离开，她叫道："爸爸。"

"怎么了？"我往后看了一眼，小丫头的眼睛又睁开了，鼓得像两只铃铛，"快闭上眼睛，睡觉吧。"

"有人。"女儿的胳膊从被窝伸了出来，手口并用，努力地在比画着。

我一头雾水，面对语言能力实在有限的女儿，只能困惑地发问："什么人？"

忽然，心猛地一沉，我不得不怀疑，我们路过事故现场的时候……

她是不是看到了什么？

十四　老夫子

我要为您讲一个故事，您且坐下，待我沏一壶茶，细细道来。

如果，我是说，如果时空容许错乱的话，那您能确定，古往今来，我们身处的时间，我们身边的世界，与我们擦肩而过的每一个路人，都是真实存在的吗？

近来我查阅了一些文献，竟发现在物理学和历史学领域，想实现时空穿梭这件事的条件是非常苛刻的，但也并非完全不可行。

而这，也正是我要讲述的，我年轻时的奇遇——

1

那年，我大约十五岁。

那时我还生活在西北地区，一个名叫封赐村的地方。因为深居内陆，距海遥远，再加上地形对湿润气流有阻挡的关系，我们的村庄经常遭遇干旱，最夸张的时候，甚至连续两个月都不下一滴雨，悬在天上那灼热的太阳好似烈火，要将万物蒸干。

记忆里，那年也是干旱。

我和邻居的儿子阿福一同去远地方打水回来的路上，我们捡到了一个奇怪的男人。

　　请容许我用"捡"这个动词，因为那个人看起来实在太像被丢弃的，他躺在进村的小路旁，穿着一身灰扑扑的长衫、一双磨破的布鞋，披头散发，像是一块被丢弃的破抹布。

　　如果不是阿福眼尖，我根本不会注意到那确实是一个躺着的男人。

　　当然，我一开始也以为他是女人。毕竟，在这个地方活了十几年，我还没有见过长发及腰的汉族脸男人，若阿福没有点醒我"他有喉结，还有胡子"，我真会以为他是哪家娶回来的外地媳妇。

　　"他一定是走了很远的路，没有喝水，倒在了这里。"

　　观察到男人干裂的嘴唇和磨损的鞋履，阿福很快做出推断。说罢，他用手在背后的桶子里掬了一些清水，洒在了男人脸上。

　　这个举动是正确的。

　　不多时，男人清醒过来，见了我们，仿佛见了救命稻草，眼含热泪。

　　他手舞足蹈地说着我们听不懂的外地方言，开合巨大的动作和夸张的表情让人十分怀疑他的精神状态，但我们不能见死不救，为了切实地帮助到他，我们也只能手舞足蹈地同他交流，让他跟着我们回到了村里。

　　这下，原本平静的封赐村迎来了一个不太平的下午。

　　在村委会外的大空地上，几乎家家户户都出动了人头来看热闹，互相闲聊着，满脸新奇的神色——这个男人来自哪里？他遭受了什么？他要去哪里？他叽里咕噜说的话到底是哪里的语言？

这个年代，外地人因战乱流落到此的情况不是没有，讨口饭、要碗水也不新奇。但捡到一个穿着古朴又胡言乱语的大活人，确实少见。

大家观察男人在空地中央对着村干部手口并用解释着什么的疯狂样子，仿佛在看马戏团里的猴子，就连跟在男人身边的我和阿福都有些如芒在背，是那种明明想做好事却又弄巧成拙的局促感。

村干部听着男人的方言，眉头紧皱，满脸困惑的神情，豆大的汗珠挂在他的额头，却又迟迟不滴落。他局促又不得不主持大局的模样让我感觉我们给他找了个大麻烦。

二人僵持大半天，人群里终于走出一位古稀老人，拄着拐，颤颤巍巍，自告奋勇地表示他好像能听懂男人的话。

村干部大喜，立马拉着他来到男人面前。

两人对望，老人试探性地朝男人说了几句我们同样听不懂的话，男人便兴奋地五官乱飞，一把拉住他的手，急迫地跟他又讲了一长串。

看样子是沟通上了，围观的大家伙儿心都吊了起来，没人交流了，大家屏息静气，就等着沟通完毕来为刚才的八卦话题寻回一个真实的答案。

可是，那位老人的眉头很快皱了起来。

"老人家，您快翻译翻译，他在说什么？"

越看越急，还是阿福抢在我前面问出了这句话，老人瞄了阿福一眼，像是在沉思，紧接着缓缓呼出一口长气，认真地道："他问咱们，这里是哪里，今日是何年何月……"

那还真是个傻子不是？他一朝晕在大道前，不知今夕是何年？

听闻这话，围观的人忍不住哄笑起来。

而老人没有理会这些嘈杂声，继续说下去："这位同志说，他本是扬州生人，名为王忠，字德君，外出乘船时，遭遇了事故，落入水中，清醒后便来到了此处。因彷徨而行路许久，最终体力不济倒在了路边，是阿福和小才两个孩子发现了他，救了他一命。"

"扬州？落水？"

此话一出，连旁边原本严肃的村干部也傻眼了。

要知道扬州离我们这里可是相隔着十万八千里，他既说是落入水中，于情于理也该被冲到靠海，或者靠河流的地方，怎么回来到我们这个干旱的地界？

村民们一片哗然，纷纷调侃男人脑子有问题。

"什么人啊，字德君？我还字火炮呢！"

"哈哈哈……"

笑声淹没了老人的说话声，自觉没趣的众人一哄而散，各自忙碌，只留下几个没事做的还在原地互相交流。老人的眼神黯淡下来，仿佛是不愿再多说，他取出烟斗狠狠吸了一口，被呛得咳嗽连连。

"老人家，慢点儿吸。"

我伸手为他拍背，许是看多了小人书的关系，我只觉得这事也不能一概用"精神有问题"带过，本着自己"捡"到的人还是得负责到底，于是又小声问道："您知道他是做什么的吗？他在这里要是没有亲人，接下来打算怎么办？"

"对啊对啊。"阿福也跟着附和。

老人沉默半晌，与男人又交流几句，冲我们摇摇头："刚才大家都笑他呢，他觉得他们对他不友好，是不愿说了。"

要知道我们这穷乡僻壤的地方，能迎来外地人的机会少之又少，难得遇上一位，又立马给人留下了不友好的印象，一点儿也不长面子。村干部脸上一阵青白，连忙将老人拉到一旁，耳语了好几句，希望老人能转述。

也亏得村干部如此，男人终于开口，原来他曾是教书先生，如今来了这里，怕是回不去了，无亲无故，一时半会儿也没有打算。

"教书先生，哦，文化人，文化人好啊，要不就留在村里吧，给娃儿们上上课，讲讲学也蛮好的。"

村干部倒是随机应变，顺手折了根树枝递给男人，要他写两个字看看。

男人也不计前嫌，在沙地上认真写了几句诗，俊秀的字迹让我们这些年纪轻轻的半文盲看傻了眼，现下这等兵荒马乱的年月，能活着都是幸运，能读书，能写一手好字的人更是万里挑一。

"厉害，厉害。"连村干部都竖起了大拇指。

他交代了几句，让我们将男人带到村口一个无人的破庙里暂住，说回头发动家家户户都施舍一点儿，好歹让人活下去。

这便是故事的开端。

2

我们给男人取了名字，叫老夫子。

因为他很快在老人的帮助下学会了我们这里的语言，虽然讲得拗口一点儿，但不影响正常交流。我们能听懂他讲话的时候，发现他还真是个文化人，识字念书，"之乎者也"张口即来，说话文绉绉的，不像我们这些乡野粗人。

他说他家世代读书，不事农桑，可是这个年代书生到底不如庄稼人得力，老夫子不会干活，也不会做饭，一本正经地讲学，清高的先生模样和长发也只会招人嘲笑。

在由村干部赞助的破庙里，学堂正式开办，可惜没热闹几天，小孩子们就失去了兴趣，一窝蜂地跑去田里玩耍了。只有我和阿福还坐在学堂里。

我们有一种没来由的使命感。毕竟，捡只猫狗都得负责任吧，更别说捡个人。

这让老夫子很欣慰，他也愿意同我们交流。

他教我们写毛笔字，跟我们讲起他以前的门生。他说不知为何，如今的学子已经没有了"一日为师，终身为父"的觉悟，他讲宋明理学，我们听不懂，但只能假装很懂地糊弄。

"那先生，你这么久不回家，你的学生和家人都不会担心吗？"

我忍不住壮着胆子问出这个问题，老夫子的眼睛不觉就红了，他朝外看去，像是在回忆很久远的事，用独特的乡音喃喃自语："身世浮沉雨打萍，家，亦是不知何处再寻了。"

　　他如此姿态，不禁让人联想到前几日，他在田埂上恸哭的景象。

　　原来一开始传话的老人并没有回答他的问题：今夕是何年？只是告诉他，今夕不似当年。

　　当老夫子能与当地人沟通时，他一本正经地问出了一个他很在意、却叫大家忍不住发笑的问题——"当今天子是何许人也？"

　　在得知现下天子不复存在后，他忽然就跪在地上呜咽起来，吓得回答问题的人以为他发了病，一溜烟跑得老远。只有几个好心的老年人搀起他、安慰他。

　　现下问出这个问题，我惶恐他会像当日一般哭泣。好在他转向我，很快收拾好了情绪，对我笑笑，顺手扯了旁边的椅子坐下，悠悠地感慨起来："世道艰险，我辈一介蓬蒿，终是无法左右大局，本以为脚下三尺高台有所依仗，却依旧沦为尘土。小辈，你不要嫌我啰唆，我来到此地，与你们相识也是缘分一场，而今我孑然一身，路也仍要朝前，你们既来听我讲学，我便将我所有倾囊相授，你们只消记住，有知学，则有力矣。"

　　说实话，我和阿福一介村夫，知学的力量，于我们而言太深奥了。

　　虽听着老夫子的课，我们心头记挂的也不是知学，而是老夫子的生存问题。他来时仅着了一身长衫，天干气燥，又因缺水而无法勤洗，不多日下来，那衣衫便破破败败，那长头发也因气候打结严重，虽然老夫子极力将自己收拾得体面，但始终无法掩饰他的落魄。

小孩子们来学堂玩耍，也不知道是谁提了一句："老夫子是酸臭的！"

众人哄堂大笑，一齐跑开。

后来村干部知晓了这个消息，看不下去了，找了剃头匠为他剃头，还收拾了一些村民不要的衣物让他换。没想到这样也能让老夫子惊惶万分，剃头匠拿着剃刀在村里追着他跑，两人气喘吁吁，田里干活的我们看着热闹，一头雾水。

"老夫子，哎呀，你……你别跑了啊，这叫什么事……"

剃头匠追得气喘吁吁，大家暗地里都说他耐心真好，跟个怪人也能如此拉扯，换了旁人，早都听之任之，转头忙活别的去了。老夫子也是不负众望，说出来的话叫大家无语至极。

"这身体发肤受之父母，怎可轻易损毁？"

这下田地里的村民们看不下去了，纷纷指责他不识好歹。

"真是不识好人心，人家村干部看不下去你如此邋遢，才叫人来帮助你……"

"披头散发怪里怪气的，你好歹是个教书先生，注意一点儿不行吗？"

"这样谁敢让娃儿去读书啊？"

…………

流言纷纷，老夫子停下了，瞪着眼睛，非常受伤的模样。

他在村里教学，不收钱财，只要一些赖以为生的米粮，可如今如此不招人待见，不禁红了眼眶。

我看不下去，走上前去，学他文绉绉的说话方式开导他。

"先生，既来之则安之，你是文化人，更要干干净净，才配得上你一身气质。"

老夫子沉默半晌，最终像是听了我的话一般，咬着牙跟着剃头匠走了。等第二日我们在学堂见到他时，他就和旁人没什么差别了，脸上布满仓皇和悲怆之色，那是我第一次见到他如此失魂落魄，比第一天见到他时更甚。

他穿着汗衫，留着短寸，因为不像我们一般常年受风沙和紫外线影响，他的皮肤算得上白净，挺直腰杆时还真像大户人家的模样。如此久而久之，村里还有些好事的要为他说媒。

毕竟，入乡随俗嘛，他娶个乡里媳妇，也算是有家了。

可惜他每天"之乎者也"，没有田地，又不会干农活，真要说婚嫁，村里没有几家愿意把姑娘许给他。最后还是一个无父无母、名叫"芳草"的孤女被人撮合着跟了老夫子。

他们被起哄推到一起时，两人只是尴尬地笑着。

我和阿福对此类情况嗤之以鼻，觉得村里人简直是土匪行为，但是娘说："老夫子一个外乡人流落至此，找不到回去的路更是可怜，芳草自小便没了爹娘，独自挑起生活的重担，也很可怜，两个可怜人能相互慰藉，踏实过日子，也是好事一桩。"

我说不出所以然，只是有一日阿福说，昨夜在破庙里听见老夫子啜泣，似乎在悼念爹娘，芳草也陪着一起哭，觉得两人这样好像又蛮好的。

也许生活就这样迈向正轨也挺好的。只是老夫子和芳草相好后不久，最开始为他做翻译、教他说本地话的老人病重，我陪娘去看望病中的老人，恍惚提起自己与老夫子的交谈，双眼看向天花板上，幽幽地道："他讲的话啊，跟我很小很小的时候，我太爷爷说的话很像，现在……已经没有人这样说话了。"

"您的太爷爷？"我骇然。

老夫子看上去不过三十五六岁，说着罕见的方言，实属怪哉。

"是啊。其实……他那天说的话，我没有全部翻译出来，我知道……有的话说了，别人也不会信……"老人似乎是有些混沌了，眼珠动了动，又笑，"不过眼下我时日不多，不妨说与你们听听吧，至少我百年后……还有人记得这世界上发生过一桩奇事。"

老人沙哑的声音落在我的耳畔，轻轻的，像是讲着一个秘密。

时隔多年，我实在无法回想起当时的震撼与细节，唯一能记清楚的，就是他告诉我——

老夫子不是我们这个时代的人。

3

老人的话让我十分在意，有好几次趁老夫子讲学，我都偷偷摸摸用手去摸他的臂膀，想以此证明他是个活生生存在的人。

只是，时代没有给我留下太多探究的机会。战争爆发后，西北成为全国重要的能源和军工基地，村里的汉子们都被拉去附近的钻油工地和工厂作业，妇女们也纷纷在家里制作战略物资，缝制鞋垫、棉服等生活用品以供前线的战士们保暖。

老夫子本就门可罗雀的学堂彻底歇业了。他做不了粗活，好在识字，在此地生活多时，正常的阅读听写已经没有障碍，于是他被村干部介绍去了厂里写文书，相比起其他汉子的工作，算得上是"高就"，很有面子。

某日，我听几个工厂回来的汉子说，他在厂里又文绉绉起来，说什么"倭寇猖獗，若是郑将军还在，怎能让寇贼将江山拱手他人"，大家听得云里雾里，村干部害怕厂里管事的人说他脑子不清醒，不让他参与战略储备，连忙叫停他，塞给他一支钢笔："这个你收好，再负责一下登记工作，回头你那支毛笔就暂时停用吧，怪费纸的，现在物资紧张，省点儿是点儿。"

没想到老夫子接过钢笔，一蹦三尺高，大呼小叫像着了魔。

虽说在那个年代，普通人用不起钢笔，但也不至于这么夸张吧。回忆起他初到村里时看到电灯还会紧张，汉子们又笑了起来，把这事当作笑话，逢人便说。

那些话传到他媳妇芳草耳朵里，芳草也笑："他是这个样子的，有时候颠三倒四，但他人不坏的……"

到底是嫁了读书人的缘故，芳草跟着大家一起纳鞋垫，讲话也温温柔柔，细声细气，不像某些三姑六婆扯着个大嗓门，急起来说话房梁都得抖三抖。

人群里有人忍不住调侃她："芳草嫁鸡随鸡，嫁狗随狗，是文化人了，什么时候再添个小文化人呀？"

在那个多子多福的年代，像芳草和老夫子这样组了家庭却迟迟没有传宗接代的人少之又少，大家哄笑，说起粗话："是不是你俩谁'不行'啊？"

芳草红了脸，作势要拿着东西出去，又被人扯住，最后还是我娘这个热心肠的为她解了围，笑骂了闹得最凶的那些刺儿头几句，拉着芳草换了个地方。

"其实我知道，她和老夫子都是喜欢孩子的。只是，不知道为什么，他们家就像遭了诅咒一样，生下来的一个也活不下来。"很久以后，娘跟我提起了这件事。

那时候战争早已结束，芳草也因为几年前在一次上山避战时意外没了，她成了一座驻在破庙外不远处的墓碑。

老夫子的生活变回了刚来时的那种孤单。这些年他与芳草有过几个孩子，但不是胎死腹中，就是生下来后莫名其妙没了气，乡医看不出个所以然。

后来，我想起那句——老夫子不是我们这个时代的人。

如果老夫子是真实存在于时间齿轮中的一个错误，这一切就能解释了，对吗？

历史会抹去这个错误，如果无法抹去，也会让它不再产生新的裂变。

时间朝前飞跑，老夫子也一天一天地忘却了那些他曾经挂在嘴边的文言文，会和村民用一样的语气说话，能理清楚明清、民国和新中国的时间顺序，他孑然一身，却仍然是村里人讨论的对象。

因为他来了近二十年，岁月未曾在他脸上留下任何痕迹。

除了黑些、结实些，他的脸还是一如当年我在路边捡到他时的模样。

若是后来的一切不曾发生，我想，现在他也许还是那副模样。他站在我们面前，如果他不说之乎者也，不告诉任何人发生在他身上的奇闻怪谈，仅仅是伪装成和我们一样的普通人，在大街上与路人擦肩，谁会知道、谁会关心，他到底是谁，又来自哪里呢？

可惜，历史没有给老夫子这个机会。

后来，村里的孩子们一个个进了城，学习新事物，回来时大家着了魔似的带着放大镜查实每家每户的缺点，可封赐村太穷又太偏，除了村干部一类，剩下的都是大字不识的，他们寻了半天，最终把目标定在了村里那间摇摇欲坠的破庙上。

那里住着老夫子，他懂"之乎者也"，曾经崇尚着现代人所不齿的东西。

"把这里围起来！"

半大的小子们举着锄头、铁锹将破庙包围，由带头的冲进去将正在翻阅书籍的老夫子包围起来。被推搡到地上的老夫子满脸惶恐之色，想说什么，却被好几个小将死死按在沙土里，小将们的呼声如同海浪翻涌，容不得多余的嘈杂侵袭。

"将他踢翻！教他永世不得翻身！"

"说得好！"

黄土之上，热血的少年们对老者的辩驳充耳不闻。他们不由分说地拉起他的脚，将他四处拖行。厚厚的尘土扬起来，迷了在场每一个人的眼睛。

旁人人人自危，唯恐多说一句话，多做一件事就会被牵连其中。没有人出声反驳，于是很快，老夫子也沉默了。

老夫子的沉默比任何人都倔强。

他一声不吭，后背如同当年教书一般挺得笔直，淡然的眼神似乎在藐视所有癫狂的人和不声不响的看客。

如此这般，在第三天的日出时刻，老夫子脑袋一垂，没了气儿。

他是这么死的。

4

"村里人不敢惹事，没人敢去将他放下安葬，只有我和阿福硬气了一回，趁着夜深露重，借着月色，将他放下来拉到芳草的坟边，草草挖了个洞掩埋，也算是让他入土为安。可怜的老夫子……"

"哎呀，爸，怎么又讲上了？"

一个身影挡在了此时坐在太师椅上侃侃而谈的爷爷跟前，他挥挥手，让正在听故事的江云卿赶紧离开。

"去去，外边去，你爷爷腰不好，偏偏一讲故事就停不下来，这都坐了多久了？你也是，就规规矩矩地听着，跟个木头人似的不知道动啊！"

"爸……"

江云卿闷哼了一声，想反驳，又被他爸一个眼神恐吓住了。他无奈地垂着头走出了堂屋，捡起院子里的狗尾草，攥在手里反复摩挲。

今天是江云卿陪他爸回爷爷家探望的日子。自从爷爷得了阿尔茨海默症，爸爸每半个月总要回一趟这里，帮忙做些家务，陪老人热热闹闹吃顿饭。今天周末不补课，江云卿也跟了来。

谁知吃力不讨好，他自认为乖乖坐着听爷爷讲故事也算一种陪伴，却被他爸凶了一通。他心头委屈，等爸爸处理完堂屋的事情出来时，他还在鼓着腮帮子发脾气。

"怎么不能听爷爷讲故事啊？那下次别带我来。"

"你啊，"他爸看他一眼，无奈又无措，"我不是这个意思，但是你爷爷老将这个故事挂在嘴边，不是件好事……"

"为什么？"

"他刚才是不是给你讲到'他和阿福把老夫子葬了'？我要再不来，他讲到后头，又会哭得停不下来。陪他，是叫他舒心的，又不是叫他难过……"爸爸说到这里顿了一下，显然之前已经经历过不少次这样的事了。

"哭？"江云卿很疑惑，"爷爷为什么要哭？"

爸爸摇摇头，很无奈的样子："他要扯到他很多年后回到封赐村，发现那座坟不见了，问了每一个村民，都没人记得老夫子，除了那个阿福。可是前几年，阿福也死了，现在就剩下他还记得这个故事。他觉得悲凉，总说一个出现过的人，就这样被抹去了生活的痕迹，唉，我也不知道他犯了什么毛病。这些年啊，每次说到这事就哭。"

江云卿追问："那爷爷讲的是真实发生过的事吗？那是一个从明清来的古人？这可是大事啊！"

"什么大事？怕是他记忆错乱。"爸爸白了江云卿一眼，"你也不小了，还不知道他糊里糊涂说的话不能信吗？"

可是，一个人真的可以这样几十年如一日地讲述一个自己杜撰的故事吗？更何况是一个耄耋老人，他图什么呢？

江云卿对这件事很在意，想到爷爷讲的故事他实在心痒难耐，临走前又去了爷爷的房间。

"爷爷，那老夫子就一点儿能证明他存在过的东西也没留下吗？"

躺在床上的爷爷原本怏怏的，听了江云卿的话又精神起来："这也是我一生的遗憾。当年，老夫子所有的东西都被毁了，愚钝的我却不敢去偷偷留下那么一点儿痕迹，不然……不至于我每次讲起这件事，别人都说我是异想天开……"他说着，眼里又泛起泪花。

江云卿怕惹哭爷爷，刚想制止，却听爷爷道："可他确确实实为我留下过一些东西，他为我留下了一个名字，江慕予。我将这个名字给了我唯一的孩子，可惜，没人相信这是老夫子起的名字。"

江慕予？江云卿一怔，这是爸爸的名字。

在那个广泛取名叫"爱红""建军"的年代，没读过几本书的爷爷能避开潮流取出这样书生气的名字，他不是没有感叹过爷爷的厉害。现如今，他才知晓其中的缘由。

"江云卿，快走了！"

门被爸爸"嘎吱"一声推开，见儿子还缠着爷爷，男人又是几声唏嘘。

"爸，你好好休息，少说两句，我下周再来看你。"

男人揪住江云卿的臂膀，将他带离了房间。

独家收录

爱你，林西

1

"这样加班什么时候才是个头啊！"

林西从工位上抬起头来，象征疲惫的深重黑眼圈仿佛焊在脸上，美式咖啡也无力拯救。她昨夜又加班到凌晨，回家倒头只睡了不到三个小时，这会儿刚上午十点，困意又上来了。

"到底还要多久才能把人招来，我真的能撑到那天吗？"林西从干哑的喉咙深处叹出一口气，神志恍惚地环顾四周，每个同事的脸色都同样憔悴。

她就职于一家传媒公司，所在的团队主攻短视频项目。因为两周前有同事以身体原因离职，原本该同事负责的工作便分配给了团队里的其他人，这使得本就事情繁多的大家越发苦不堪言。工作虽然多，但终归不是靠压榨身体来完成的。

林西的抱怨是一颗投入水里的石头，随之而来的叫苦声立马如波纹般此起彼伏——

"是啊，这样下去谁的身体受得了？"

"每天就睡三四个小时，要是猝死怎么办？"

运营组的组长起身力挽狂澜："大家坚持住，我问过人事部的同事，说已经招到了新人，就这两天入职。"

最近团队员工的心理疏导都靠他，他拍着胸脯，向大家保证："而且我们手头的项目也快接近尾声了，相信我，这样的日子马上就会结束了，今天晚上咱们都不加班！"

话音刚落，旁边的玻璃门被敲响，运营总监带着一个人走了进来。

"大家先停一下手上的工作，给大家介绍一下新同事，周艾琳，从今天起她正式加入咱们运营组。"

大家循声看去——女孩留着长发，个头不算高，皮肤偏黑，身材相对干瘦，不太抗压的模样。但这些不重要，重要的是她柔顺的眉眼竟然与工位上正苦着脸的林西有七八分相似。

连林西看到她，都猛地生出了一见如故的错觉。

也许总监也早有察觉，不然不会把新员工安排到林西旁边的工位："林西，这个同事你来帮忙带一下，尽快让她上手。"

总监就是笑里藏刀。

林西暗自啐了一口，这是一边搞事情一边又给她增加工作量呢。

她就是那种像海绵一样很能抗压的员工，这也注定了她会被不断挤压。

好在女生很有礼貌，和善地朝她问好："林西，以后请你多指教啊。"

她的声音沙沙的，没有攻击性，听语气应该是个脾气温和、好相处的人，林西的心里舒坦了些。

"别客气，有 U 盘（USB 闪存盘）吗？我把资料先拷给你。"

"有的，稍等我找一下。"

对方说着埋头开始在包里寻找，林西趁此机会环顾了一下四周，果然，同事们都心照不宣地用微妙的眼神盯着自己，似笑非笑。

平日和她关系最好的孙丽更是隔空冲她比口型，手舞足蹈——"好像啊。"

她递了一个眼神过去，示意对方别闹。

"来，这是我的 U 盘。"

很快，周艾琳递来一个纪念品般印着墨绿色英文的 U 盘，很别致，林西接过时忍不住多打量了一眼，惊讶地瞪大了眼睛。

"这……你也喜欢绿洲乐队？"

现在的娱乐圈更迭迅速，年轻人有多种潮流可追，这支老牌的英国摇滚乐队已经很少被人提起，目前，除了林西，她身边还没有同样喜好关注绿洲乐队的。

"是啊，我是歌迷啊。"周艾琳顺势掏出手机，打开歌单，如数家珍。

"我最喜欢 Stop Crying Your Heart Out 这首了，不知道你有没有看过那部电影……"

"《蝴蝶效应》？！"

"对对对！"

因为共同的爱好，两人叽叽喳喳的声音不自觉地大了起来，引起不少人侧目。意识到不妥的周艾琳不好意思地吐吐舌头，埋下头，凑得离林西又近了一些，两人头贴着头。

"因为电影最后的伴奏音乐，我认识了绿洲乐队，然后就开始听他们唱歌。"

"我也是！"

林西越发兴奋，身边的朋友都说她的爱好小众，如今从天而降一个同好，让她不免欣喜，顺便试探性问道："电影最后的三个结局，你最喜欢哪个？"

"是两个人擦肩而过……"

"然后感应到对方，互相回头打招呼的那个对不对？"

林西抢答，声音不免又大了些，反应过来后尴尬地咬住嘴唇，与周艾琳相视一笑。

为了不耽误工作，两人约好忙完正事再聊。

新来的周艾琳对工作的上手速度比林西想象的快很多，她只简单交代一些工作要点，对方便能处理得如鱼得水。她把分内的工作安排下去，彼此埋头忙碌，进度比先前快了好几倍。

如同小组长说的那样，今天大家都不加班，并且照这个进度下去，大家明天也不用加班，小组内的同事们喜不自胜，纷纷感叹："终于熬出头了。"

"要去楼下咖啡厅坐坐吗？"

在同事们收拾东西——下班时，周艾琳主动邀请林西。

只是她还没得到回答，另一旁的孙丽已经笑嘻嘻地钩住了林西的肩膀，毫不知情地打断了周、林两人的交流。

"林西，我在软件上刷到一家特别有意思的餐厅，晚上一起去吧。"

孙丽和林西是同期入职这家公司的"战友"，平日里经常约饭，一起逛街，是相对内向的林西在这个陌生城市中少有的好友。

"啊……"

原本只是平时再普通不过的邀约，但偏偏是在周艾琳提出喝咖啡之后，林西有些手忙脚乱。她正想着应该怎么开口应对，周艾琳却很识相地站起来，像没事人一样冲她们挥了挥手："那就再见吧，明天再聊。"

热闹的火锅店里，红油翻滚，雾气蒸腾。

孙丽夹了一筷子肉片涮着，想起今天新来的那个同事，忍不住再次向林西提起："你跟她真的不认识吗？你俩长得那么像，会不会真是失散多年的姐妹啊？"

"打住，我是独生子女。"林西耸耸肩，"不过跟她聊了一会儿才发现，她跟我在兴趣爱好方面真有很多相似的地方，我也觉得挺神奇的。"

"真的假的？"孙丽不停地往锅里放东西，"不过也好，总算是来新人了，好歹能帮着干些活了。"

林西夹起一块毛肚放进碗里："别急，她还什么都不会呢，还不是得我慢慢教。"

孙丽笑道："啊对对对，林西也当师父了，哈哈。"

林西翻了个白眼："什么师父不师父的，不都是打工人吗？一个月为了四五千块钱累死累活。"

这话说得孙丽无法反驳，只得叹了口气闷头吃菜，半晌后见对面没有动静才抬起头来，见林西望着眼前翻滚的红油出神，她问："你怎么了？"

林西回过神来，用筷子搅了搅沉底的食材，沉默了一会儿说："我觉得有些奇怪……"

"怎么了？"

林西沉默片刻，摇了摇头："没什么……快吃。"

二人吃过饭，天已经暗下来，两人在火锅店门口告别。

秋天的风很狂野，蛮横卷走树干上摇摇欲坠的叶子，带进狭隘逼仄的小胡同，恶作剧一样打在了正穿过胡同的孙丽脸上。

"呸呸呸。"尘土的味道让她被迫停下来用力啐了几口。

她皱着眉毛，刚想从手里掏出湿巾擦擦脸，却听见头顶传来一声怪异的响动。

一切发生得太迅速、太诡异，以至于她都没有来得及抬头看清楚。

重物直直坠落，砸在了她的头上。

"砰！"鲜血飞溅。

伴随着女人的尖叫声和陶土碎裂的声音，支离破碎的鲜花上沾染了鲜红。

2

林西刚刚走出小区，便瞥见了一道站在停放共享单车处的身影。

"艾琳？"她试探性打了声招呼，略微有些吃惊，"你也住这里吗？"

"早啊，好巧。"

周艾琳闻声抬起头，目光与林西对上，立马取下挂在共享车把手上的咖啡和水煎包，大大方方地递了过去。

"这是给你带的早餐。"

"啊？"

接过早餐，让不爱麻烦别人的林西感觉到十分不好意思，对方突如其来的热情也让她有些不知所措，早餐都是她爱吃的，一杯美式咖啡、半笼李记水煎包，不过比起这些，她似乎更在意对方怎么也在这里。

"我在通讯录上看到了你家的地址，我初来乍到，以后还得多向你请教工作上的事。正好我每天早上习惯骑共享单车转几圈晨练，就顺便买了早餐骑到你家小区门口，想看看能不能遇到你。"周艾琳倒是坦荡自然，三两句打消了林西的困惑。

"昨天加上你的微信后看了看你的朋友圈，你说喜欢这家的水煎包，我就买了。哦，还有咖啡，我看你工位上摆着的是这个牌子的咖啡打包袋，就随便点了一杯，不知道你喜不喜欢，没什么别的意思，就是……项目上我还有点儿不太懂的地方，等会儿到了公司，能不能麻烦你再跟我讲讲？"

职场上，老人带新人的情况不少见，但像周艾琳这种细心又有礼貌的新人，林西还是头一次遇到。

"哎呀，你也太客气了，不用这么费心的。"林西有点儿感动，往前走了几步，与周艾琳并肩而立，"那一起走吧，这里离公司也不怎么远，我都是步行去上班的。"

十三分钟的步行路程，水煎包的鲜香和周艾琳的关切让林西的胃和心都暖洋洋的。只是，她们踏进办公室的门后，气氛就变了。林西敏锐地感觉到今天比之前任何一天都压抑，已经到公司的小组同事们正三五人聚在一起议论着什么，神色一个比一个凝重。

　　"怎么了？议论什么呢？表情都这么沉重。"

　　林西放下包，跟周艾琳一起挤进人群，企图加入话题。

　　同事们的回答却让她如遭雷击——"孙丽死了"。

　　林西手中的咖啡掉在了地上，棕色的液体洒了一地。

　　"开什么玩笑？别这样说！"

　　林西简直不敢相信自己的耳朵，昨夜告别时还好好的人，怎么一转眼就死了？她怎么死的？

　　"你别激动啊，没开玩笑。"一个女同事拍拍她的肩膀，示意她放松。

　　"据说是回家路上，从二六胡同那里穿行时，风太大，把楼顶天台不知道谁放的花盆给吹下来了，砸到了她的脑袋上，当场死亡……"

　　"不会吧？"

　　震撼中，林西感觉自己原本有力的双腿开始发软，往后退了一步，差点儿跌倒，还好周艾琳护住了她，用干瘦的身体撑住了她。

　　"唉，昨天都还好好的一个人……太恐怖了。"

　　"呸呸，我看是高空抛物的问题，就该禁止在道路一侧的窗户或者天台上摆放花盆或者其他重物，真的太危险了。"

"那孙丽的家人应该可以起诉那栋楼的住户吧？"

除了周艾琳还在用手轻轻扶着林西，其余同事的注意力仍然放在对事情的讨论上，大家叽叽咕咕地聊着，直到运营总监走过来，严厉地叫停了大家："别聊了，该做什么就做什么去，真要讨论这些，等公司人道主义关怀的时候主动做代表去慰问遇难同事的家属。"

一席话说完，办公室瞬间鸦雀无声。

同事们你看看我，我看看你，回到了各自的工位，有的打开电脑敲键盘，有的掏出手机看新闻，还有的埋头往嘴里塞早餐。

林西心头硌硬，拿出手机看了看孙丽的微信头像：一只吐舌的橘猫。昨天她身体疲累，睡得很早，没有跟孙丽再聊天，更没有看新闻，如今知道后，她感觉头重脚轻，不敢相信这个人就真的这样没了。

"林西，振作些。"艾琳小声安稳她，声音温柔，"意外已经发生了，没有办法改变，你不要让自己太难受了。"

话糙理不糙，确实，已经发生的事没有办法改变。

好在周艾琳是个好人，在这段煎熬的时间里，她主动的关心和照顾像一剂药物，止住了林西的不适。两人一起代表公司给孙丽家送去人道关怀，开门的老夫妻哭成了泪人，家里一片悲凉，艾琳还主动帮老人收拾了家里的卫生。林西望着墙上挂着的那张照片，黑白色调让女人的脸色看起来是那么苍白，连微笑也变得冰凉。

孙丽此前是林西在公司里最好的朋友，好友的离去让林西很长一段时间都精神恍惚，其间艾琳的照顾和温柔体贴逐渐让她找回了些许对生活的希望和信心，她跟艾琳身上的相同点也促使她俩成为密不可分的朋友。

无论是兴趣爱好还是生活习惯，两人都非常相似。一来二去，她们变得无话不说。

后来，很少邀请朋友上门的林西会因为艾琳的一句"想看看你家的小猫是什么样子"而邀请她上门逗猫。艾琳也礼尚往来，给小猫买了许多玩具和吃食，堆了满满一橱柜。

可惜，流年不利，那一橱柜的猫食还没消耗完，林西的猫就死了。

某天下班回家，她看到它吐了一地的黄水，奄奄一息地瘫在阳台上。她把猫送到宠物医院后，医生诊断出它中毒了，因为送去得太晚，没抢救过来。

听医生说，最近好些别有用心的人会在猫粮狗粮里投毒，艾琳怀疑是自己买来的猫粮害死了林西的猫，一度非常自责，提出要赔偿林西，但林西婉拒了，她知道这不是艾琳的过错。

也正是在这个节骨眼儿上，公司组织了一场团建，庆祝手头的大项目完成。

团建的那天夜里，原本情绪敏感的林西仿佛找到了借酒消愁的由头，她发泄般在同事们的起哄中一杯接一杯往肚子里倒酒，吐了好几次也不停，直到醉得晕死过去，意识断片。

"咝……"

揉着跳痛的太阳穴，林西挣扎着睁开双眼，发现自己正睡在家里的床上。

她卸了妆，穿着睡衣，被子盖得稳稳当当，甚至连被角也被掖得很好，她努力回顾昨天的事情，依稀记起自己喝了酒，于是埋头哈了口气，果然，一股浓郁的酒味。

要知道一个女孩子在外面喝断片是多危险的事，且不说有没有发生什么，就是团建时失态的模样让男同事和领导撞见都尴尬至极。林西回过味来，几乎要为自己的鲁莽尖叫出声。

还好下一秒钟，听到响动后推开她房间门的人不是别人，而是艾琳。

"你醒啦？头痛不？我买了药。"

看样子昨天是艾琳送自己回来的，林西稍稍松了口气，扭捏地询问："昨天我是不是……"

"你心情不好吧？昨天喝了很多，劝都劝不住，后来你趴在桌上不动了，我就打车把你送回来了。没事，我走的时候跟同事们解释了你是因为猫死掉的事情才难过，他们都表示理解。"

看着她清瘦的身躯，林西真不敢想象这样一个女孩子是怎么把烂醉如泥的自己扶回家的，还帮自己卸了妆，换了衣服。

林西把头埋进被子，有些哽咽："真的太谢谢你了。"

3

二十几年来唯一一次宿醉到断片的后遗症非常显著。

在头重脚轻地度过了一个星期后，林西还会时不时出现头晕和恶心的症状。她对着电脑，很突然地就感受到一阵晕车般的晕眩，紧接着胃里翻涌，可工作到底是不能糊弄的，她只能去医院开些药来缓解不适，为此她还忍不住自嘲："真是小姐的身子，丫鬟的命。"

同小组有个已经当了妈妈的同事调侃她："你这状态也太夸张了，就跟我当初的早孕反应似的。"

林西一愣，红了耳朵："够了啊，别瞎说，我连男朋友都没有呢！"

但诡异的情况开始逐渐显现。

起先，她以为是生活作息紊乱导致精神疲惫，食欲不振，开胃和健脾的药都吃了，却不见成效，反而更甚，胃里的恶心感从一开始能够用一杯柠檬水强压下去，变成了必须去卫生间吐出来才会有所缓解。

林西彻底意识到不对劲儿是洗完澡照镜子时，发现自己的小腹开始缓慢变大了。细腻的皮肤微微隆起，那不是脂肪堆积的原因，而是皮囊之下孕育生命的迹象。

而中医馆的老中医也让她再次惊掉了下巴。

"你怀孕了。"

颇有资历的老中医坐在古色古香的问诊桌前，半眯着眼睛说："妊娠反应，这可不敢乱给你抓药的。"

"怎么可能？"林西觉得有一口气堵在了胸口，不上不下，憋得她满脸通红。

"我都没有那个……"

"你自己想一想，生理期是不是停止了？"

林西骇然。她先前经常熬夜加班，导致生理期紊乱，所以她从未意识到反常，如今细细回想，上次生理期确实是两个多月之前了。

"是，但是不对，我不可能怀孕的，医生，你是不是弄错了？"她连说话都变得语无伦次起来。

面前的老中医倒是风轻云淡，像是看惯了这种事情，不紧不慢地推了推老花镜，提醒林西："那你还是去妇科医院检查一下吧。"

医院的走廊总是人满为患，一群人挤在一起，有的等着叫号，有的等着取报告。林西手里攥着报告，盯着空白的天花板，木讷出神。刚才妇科医生的话和老中医别无二致，医生指着报告，准确清晰地告诉她："你怀孕了。"

这个消息宛如晴天霹雳。

林西想不通，自己没有对象，也没有混乱的私生活，到底是怎么怀上孩子的？

这时人群里有个看上去最多三岁的小孩突然哭闹起来，挺着孕肚的妈妈拿着检查报告和手提包，手忙脚乱地哄了一会儿，没什么效果，反而因为想拿玩具哄儿子把包失手掉在了地上。包里的东西零零碎碎落了满地，孕妇弯不下腰，无措极了。

回过神的林西叹了一口气，好心帮她捡起来。

"谢谢您，谢谢。"孕妇感激涕零，拉着林西谢个不停。

林西耸耸肩，干脆好人做到底，举起攥在手里还没归还的玩具机器人，哄起哭闹的小孩。小孩在她的哄声中情绪渐渐平复，在跟孕妇离开前，还礼貌地跟林西挥手说了"阿姨再见"。

看着他们离去的背影，林西摸着自己的肚子，心里很不是滋味。

这事发生在谁身上谁都想不通。

林西浑浑噩噩地回到家中，不知道这个孩子应该怎么处置，也不敢跟父母提起。毕竟她未婚先孕对于父母来说无异于当头一棒，无论她怎么解释，他们只会觉得是她犯错后撒谎弥补罢了。

为了不让同事们察觉自己越发鼓胀的小腹和强烈的早孕反应，林西以身体不适为由向直属领导请了长假。

因为上一个项目刚刚忙完，目前小组里的事情不多，林西最近总是精神萎靡的情况领导也有所了解，便准了她的请求，同意让她在家休息一段时间，但是工资减半。

林西本想趁着这个时间神不知鬼不觉地将这个来路不明的孩子打掉。可是自从没去公司以后，艾琳每天都会发来很多消息甚至打来电话关心她的身体情况。电话里，她的声音紧张又心疼："好些了吗？怎么连班都上不了了呢？我认识那种可以上门的家庭医生，要不要给你叫一个，检查检查？"

架不住她的关心，更不可能让她给自己联系医生，犹豫半晌，林西还是忸怩地承认了自己怀孕的事情。没想到对方的语调瞬间高了八度，幸灾乐祸一样轻快地提出要来照顾她的起居。

"照顾什么？我又不会生下来，你别开玩笑了，我很烦。"林西立马变了语气。

艾琳察觉到她的烦闷，连忙解释是自己一向喜欢小孩，想到最好的闺密怀了孕，所以才不自觉地开心，第一反应就是要照顾她。

"别不高兴，你要打掉或者留着都是你的选择，但就算你要打掉，后续坐小月子也得有人照顾啊，我就是想帮个忙……"

这话说得有道理，林西瞬间又从占理的人变成了没心没肺的白眼狼。

心头的郁结让她闷闷地表示自己也能照顾好自己，却不想当天晚上，下班后的艾琳就提着一个小行李箱敲响了她家的门。

其实林西不是很抗拒艾琳的不请自来。

她本来也是喜欢小孩的，只是突如其来的新生命让她感到惶恐，如今一个人在陌生的城市，没有亲戚朋友，莫名其妙怀了孕，精神脆弱不堪。

艾琳的照顾和陪伴让她感到一丝少有的温情，对方像个金牌保姆，洗衣做饭、卫生打扫，甚至还给林西做心理辅导，发觉林西的态度摇摆，她郑重地承诺："你如果想把孩子留下来，咱俩就一起养嘛。"

最近艾琳经常刷社交软件，看到独立生育的博主就推给林西，让林西莫名其妙地觉得好像把这个孩子生下来也是可行的。毕竟，不管爸爸是谁，妈妈都是她。

也就是从林西有这个奇怪的想法开始，一个梦缠上了她。

在梦里，有个黑影般的陌生男人从床底爬上来，亲吻她，并用粗糙的手掌在她身体的敏感部位上游走，一点点抚摸她的脸颊和胸口，最后停留在小腹上，一遍一遍摩挲，像是隔着柔软的皮肤要对新生命进行触摸。

那种触感真实得不可思议，林西甚至能感受到男人掌心粗糙的茧子。

她想要挣脱，却使不上力……

<h1 style="text-align:center">Ч</h1>

说完全不在意梦里的内容，那肯定是假的。

她常听老人说孕妇会做特殊的胎梦，心里不安稳的林西在论坛上查了一下，果然显示出来不少真实事例。网友的分享五花八门，有梦到小动物的，有梦到花卉植物的，也有梦到小朋友一下子住进肚子里的，这些都寓意着孕育。

可是，把一百来页的网络热帖翻到底，也没有人梦到被猥亵。

林西咬着嘴唇思索半晌，最终采纳了热帖里一位孕妈的建议：如果怀孕时经常梦多、疲惫，可以去道观里拜一拜，烧香祈福，保佑自身。

这就当个心理安慰，也不错。

因为艾琳白天还要上班，林西没有把去道观的行程告诉她。林西在网络上查到近郊的道观，睡醒后，便自己打车前往。

红墙、绿竹，气势恢宏，一路走过去，名为"承青观"的牌匾赫然耸立。

工作日，庄严肃穆的道观行人寥寥。山深雾重，林西觉得有些发冷，刚准备进大殿里避一避，却被旁边的一个道长叫住。那位道长鹤发童颜，满面红光。

"如果我没猜错的话……"道长不紧不慢，"你的肚子里应该有东西，你正受其困扰，是吗？"

他一语中的，且仙风道骨的姿态并不像是拦路骗钱的江湖术士，林西几乎惊叫出声。

"是，我确实遇到了一些事情！"她忙不迭地要将一切始末和盘托出。

道长招招手，打断林西，示意她跟自己进道观再聊。

但他并没有带林西进入眼前的殿堂，而是引她沿着大殿后面的小道一路前行，两人无言地行走了许久，直到林畔尽头。这里清幽得仿佛与世隔绝，没有游客，没有恢宏的建筑与香鼎，只有一座不起眼的小观。

进了道观，道长拉来一张竹藤椅让林西坐下等待，自己则从侧门出去，抱来一只通体金黄的公鸡。那公鸡生得威风，毛色鲜亮得近乎反光，鸡冠艳红如血，连鸡眼也凶狠得厉害。

"遇到了什么，且说吧。"

道长摸着鸡的脑袋，示意林西将刚才在外面没来得及说的话说完。

他听罢，便笃定地道："我想，你是被生灵缠上了。"

"生灵是什么？"

"人的意念是很可怕的。若是一个人对某事某物执着到一定程度，执念便会衍生出一种能量，我们将其称为'生灵'。沾染到身上的生灵也分好坏，好的会让人精神焕发，相反，坏的就会腐蚀人的精神，明显，你身上的是后者。"

林西骇然，不由得心头揪起："那……我要怎么办才好？"

"若是不彻底断根，总归还会找上你。"道长像是早就做好准备一般，将那只一动不动的大公鸡摁住，拔下三根尾部羽毛，又抽出小刀，在鸡冠上割了一道口子，任血流进准备好的碗中，最后用鸡脚蘸着碗里的鸡血在拔下的尾羽上画了什么，用红绳绑好。

一套动作行云流水，做完后，他将东西递给林西："回去以后，每天睡前都把这个绑在小腹上，天亮以后取下来收好。连续七天，这个生灵就会自然而然断根。最重要的是，你且记住，在这七天里，千万不要吃身边任何人做的东西，也不要向任何人说今天发生的事情，不然一切功亏一篑。"

"谢谢您。"

拿着尾羽千恩万谢的林西想要掏一些香火钱给道长，却被对方拒绝。

仙风道骨的道长摆了摆手，道："回去吧，我不过是做件好事，钱财就不必了。"

林西急匆匆回到家中，将鸡毛藏进了枕套里。

听道长的话，她倒掉了艾琳留在冰箱里的饭菜，转而自己点了外卖，三两口吃过便回了房间，关上门装睡。

因为租住的一室一厅没有多余的房间，主动上门的艾琳一直睡在沙发上。

她白天上班，夜里回来会打扫屋子，做好第二天的饭菜放进冰箱。平日里，如果林西在她回家之前便关门睡了，她都会识趣地不去打扰。

只是今夜稀奇，在十一点左右，加班回来的艾琳破天荒敲响了林西的房门。

"林西，睡了吗？"

她的声音急迫，很焦躁的样子。林西不想开门解释，耐着性子等她敲了一会儿，见对方一副不到黄河心不死的架势，只得隔着门询问："怎么了？"

没想到对方却没头没尾地问："你下午出门了吗？去干什么了？"

"没出门啊，就在家了。"

"那你怎么没吃饭呢，我看都倒在厨房垃圾桶里了，你的身体没事吧？要不你开开门，我进来看看呢？"

原来是忘记把倒掉的饭扔掉了，林西顿感尴尬，只好借口自己胃里恶心吃不下，这会儿很困想睡觉，不方便再开门。

如此，拗不过她的艾琳敲了一会儿，只好作罢。

一夜安眠，自从那些尾羽放在肚子上后，林西再也没有梦见黑色的男人。她的心情开始转好，可奇怪的是，艾琳的情绪愈加暴躁。

也许是林西这几日总借口反胃不吃她做的饭菜，原本温和耐心的她在跟林西正常交流时也有些不耐烦了，虽然她每天还是会来林西家里，但相比之前，已经肉眼可见地不对劲儿了。

奇怪的气氛横亘在两人中间，直到第七天夜里，诡异的事情发生了。

"林西，我给你炖了鸡汤，这几天你也不怎么吃东西，出来喝一点儿吧。"

此时已经是深夜，艾琳仍然疯狂地站在门口好言相劝，非要林西喝碗汤。

"艾琳，我今天很累，没有胃口，只想睡觉。"

林西果断的拒绝并没有让她退步，她反而更加狂躁，敲门的动静一声高过一声，讲话的声音也越发暴躁："你为什么总是这样躲着我？林西，你开门，我们聊聊。"

艾琳异常的情绪让林西不寒而栗，她不再接话，但门外的艾琳并不打算放过她，对方直接开始撞门："你开门！林西！开门！快开门！"

因为她的动作，质量一般的免漆门连门框都开始微微颤抖。

紧张不已的林西一咬牙，将木质梳妆台拉到门口，死死抵住。

5

那一夜过得很不舒坦，林西辗转反侧，入眠艰难。

醒来时，林西发现自己的睡衣裤和床单上都沾着黑乎乎的脓血，那血自下半身而来，比起生理期，更像是某种恶臭的污秽物。

心里一阵恶心，她赶忙站起身子，要去清洗。

林西推开昨夜抵在门前的梳妆台，打开门，艾琳竟然坐在门边，她面色苍白，眼圈凹陷，看上去一夜未眠，见了林西，也不说话，只是盯着林西，眼神让人发毛。

林西不想跟她争吵，低头去了卫生间洗澡。

花洒开启，水雾弥漫，温热的水流打在肌肤上，后颈轻微的痉挛。

中途，林西感知到下体流出了一团奇怪的炭黑色碎肉，恶心至极，她连忙用水冲走。

等到她收拾干净出门，艾琳早已不知所终。

但这会儿林西并不在意艾琳的去留，只为甩掉一个疙瘩而感觉轻松。保险起见，她专程去了一趟医院，做了深度检查。

"嗯……是的，你确实没有怀孕。"

还是同一个医生，只是这次他拿着报告单，眼睛都直了，连说话的语气也饱含歉意。医生揩了揩鼻子，十分尴尬。

"可能上次真的出现错误了，实在是非常抱歉。"

"没关系没关系，那真是太好了。"

林西长舒一口气，激动地蹦起来。看来她之前还真有可能是吃了什么奇怪的东西，才会出现假孕现象。

从医院回去的路上，她高兴地给艾琳打电话，但对方没有接听，微信也不回复，像是要跟她决裂的样子。

也许艾琳是真的把自己的孩子看得很重要，并为这几日自己没来由的冷漠感到受伤吧。林西回味了先前的一切，虽然觉得有些古怪，但林西仍觉得有些许愧疚，好在当天晚上，艾琳还是来了。

她提着水果，打开密码锁兀自进屋，沙发上的林西"噌"地坐起来，精神高度集中，等着面对接下来的狂风暴雨。

没想到艾琳率先说道："林西，对不起，我昨天情绪太激动了，吓着你了。"

"没有没有，我也有原因，最近确实对你有些冷淡。"

林西连忙将自己不想要孩子的原因一一阐释，好说歹说，两人终于冰释前嫌，手拉着手笑了。

　　既然孩子已经没了，林西也不需要再多加照顾，艾琳决心明天搬回自己原先的住处休息。不过今夜，她提议想和林西一起睡。

　　"好。"

　　毕竟先前艾琳都睡在沙发上，条件艰苦，最后一夜和她挤着睡也不是什么大问题，林西一口答应了。

　　只是半夜里，睡梦中的林西忽然感觉下体一阵异常，像是有什么东西在触碰自己，难受至极。她猛地醒来，有人趴在自己身上！

　　那是艾琳！

　　"你干什么？！"

　　林西头皮发麻，惊叫起来。

　　意识到自身暴露，艾琳也不再掩饰，凶狠的眼神仿佛要吃人似的，那干枯的手一把摁住了林西的身躯，一副要将生米煮成熟饭的强硬态度。

　　"不！不要！"惊骇中，林西爆发出前所未有的力量，两只胳膊疯狂地朝艾琳打去，整个身体也左右翻滚，想要挣脱对方的束缚。

　　其间，胡乱拍打的手拽上了艾琳的头发，她猛一用力，一顶假发连带着用来固定的乳胶被一齐撕扯下来，露出满是褶皱的头皮。

"你！"

林西周身的血液尽数沸腾，原来艾琳一直是个男人！

那皱巴巴的头皮上稀疏宛如裘千仞的头发，让林西恶心得直冒酸水，她奋力地抵抗艾琳。眼见事情败露，对方也不再掩饰，大言不惭："没错，林西，这才是真正的我！我爱你！让我们在一起！"

伴随着那些疯狂的表白，艾琳的力气也陡然上升，他死死压住林西。就在林西近乎绝望之时，她摸到先前藏在枕下的尾羽，胡乱地拽了出来。精神高度紧张之下，她仿佛听到了一声高昂的公鸡打鸣声。

面前的艾琳看到这带着血腥味的东西，愣了一瞬。林西瞅准机会，一脚踢上他的小腹，继而翻身下床，抓起手机和一件外套便跑了出去。

深夜的街道寂静无比，跌跌撞撞地跑到保安室，林西悬着的心才稍稍落下。

艾琳没有追出来，虽然不知道他会在家做些什么，但相较于自己的安全，林西觉得财物都是小事。

在保安的陪同下，她给平日接触还算频繁的运营组组长打去电话，得知对方还在公司，便哭着求对方帮忙。

还好热心肠的组长没有拒绝。

将林西安置到公司楼下的酒店，听完她的描述，组长也露出后知后觉的震惊表情："天哪，竟然会是这样，难怪我总觉得这个艾琳有些奇怪。要知道，当初招他进来的时候，跟他同一批的竞争者不是莫名其妙生病就是突然受伤，一个个接连打来电话放弃二面，把整个流程都拖得很慢。本来我还以为艾琳是天选之子，现在想来，也许……"

话没说完，两人对视一眼，沉默了良久。

后来就没人见过艾琳了，他连离职也没有办理，仿佛人间蒸发。

本来他在公司也没留下什么值钱的东西，以至于报警后，警察也没有追查出什么有用的信息。反观林西这边，一直在外住着也不是个事，最终，找到新住处的她在组长的陪同下硬着头皮回到了原来租住的房屋，开始着手收拾东西搬家。

行李被一箱接一箱用牛皮纸箱装好，为了赶时间，林西一刻也不愿歇息。她累得满头大汗，一边擦着汗珠一边收拾床头零碎的小物件，一不小心，林西打碎了自己的玻璃相框。

她无奈找来工具清扫，没想到扫干净玻璃碎片，却在原本的相片后面发现了乾坤。那本来是林西的艺术自拍，如今，后面却粘上了一张奇怪的合成照片，照片上是学生时代的林西和一个外貌丑陋、头发稀疏的男生。

记忆倏然翻涌，林西想起来了——这是她的同学，姓周。

难不成……他就是后来的艾琳吗？

"林西，你这个摄像头还要不要？"这时，屋外帮忙收东西的组长突然拿着一个小型摄像头走进了房间。

"啊？"

林西愣了一下，继而反应过来这是之前为了看猫有没有在房间为非作歹，专门挂在衣帽架上的小型摄像头，因为猫去世已久，最近又发生了太多事，自己竟然把这个摄像头忘记了。

她将连接摄像头的手机软件打开，发现记录日期定格在自己从道观回来的那天，林西舔了舔嘴唇，最终下定决心随便点开其中一天的记录，将时间调到午夜。

"你看这个干什么？"

组长好奇地凑过来——无声的监控画面中，艾琳突然出现，她来到熟睡的林西身边，像一条大蛇爬上了林西的床。

6

亲爱的林西：

展信佳。

我始终相信，爱是一种奇迹，它能促使一切开花结果。

比如我和你。

还记得我们上学时候的场景，在黄昏的教室里，你抱着一本练习册在我面前摊开，在画着波浪线的数学题下写下简短的公式，告诉我解题的思路。

那是我头一回明白，原来 α 与 β、几何、函数乃至于学习成绩，与你相比都不再重要。

我去了你选择的城市，我花了所有积蓄整容成你的模样，学习你的习惯，费尽心思地弄懂你的工作内容。为了有一天能站在你面前，我甘愿做暗中的蟑螂、卑微的蝼蚁，在你看不到的地方默默跟随着你，即使你从来不曾回头看我一眼。

艾琳，周爱林，连姓名都在代替我表白心意。

从幕后到台前，我走了整整十二年，我要占据你的生活，清除所有的不相干者，你的朋友也好，宠物也罢，我都甘愿代替，只要可以留在你身边，我心甘情愿去抹杀一切挡路人。

然后，我要对你做男人对女人做的事，要让你孕育出果实，要照顾你一辈子。

即使这样会让你觉得卑鄙无耻，我仍然做好了准备。

我还会回来，记住，我可不是在跟你告别。

请放肆称呼我怪物、变态，因为这些都不重要，就我看来，我不过是一个痴情的影子，一个能够为你变成任何样子的影子，甚至哪怕用任何方式、任何姓名、任何样子。

永不放弃是我的座右铭。

在此之前，你一定要乖乖地等待。

爱你，林西